Sebastian Barry
Tausend Monde

Sebastian Barry

TAUSEND MONDE

Roman

Aus dem Englischen von
Hans-Christian Oeser

Steidl

Titel der englischen Originalausgabe
»A Thousand Moons«, erschienen bei
Faber and Faber Limited, London 2020

Erste Auflage September 2020

Lektorat: Claudia Glenewinkel
Buchgestaltung: Rahel Bünter / Steidl Design
Umschlaggestaltung: Paloma Tarrío Alves
Gesetzt aus der Garamond
Gesamtherstellung und Druck: Steidl, Göttingen

Steidl
Düstere Str. 4 / 37073 Göttingen
Tel. +49 551 49 60 60
mail@steidl.de
steidl.de

ISBN 978-3-95829-775-3
Printed in Germany by Steidl

Für C

Manchmal ist sogar das Leben ein Akt des Mutes.
Seneca

Erstes Kapitel

Ich bin Winona.

In meinen ersten Lebensjahren war ich Ojinjintka, das bedeutet »Rose«. Thomas McNulty hatte sich ordentlich bemüht, diesen Namen auszusprechen, aber es wollte ihm nicht gelingen, und so gab er mir den Namen meiner toten Cousine, weil der ihm leichter von der Zunge ging. Winona bedeutet »Erstgeborene«. Die Erstgeborene war ich nicht.

Meine Mutter, meine ältere Schwester, meine Cousinen, meine Tanten, sie alle wurden getötet. Sie waren Angehörige des Stammes der Lakota, der einst auf den Prärien lebte. Ich war nicht etwa zu jung, um mich daran zu erinnern – vielleicht sechs oder sieben –, trotzdem konnte ich mich nicht erinnern. Ich wusste, es war geschehen, weil mich die Soldaten danach ins Fort brachten und ich ein Waisenkind war.

Ein kleines Mädchen macht so manche grundlegende Veränderung durch. Als ich zu meinem Volk zurückkehrte, konnte ich mich mit niemandem unterhalten. Ich weiß noch, wie ich mit den anderen Frauen im Tipi saß und ihnen nicht antworten konnte. Zu diesem Zeitpunkt war ich mindestens schon dreizehn. Nach ein paar Tagen fand ich die Worte wieder. Die Frauen stürzten mir entgegen und umarmten mich, als wäre ich erst in diesem Augenblick bei ihnen angekommen. Wirklich *sehen* konnten sie mich nur, wenn ich unsere Sprache sprach. Dann holte Thomas McNulty mich wieder ab und brachte mich zurück nach Tennessee.

Selbst wenn du Blutbäder und Katastrophen überstanden hast, am Ende musst du lernen zu leben. Du musst dich umtun, schauen, wie's um die Dinge steht, Dinge anbauen oder Dinge kaufen – wie's gerade kommt.

Paris, Tennessee hieß das Städtchen in unserer Nähe. Lige Magans Farm lag etwa sieben Meilen außerhalb. Es war bereits etliche Jahre nach dem Krieg, doch in der Stadt lungerten noch immer raue Unionssoldaten herum, und die besiegten Grauröcke waren eine Art geheimer Präsenz, dabei steckten sie gar nicht mehr in ihren Uniformen. Vagabunden auf jeder noch so kleinen Nebenstraße. Und die Staatsmiliz, die ein wachsames Auge auf diese Vagabunden hatte.

Überhaupt war es eine Stadt mit vielen Augen, die einen beobachteten, ein unbehaglicher Ort.

Wenn du in einem Geschäft für Trockenwaren vorsprichst, um etwas zu erstehen, musst du dich des allerbesten Englisch befleißigen, oder es passiert etwas. Meine ersten englischen Wörter hatte mir Mrs Neale im Fort beigebracht. Später besorgte mir John Cole zwei Grammatikbücher. Die habe ich von vorn bis hinten durchstudiert.

Es ist schlimm genug, Indianerin zu sein, auch ohne dass man krächzt wie ein Rabe. Die Weißen in Paris konnten sich auch nicht alle gut ausdrücken. Einige stammten von weit her, waren Deutsche oder Schweden. Andere, wie Thomas McNulty, waren Iren und kamen erst, als sie nach Amerika gelangten, mit Englisch in Kontakt.

Aber als junge indianische Frau war es wohl nötig, so vornehm zu reden wie eine Kaiserin. Natürlich hätte ich auch die Einkaufsliste vorlegen können, die mir Rosalee Bouguereau, die auf Liges Farm arbeitete, zusammengestellt hatte. Aber besser war's, den Mund aufzutun.

Andernfalls wäre ich jedes Mal, wenn ich in die Stadt kam, verprügelt worden. Was mich davor schützte, war die englische Sprache. Irgendein verzottelter Landarbeiter mochte einen Blick auf dich werfen, deine dunkle Haut und dein schwarzes Haar bemerken und der Meinung sein, das gebe ihm das Recht, dich zu schlagen und zu treten. Niemand hätte sich getraut, etwas zu sagen. Nicht einmal ein Sheriff oder Hilfssheriff.

Eine Indianerin zu schlagen war kein Verbrechen, ganz und gar nicht.

Auch John Cole, der doch als Soldat gedient hatte und ein anständiger Farmer war, wurde in der Stadt schlecht behandelt, weil seine Großmutter oder die Frau vor seiner Großmutter Indianerin gewesen war. Das stand ihm ein bisschen ins Gesicht geschrieben. Ihn schützte nicht einmal die englische Sprache. Er war ein großer, erwachsener Mann, vielleicht konnte er deshalb nicht immer auf Gnade hoffen. Wie die Leute, im Besonderen Thomas McNulty, immer wieder bekräftigten, hatte er zwar ein hübsches Gesicht, aber ich denke, manchmal konnten die Stadtbewohner eben doch das Indianische darin entdecken. Sie schlugen ihn grün und blau, und dann war er nur noch eine Planke des Leidens im Bett, und Thomas McNulty fluchte, er werde in die Stadt fahren und jemanden umbringen.

Doch Thomas McNulty hatte den Nachteil, arm zu sein. Wir waren alle arm. Selbst Lige Magan, dem doch die Farm gehörte, war ziemlich arm, und wir, die wir unter Lige arbeiteten, waren es erst recht.

Viel ärmer als Lige.

Wenn ein armer Mensch etwas tut, muss er es lautlos tun. Wenn ein armer Mensch zum Beispiel tötet, muss er es lautlos tun und so schnell davonlaufen wie die kleinen Rehe, die sich aus den Wäldern hervorgewagt haben.

Außerdem hatte Thomas wegen Fahnenflucht im Gefängnis von Fort Leavenworth gesessen, deshalb machten ihn die Uniformen in der Stadt nervös, obwohl er immer wieder beteuerte, er liebe die Armee.

Ich selbst stand gesellschaftlich unter Rosalee Bouguereau. Sie war eine schwarzhäutige Heilige von einer Frau, das kann ich Ihnen versichern. Sie ging immer mit dem Gewehr ihres Bruders los, um in dem Waldstück hinter Liges Farm Kaninchen zu schießen. In dem denkwürdigen – jedenfalls in unseren Augen denkwürdigen – Gefecht mit Tach Petrie, als der und seine Komplizen uns ausrauben wollten und unerbittlich auf unsere Farm vorrückten, hatte sie sich laut John Cole dadurch ausgezeichnet, dass sie die Gewehre so schnell nachlud wie niemand sonst.

Doch vor dem Krieg war sie eine Sklavin gewesen, und in den Augen der Weißen stehen Sklaven natürlich sehr tief.

Also stand ich noch viel tiefer.

In den Augen der Stadt war ich nur die verlöschende Glut eines Indianerfeuers. Der Großteil der Indianer war aus dem Henry County längst verschwunden. Cherokee. Chickasaw. Die Leute mochten es nicht, wenn glühende Asche zu ihnen zurückwehte.

In den Augen des Großen Mysteriums waren wir alle gleich. Versuchten, unsere Seelen so klein zu machen, dass sie ins Paradies passten. Das hatte meine Mutter gesagt. Was ich von meiner Mutter noch weiß, trage ich bei mir, wie ein Kind einen kleinen Beutel mit Dingen bei sich trägt, die ihm kostbar sind. Wenn eine solche Liebe vom Tod berührt wird, dann wächst in deinem Herzen etwas, das ungleich tiefer ist als der Tod. Meine Mutter machte viel Aufhebens um uns, um mich und meine Schwester. Sie interessierte sich dafür, wie schnell wir rennen und wie hoch wir springen konnten, und wurde nie müde, uns zu sagen, wie hübsch wir seien. Wir waren einfach nur kleine Mädchen, dort draußen in der Prärie, unterm Sternenzelt.

Manchmal sagte mir Thomas McNulty, ich sei so hübsch wie die Dinge, die *er* hübsch fand – Rosen, Rotkehlchen und dergleichen. Es waren mütterliche Reden, die er im Munde führte, denn damals hatte ich schon keine Mutter mehr. Seltsam, dass er als Soldat in den alten Kriegen viele Angehörige meines Volkes getötet hatte. Vielleicht hatte er ja sogar einen Teil meiner Familie getötet, er wusste es nicht.

»Ich war zu klein, um mich noch daran erinnern zu können«, sagte ich ihm dann. Natürlich stimmte das nicht, aber es lief auf dasselbe hinaus.

Früher war mir immer ganz sonderbar zumute, wenn ich ihn davon reden hörte. Dann begann ich, aus der Mitte meines Körpers heraus zu brennen. Ich hatte meine eigene kleine Damenpistole mit Perlmuttgriff, die mir der Dichter McSweny in Grand Rapids geschenkt hatte. Mit der hätte ich Thomas erschießen können. Manchmal dachte ich, ich sollte wirklich jemanden erschießen. Tatsächlich habe ich ja auch einen von Tach Petries Männern erschossen, nicht während des berühmten Gefechts, sondern ein andermal, als sie uns auf der Straße auflauerten – mitten durch die Brust. Und er hat auch auf mich geschossen, aber es war nur eine Prellung, keine Wunde.

Ich hatte eine Wunde – die, ein verlorenes Kind zu sein. Und sie waren es, die mich heilten, Thomas McNulty und John Cole. Sie taten ihr Möglichstes, vermute ich. Sie haben mir die Wunde also zugefügt *und* sie geheilt, was eine unumstößliche Tatsache ist.

Ich denke, mir blieb gar keine Wahl. Wenn dir die Mutter genommen ist, kannst du sie nie mehr einholen. Du kannst nicht rufen: »Warte auf mich«, wie damals, wenn unter einem Wolfsmond die Winde kalt wurden und Mutter auf der Suche nach Holz weit vor dir durch die Gräser lief.

Thomas McNulty hat mich gleich zweimal gerettet. Das zweite Mal, als er sich erneut aufs Schlachtfeld wagte, mit mir im Schlepptau, als Trommlerjunge verkleidet. Als Starling Carlton mich auf der Stelle umbringen wollte. Wir waren ihm im Kampfgetümmel begegnet. Er fuchtelte mit seinem Revolver und brüllte, alle Indianer müssten getötet werden, so laute der Befehl des Majors, und genau das werde er tun. Also musste Thomas McNulty stattdessen ihn töten. Darüber war Thomas sehr betrübt. Sie hatten lange Zeit zusammen in der Armee gedient.

An all das kann ich mich recht deutlich erinnern.

Als kleines Mädchen musste ich oft ohne jeden Grund weinen. Ich stahl mich davon und suchte mir einen abgeschiedenen Ort. Dort ließ ich die Tränen fließen, und hinter meinen Augen war es so finster, als sei ich erblindet. Dann hielt John Cole Ausschau nach mir. Und war klug genug, den Arm um mich zu legen und mich nicht zu bitten, etwas zu sagen, wofür ich keine Worte hatte, weder auf Englisch noch auf Lakota.

John Cole. Viel von seiner Liebe zu mir drückte sich in praktischen Dingen aus. Wie gesagt, er besorgte mir Grammatikbücher und begann, mich zu unterrichten, obwohl er selbst auch nicht gerade über Bildung verfügte. Er brachte mir nicht nur Buchstaben, sondern auch Zahlen bei.

Als Lige Magan glaubte, ich sei so weit, erkundigte er sich bei seinem Freund, dem Anwalt Briscoe, nach einer Anstellung. Diese Arbeit verrichtete ich eine ganze Weile, schrieb Zahlen auf und rechnete sie zusammen. Darauf war ich sehr stolz.

Der Anwalt Briscoe hatte ein schönes Haus und einen Garten mit Blumen, die gar nicht nach Tennessee gehörten, meist Rosen aus England. Über seine Rosen verfasste er ein Buch, das in Memphis gedruckt wurde. In seinem Büro hatte es einen Ehrenplatz.

Wie gesagt, Ojinjintka bedeutet »Rose«. Ich weiß nicht, was für eine Rose. Vielleicht eine verlorene Prärierose.

Keine echte Rose wie die vom Anwalt Briscoe. Eine Rose in den Augen meines Volkes.

Der Anwalt Briscoe drängte mir Bücher auf, die er schätzte. Ich trug sie nach Hause und las sie im Wohnzimmer am Ofen. Von der Wiese ein Lufthauch, der immer wieder die Seiten streifte. Jene angenehmen Abende, an denen es nichts weiter zu tun gab, als Rosalees geliebtem Bruder Tennyson Bouguereau zuzuhören, wie er all die alten Lieder vortrug, die er kannte. Ich selbst in Gedanken versunken. In Gedanken, wie nur Bücher sie dir einflößen.

Natürlich war das alles vor Jas Jonski. Einem Burschen, der, wenn ich es mir recht überlege, noch nie ein Buch gelesen hatte. Der kaum einen Brief schreiben konnte.

Das alles muss in den 1870er Jahren gewesen sein, nach dem Krieg und nachdem Thomas aus dem Gefängnis nach Hause zurückgekehrt war. Es könnte sogar das Jahr gewesen sein, in dem General Custer getötet wurde. Oder kurz davor.

Doch wie schnellfüßig vergingen all diese Jahre. Wie Ponys, die über die endlosen Prärien galoppieren.

Zweites Kapitel

Jas Jonski war Verkäufer in einem Geschäft für Trockenwaren. Er arbeitete für ein jämmerliches Gespenst von einem Mann namens Mr Hicks. Schon als ich den Laden das erste Mal betrat, wusste ich, dass Jonski mich mochte.

»Du bist die Tochter von John Cole«, sagte er ohne jeden Anflug von Schüchternheit.

»Woher willst du wissen, dass ich die Tochter von John Cole bin?«, fragte ich. Mich für mein Teil beunruhigte es, überhaupt erkannt zu werden.

Er sagte, im vergangenen Herbst habe er mit dem Pferdewagen die schweren Sachen aus dem Laden angeliefert, und wunderte sich, dass ich mich nicht mehr daran erinnern konnte, wo er mir doch Komplimente gemacht hatte.

»Jetzt bist du sogar noch hübscher«, sagte er ziemlich keck.

Ich wusste nicht, was ich dazu sagen sollte. Auf seine Weise war dieser Satz wie ein plötzlicher Hinterhalt. Ich war bereit, mich zu verteidigen. Thomas McNulty hatte mir immer gesagt, dass ein Mädchen auf Nummer sicher gehen muss, dass sie wissen muss, wie sie ihr Messer, ihre kleine Pistole benutzt, all das. Für den Fall, dass meine Schusswaffe versagte, steckte im Saum meines Unterrocks ein schmales, kleines Messer aus Stahl. Aus englischem Stahl. Thomas McNulty zeigte mir, auf welche Körperstellen man am besten einsticht, wenn man sich jemanden vom Leib halten will.

Doch jedes Mal, wenn ich in die Stadt fuhr, um Vorräte einzukaufen, war Jonski freundlich zu mir. Als gäbe es jetzt vielleicht doch jemanden in der Stadt, dem ich vertrauen konnte. Da war etwas zwischen uns, aber ich hatte keinen Namen dafür. Es schien eine gute Sache zu sein. Ich begann, mich auf ihn zu freuen, und um schneller bei ihm zu sein, trieb ich die Maultiere an, sehr zu ihrem Leidwesen.

Ja, Jas Jonski war ganz vernarrt in mich, und nachdem er sechs Monate lang Rohrzucker und dergleichen für mich abgefüllt hatte, ging an meinem Pferdewagen ein Rad ab, und er fuhr mich hinaus zu Lige Magans Farm und unterhielt sich mit Thomas McNulty. Thomas McNulty würde selbst mit dem Teufel reden, so dass Jas Jonski keine Mühe mit ihm hatte. Und so machten Thomas McNulty und John Cole allmählich seine Bekanntschaft. Nie habe ich John Cole jemanden mit weniger Bewunderung anschauen sehen.

Aber Jas Jonski war entweder blind oder verliebt; jedenfalls schien er nichts zu bemerken. Er kam jetzt regelmäßig raus zur Farm, und als er feststellte, dass Thomas McNulty gern diese teure Melasse aus New Orleans aß, brachte er zuweilen einen Topf davon mit. Dann saß er da, strahlte über das ganze Gesicht und redete, während Thomas mit einem Zweig die Melasse in sich hineinstopfte wie ein Bär. John Cole blickte finster drein und sagte nichts. Er machte sich nichts aus Melasse, es sei denn, es handelte sich um das billige Zeug, das nach der Ernte dem Tabak zugegeben wurde. Jas Jonski strahlte wie eine Sonne, die einfach nicht untergehen will, ganz gleich, wie dunkel der Abend ist.

»Ich mag die Stadt«, sagte Jas Jonski zu John Cole, »aber hier auf dem Land gefällt's mir auch.«

John Cole sagte noch immer nichts.

Jas Jonski durfte mich für zehn Minuten in den Wald führen, das war alles, was John Cole an Liebeswerben gestattete. Nicht einmal seine Hand halten durfte ich. Jas Jonski hatte den bescheidenen Ehrgeiz, einen eigenen Laden zu besitzen, und deutete an, nach Nashville ziehen zu wollen, wo seine Familie lebte. Nicht wenige Male blieb er stehen, ließ mich vor sich hintreten und hielt eine Ansprache. Zu sehen, wie sich sein Gesicht bei all den glühenden Beteuerungen rötete, war mir überaus angenehm. Denn er *beteuerte* seine Liebe, ganz wie in den Märchenbüchern.

Dann dachte Jas Jonski, er würde gut daran tun, mich zu heiraten, und fragte mich nach meiner Meinung. Ich wusste nicht, wie alt ich war, aber ich schätze, ich war noch keine siebzehn. Ich war im Hirschmond geboren, das war das Einzige, was ich mit Gewissheit wusste. Er sagte, er sei neunzehn. Ein rothaariger Bursche mit einem Gesicht, das das ganze Jahr über verbrannt aussah, nicht nur im Hochsommer.

Da bekam auch John Cole ein rotes Gesicht. Wurde wütend wie ein Wels.

»Kommt nicht in Frage, Madam«, sagte er.

Immerhin war ich für den Anwalt Briscoe tätig, eine ungewöhnliche Beschäftigung für ein Mädchen, ganz zu schweigen von einer Indianerin. Ich glaube, John Cole hatte mich zur ersten indianischen Präsidentin bestimmt.

Nun, ich würde Jas Jonski sehr gern heiraten, glaubte ich. Es hörte sich gut an. Ich konnte es geradezu vor mir sehen. Hatte ein Bild davon im Kopf. Ich hatte ihn nicht einmal geküsst, sah aber schon, wie ich ihm das Gesicht zum Kuss entgegenstreckte. Wenn John Cole uns nicht mehr im Blickfeld hatte, hielten wir Händchen.

Doch John Cole, ein weiser Mann, sah die Dinge anders. Er sah die Welt nicht in rosigen Farben. Er wusste, wie es um sie bestellt war, wusste, was die Welt sagen und was die Welt schließlich tun würde. Und behielt in fast allem recht.

Aber ich war kaum siebzehn, vielleicht gerade mal siebzehn, und was wusste ich schon von alledem? Nichts. Nun, einige Dinge wusste ich. In meinem Hinterkopf war ein schwarzes Gemälde voller Blut und Gebrüll, und das Blut quoll daraus hervor. Die weiche bronzene Haut meiner Schwester, meiner Tanten. Manchmal konnte ich mich eben doch an Dinge erinnern oder bildete mir es zumindest ein. Vielleicht behauptete ich ja nur, mich nicht erinnern zu können, weil ich mich nicht erinnern *wollte* – nicht einmal für mich selbst. Blauröcke, die über uns herfallen, Bajonette und Blei und Feuersbrunst und Menschenseelen, die brutal gemetzelt werden. Ich weiß es nicht. Vielleicht war's ja auch nur das, was Thomas McNulty mir erzählt hatte. Ein rußgeschwärztes Gemälde. Doch dann die lange, klare Erinnerung an all das, was Thomas McNulty und John Cole für mich getan hatten, die mächtigen Anstrengungen, die sie unternommen hatten, um mich froh zu stimmen und mir Schutz zu gewähren.

Thomas McNulty war zwar keine richtige Mutter, aber doch beinahe. Von Zeit zu Zeit trug er sogar ein Kleid.

Ich dachte, wenn's darum geht, einen Menschen froh zu stimmen und ihm Schutz zu gewähren, könnte Jas Jonski in die Fußstapfen von John und Thomas treten.

Er war nicht gerade ein Bild von einem Mann – wie sollte er auch mit seinem geröteten Gesicht? Seine ganze Erscheinung glich der Unterseite eines herabgestürzten Baumstamms, wenn man ihn aufgerichtet hat. Nun ja, aber dass er aus zwanzig Schritt Entfernung ganz passabel aussah, das kann ich bezeugen. Ach, er war einfach nur ein gewöhnlicher Bursche, eigentlich ein mickriger Bursche, der von nach Amerika ausgewanderten Polen abstammte; doch für die Menschen in Paris zählte in Wahrheit nur eines: dass er weiß war. Er war ein Weißer. Liebe mag blind sein, aber die Stadtbewohner waren es nicht. So blind jedenfalls nicht.

Leute, die immer wieder dieselben Dinge zu dir sagen, können dich zermürben. Ich wusste, dass Mr Hicks dachte, Jas Jonski sei verrückt geworden. Auf gewisse Weise sei er vielleicht sogar *verkommen*. Jemanden heiraten zu wollen, der einem Affen näher steht als einem Menschen, wie Mr Hicks es formulierte. Das alles erzählte mir Jas Jonski und war sehr aufgebracht, vielleicht aber auch ein wenig erschrocken. Obwohl Jas Jonski eine Mutter in Nashville hatte, wurde ich nie mitgenommen, um sie kennenzulernen, nichts dergleichen.

Es kam der Tag, da ich voller Blutergüsse zur Farm zurückkehrte. Rosalee Bouguereau schrie auf, als sie mich sah, und brachte mich nach draußen zum Waschhaus, weil sie geheime Arbeit an mir verrichten musste, die die Männer nicht sehen durften. Dann führte sie mich ins Haus, zerstampfte Blätter zu einem Brei und verrieb ihn sachte auf meinem zerschundenen Gesicht.

Als die Männer von ihrem Tagwerk hereinkamen, machte Thomas McNulty sich Vorwürfe. Er knirschte mit den Zähnen.

»Ich verstehe nicht, wieso du ein kleines Mädchen überhaupt in die Stadt fahren lässt«, sagte Rosalee Bouguereau.

»Ach, sei still«, sagte ihr Bruder Tennyson, aber nicht einmal er wusste, was er damit meinte. Seine eleganten Gesichtszüge waren verschleiert vor Angst.

Es fühlte sich an, als wären sämtliche Knochen in meinem Gesicht zerbrochen wie ein fallengelassener Teller. Als ich ein paar Tage später hinausging, um mein Gesicht in die Regentonne zu tauchen, konnte ich selbst in dem zitternden Wasser sehen, dass ich keine Augenweide war. Es war derselbe Tag, an dem auch ich zu zittern begann, genau wie das Wasser. Ich zitterte zwei Wochen lang, und sogar als ich aufhörte zu zittern, könnte ich schwören, dass etwas in mir, in meinem tiefsten Innern, noch lange Zeit danach zitterte. Wie ein Querschläger, der in einer Felsenschlucht widerhallt.

Damals war mein Hochzeitskleid erst halb genäht, und Thomas McNulty hatte es auf einen Stuhl mit hoher Rückenlehne drapiert, damit er es, wenn er eine freie Stunde hätte, gleich vor sich hatte und weiter daran arbeiten konnte. Es sah aus wie ein Mensch, weiß wie ein Geist.

»Ich will nicht mehr heiraten, am besten legst du das Kleid beiseite für ein andermal«, sagte ich.

»Gnade mir«, sagte Thomas mit dem Kummer der Weißnäherin, die Stunde um Stunde genäht hat.

Im Haus herrschte eine Art Verzweiflung. Als wäre der Himmel eingestürzt und niemand hätte Maultiere und Seile zur Verfügung, um ihn wieder aufzurichten.

John Cole sagte, er werde in die Stadt fahren und mit Sheriff Flynn reden.

»Sei kein Narr«, sagte Thomas McNulty. Er sagte es freundlich, sanft.

Es war einfach so, dass man etwas tun wollte. Wurde in jener Welt eine Missetat begangen, hatte man das Gefühl, etwas müsse unternommen werden, um sie sofort auszugleichen. Ausgleichende Gerechtigkeit. Ich glaube, so war's schon, noch ehe die Weißen kamen. Meine Mutter erzählte immer eine Geschichte über mein Volk vor Hunderten von Jahren. Es gab eine Stammesgruppe, die unsere Sprache sprach, sich aber von uns abgesondert hatte und deren Mitglieder dazu übergangen waren, ihre Feinde nach der Schlacht zu verzehren. Sie suchten die Orte auf, an denen wir unsere Toten begruben, stahlen des Nachts die Leichen und fraßen sie. Sie versuchten sogar, uns lebendig zu fangen, um uns zu fressen. Wie ich vor Angst bebte, als ich diese Geschichte hörte! Schließlich zog unser Stamm gegen sie in den Krieg und tötete viele von ihnen. Am Ende hielten sich die Letzten in einer großen Höhle versteckt, und wir schichteten am

Eingang Holzstöße auf und sagten, wenn sie nicht aufhörten, Menschen zu fressen, würden wir das Holz in Brand setzen. Sie wollten aber nicht aufhören, und so wurde das Feuer entzündet. Eine Woche lang brannte es tief im Berg.

Doch so schrecklich es war, sich als Kind etwas derartiges anhören zu müssen, so schien es doch auch von Gerechtigkeit zu zeugen. Ausgleichende Gerechtigkeit. Etwas zu tun, um Dinge unverzüglich wiedergutzumachen. Das wollte man. Selbst wenn es bedeutete, jemanden zu töten. Andernfalls hätte noch viel Schlimmeres bevorgestanden. So empfanden auch Thomas McNulty und John Cole, das gehörte zu der Welt, in der wir zu überleben versuchten. Sie hatten die Farm gegen Tach Petrie und seine Bande verteidigt, die damals, wie gesagt, mit ihren Gewehren kamen, um uns das Geld zu rauben, das wir in jenem Jahr mit der Tabakernte verdient hatten. Sie waren so mutig wie nur irgendeiner.

Doch wir waren arm, und zwei von uns waren Indianer.

Und es war, wie ich bereits erwähnte, ohnehin kein Verbrechen, eine Indianerin zu schlagen. Lige Magan suchte den Anwalt Briscoe auf, der natürlich sein Freund und ein Freund seines Vaters war, um sich genau das bestätigen zu lassen, und der bestätigte es.

Lige Magan kehrte in düsterer, nachdenklicher Stimmung zurück.

Thomas McNulty und John Cole hatten eigentlich nichts außer mir. Ich meine, nichts, ohne das sie nicht leben konnten. Für das sie ihr Leben geben würden. Behaupteten sie jedenfalls. Es schmerzte furchtbar, sie das sagen zu hören und sie dann noch sagen zu hören, wie schlecht sie sich fühlten, weil das Einzige von Wert, was sie besaßen, versehrt worden war und sie nicht wussten, was sie dagegen unternehmen sollten. Und dass sie es, wie Lige Magan herausgefunden hatte, vielleicht nicht einmal dann wiedergutmachen konnten, wenn sie gewusst hätten, wie.

Weiter westlich hätten sie, war der Schuldige erst einmal ausfindig gemacht, einfach angefangen zu schießen.

Thomas McNulty überlegte, ob es etwas nützen würde, jeden Winkel von Paris nach Vaganten und Vagabunden zu durchkämmen und, wo sie schon einmal dabei wären, vielleicht auch gleich die Landstraßen abzusuchen. John Cole sagte, heutzutage seien auf den Straßen sowieso nichts als Vaganten und Vagabunden unterwegs. Thomas McNulty seufzte und meinte, das seien sie doch viele Male selbst gewesen.

Immer wieder fragten sie mich: »Hast du gesehen, wer's getan hat? Ein Fremder? Oder jemand, den du kennst?« Ich antwortete immer nur: »Ich weiß es wirklich nicht.«

Ich ging zu John Cole und stellte mich neben sein Bein wie ein Hund, der nicht sicher ist, ob er recht oder unrecht getan hat.

Weil ich dachte, ich müsste es doch wissen, und mich fragte, ob ich es vielleicht nicht doch tat. Ich konnte mich undeutlich erinnern, dass ich mich losgerissen hatte und zur Stadt hinausgetaumelt war. Dann war ich wie ein verletztes Pony umhergestolpert, bis ich zum Haus des Anwalts Briscoe kam. Lana Jane Sugrue, seine Haushälterin, rief ihre beiden Brüder herbei, und die fuhren mich im Buggy des Anwalts Briscoe nach Hause. Vielleicht weinte ich, vielleicht auch nicht. Die Brüder, Joe und Virg, wagten es kaum, mich anzuschauen; ich sah, wie sie einander nervöse Blicke zuwarfen. Ich erinnere mich an die Felder und Brachen, die an mir vorüberflogen, als sie das kleine Pony antrieben, bis es Schaum vor dem Maul hatte. Hinten auf der harten Bank spürte ich jede Unebenheit des Weges. Und dann ließen sie mich, fast ohne ein Wort zu sagen, hinter Liges Haus absteigen.

Sie setzten mich nicht an der Vordertür ab.

Drittes Kapitel

Dass es Jas Jonski war, der mir das Gesicht zerschlug, hätte meine Geschichte sein können. Natürlich hätte es das. Sie war aber nicht in meinem Kopf. Und dort sollten Geschichten angesiedelt sein. Klar wie ein hübscher Bach hoch oben in den Hügeln. Jas Jonski, ein Mann, den ich nicht einmal geküsst hatte. Es war alles zu schwarz, um etwas erkennen zu können. Immer wieder durchlief mich von Kopf bis Fuß dieser kleine Sturm des Zitterns. Jemand war in mich eingedrungen, denn unten herum bestand ich nur noch aus Lumpen und Fetzen. Ich hätte ihnen sagen können, dass ich ihn für den Täter hielt, aber ich weiß nicht, welche zehn Pferde sie dann noch davon abgebracht hätten, ihn zu töten. Es hätte keine Rolle gespielt, was John Cole zu diesem Zeitpunkt war, ob Engel oder Indianer, es hätte ihn nicht aufgehalten. Das Feuer der Rache in sich, wäre er in die Stadt gefahren, und nichts hätte Jas Jonski retten können.

Ich wollte nicht, dass John Cole aufgeknüpft wird. Und ich hatte die Geschichte ja auch nicht genau im Kopf.

In Amerika brauchtest du nur so auszusehen, als hättest du etwas Unrechtes getan – warst du arm, hingst du schnell am nächsten Baum.

Wie auch immer, vielleicht wollte ich die Rechnung ja auf eigene Kosten begleichen. Ich weiß noch, dass ich diesen Gedanken durchaus hatte. Es war der Mut der Verzweiflung. Ich weiß noch, wie ich dachte: Es gibt eine Zeit, in der dein Vater und deine Mutter deine Kämpfe für dich austragen, und es gibt eine Zeit, in der du selber kämpfen musst, und ich nahm an, dass diese Zeit jetzt gekommen war.

Ich will sagen, dass ich mich sehr schämte. Ich schämte mich dafür, dass Rosalee mich säubern musste. Ich war geradezu starr vor Scham. Ich konnte nicht darüber reden, nicht einmal zu mir selbst. Und so dachte ich: Statt zu reden, werde ich die Sache selber in die Hand nehmen. Nun, ich glaube, das war ziemlich mutig. Eine Zeit lang, einen Moment lang taugen derartige Gedanken. Aber wie setzt du sie um?

Könnte sein, dass ich von Dingen rede, die sich 1873 oder 1874 im Henry County, Tennessee, zugetragen haben, doch was Daten betrifft, war ich noch nie verlässlich. Und falls sie sich zugetragen haben, gab es zu der Zeit keine wahrheitsgetreue Darstellung. Es gab nackte Tatsachen und eine Leiche, und dann gab es die wahren Ereignisse, die niemand kannte. Dass Jas Jonski getötet wurde, war die nackte Tatsache. Auch andere wurden getötet, doch deren Mörder waren bekannt. Wer hatte ihn getötet? Eine Weile war das die große Frage in der Stadt. Länger, als Sie denken. Vielleicht reden sie heute noch darüber, dort unten in Paris, Tennessee. Wenn ich behaupte, dass im Folgenden die wahren Ereignisse geschildert werden, sollten Sie bedenken, dass sie in großem zeitlichem Abstand zum Geschehen geschildert werden. Und dass es niemanden mehr gibt, der meiner Schilderung zustimmen oder widersprechen könnte. Einigen Dingen würde ich am liebsten selbst widersprechen, denn ich sage mir: Kann es wirklich so gewesen sein, und habe ich das wirklich getan? Aber durch den Morast der Erinnerungen führt meist nur *ein* Weg.

Vom Anwalt Briscoe und vielleicht noch ein paar anderen abgesehen, war ich in den Augen der Stadtbewohner kein menschliches Wesen, sondern eine Wilde. Näher an einer Wölfin als an einer Frau. Meine Mutter wurde getötet, wie ein Schäfer einen Wolf töten würde. Auch das ist eine

Tatsache. Ich denke, es gab zwei Tatsachen. Ich war geringer als die Geringsten unter ihnen. Ich war geringer als die Huren im Hurenhaus, höchstens, dass ich in ihren Augen eine im Werden begriffene Hure war. Ich war geringer als die schwarzen Fliegen, die einen im Sommer verfolgten. Geringer als die alte Scheiße, die hinter die Häuser geschüttet wurde.

Etwas so *Geringes*, dass man mit ihm tun konnte, was man wollte: es herumstoßen, verprügeln, erschießen, häuten.

Nur weil John Cole mich als etwas so Goldenes großzog, dass, wie er sagte, die Sonne selber eifersüchtig auf mich war, bedeutete das nicht, dass sonst irgendjemand in der großen, weiten Welt genauso dachte.

Der Anwalt Briscoe war das, was Thomas McNulty ein »Original« nannte. Wenn ich in meinem Kopf Thomas McNultys Stimme höre, müsste man das Wort eher so schreiben: *'riginal.* Lige Magan sagte, in den weiten Landen Amerikas gebe es nicht seinesgleichen. Keinen, von dem man wüsste.

»'türlich«, sagte Lige Magan, »bin ich nich' jedem in Amerika begegnet.«

Der Anwalt Briscoe – ich habe nie gehört, dass man ihn anders gerufen hätte – war etwa sechzig Jahre alt, als ich bei ihm zu arbeiten begann. Sein Schopf war noch drahtig, und er bändigte ihn mit Haaröl aus einem großen Glas. Dieses Haaröl! Es stank wie verfaulter Kohl. Und immer staunte ich darüber, wie sauber seine Hände waren. Natürlich hatte er mit Feldarbeit nichts zu schaffen. Aber er besaß auch kleine Bimssteine, mit denen er seine Fingernägel abrundete, und jedes Fitzelchen Schmutz entfernte er mit einem silbernen Dorn.

Er sei zu alt gewesen, um im Krieg zu kämpfen, aber vermutlich sei das eine gute Sache, sagte er, denn wie vielen

Leuten in Tennessee wurde ihm ganz schwindelig im Kopf, wenn es darum ging, auf welche Seite er sich schlagen sollte. Vielleicht stand er auf der Seite des *Lebens*.

In seinem Haus war ein Büro, das ganz mit schimmerndem Holz ausgelegt war, so dass man meinen konnte, es stehe Wasser auf dem Boden, so sehr schien er zu schwappen und zu zittern. Er setzte mich an einen kleinen Tisch in der Ecke, an dem ich rechnen sollte. Neben meinem Platz war ein Fenster, das auf die Hauptstraße hinausging. Ich sollte darauf achten, wer da alles kam und ging, und manchmal bat er mich, die Namen aufzuschreiben, falls ich sie wusste. Viele der Passanten waren tagein, tagaus dieselben. Da gab es zum Beispiel den Fuhrmann Felix Potter, dessen Name auf seinem Pferdewagen prangte. Wenn es ein neues Gesicht war, bat ich den Anwalt Briscoe, an mein kleines Fenster zu eilen und selbst hinauszuspähen. Dann musste ich der Wampe Platz machen, die er vor sich hertrug. Auf diese Weise lernte ich fast jeden in Paris kennen, der in der Hauptstraße zu tun hatte. Wenn dann jemand kam, um die Dienste des Anwalts Briscoe in Anspruch zu nehmen, hatte ich meist eine Vorstellung davon, um wen es sich handelte, und wenn zu dieser Person bereits Papiere vorhanden waren, holte ich sie aus dem Dokumentenschrank.

Manchmal waren diese Dokumente gesprächig, manchmal stumm wie Schnee. Es gab Listen von all den schwarzen Seelen, die im Negro Sales Office des Henry County gekauft und verkauft worden waren; das war das Werk des Vaters von Anwalt Briscoe. Da war die buchhalterische Geschichte von Mr Hicks' Laden und von vier weiteren Trockenwarenhandlungen, siebzig Jahre Versorgung mit Lebensmitteln, Jahre und Aberjahre Regierungsverträge zur Belieferung der inzwischen verschwundenen Indianer – und fünfzig alte, vergilbte Seiten Buchführung für die Milizen, die dabei geholfen hatten, die Chickasaw und die Cherokee aus Tennessee zu vertreiben.

Es habe sich als unmöglich erwiesen, uns zu zivilisieren, hieß es in den Dokumenten. So etwas zu lesen brachte mich zum Weinen. Es gab nichts Zivilisierteres als die Brust meiner Mutter und mich, die sich dort anschmiegte.

Aber Zahlen weinen nicht, und Zahlen wurden für alles und jedes gebraucht.

Der Anwalt Briscoe war sehr darauf bedacht, dass ich die Straße genau im Auge behielt. Es sollte unter anderem dazu dienen, dass er am *Leben* blieb, denn zu dieser Zeit, nach dem Krieg, waren Fremde in Tennessee kein vertrauenswürdiges Gut. Und für einen Mann, der im Westen des Staates lebte, klangen die Ansichten des Anwalts Briscoe in Wahrheit viel zu sehr nach East Tennessee. In East Tennessee lebten viele, die sich nicht hatten abspalten wollen. Oft waren ganze Horden von Soldaten unterwegs, aber auch geheimnisvolle, düstere Gestalten, die vielleicht einmal Soldaten gewesen waren, ihren Krieg jedoch verloren hatten. Auf dieser Straße herrschte in der Dämmerung mitunter eine erschreckende Betriebsamkeit. Und das, obwohl sich der neue Gouverneur für die alten Rebellen stark machte und sie sogar das Stimmrecht zurückerhalten hatten, während sein Vorgänger für die Union eingetreten war und ihnen das Stimmrecht entzogen hatte – oder lag es gar an ebendiesem Tanz der Zeit?

Er selbst saß an einem großen Tisch, der mit den ersten Planwagen nach Tennessee gekommen war. Vor fast hundert Jahren, sagte er, bevor Tennessee überhaupt Tennessee gewesen sei. Sein Urgroßvater war der erste Briscoe hier gewesen. Der Anwalt Briscoe hegte starke Gefühle für Tennessee. Er sprach gern über die gute alte Gründerzeit und verwendete dabei oft einen alten Tennessee-Ausdruck – »zwischen den Bergen und dem Fluss«. Denn dem Anwalt Briscoe zufolge lag Tennessee genau dort: zwischen dem Mississippi und den Appalachen. Das traf ja auch zu. »Zwischen den beiden Flüssen« war ein Ausdruck für West Tennessee, denn das lag zwischen dem Tennessee River und dem Mississippi.

Der Anwalt Briscoe hatte, so konnte man es wohl bezeichnen, große Ideen über die Welt im Allgemeinen. Er begeisterte sich für »aus der Mode gekommene Anliegen«, wie er es nannte. Eines davon muss wohl ich gewesen sein. Er glaubte, vor langer Zeit habe der frühere Präsident Andrew Jackson den Chickasaw großes Unrecht zugefügt, indem er sie ins Indian Country vertrieb. Was Ulysses S. Grant, den jetzigen Präsidenten, betraf, so seufzte er oft über ihn. Der mochte ein guter Soldat gewesen sein, aber war ein guter Soldat auch ein guter Präsident?

Der Anwalt Briscoe war mit einer Frau aus Boston verheiratet und hatte sieben Kinder, seine Frau hatte die Kinder jedoch wieder nach Boston mitgenommen. Dafür hatte er Lana Jane Sugrue, die ihm den Haushalt führte, und ihre beiden Brüder Joe und Virg, die mich damals zur Farm von Lige hinausgefahren hatten. Lana Jane kam aus Louisiana und benutzte Wörter wie *couture* und *coiffure*. Sie war sehr klein und trug, weil sie fast keine Haare mehr hatte, drinnen wie draußen einen Hut.

Ich saß an meinem kleinen Tisch und führte die Bücher. Und um sechs Uhr kam John Cole mit dem Pferdewagen und holte mich ab, denn das Haus des Anwalts Briscoe lag am südlichen Ende von Paris, und es bestand keine Notwendigkeit, quer durch die Stadt Spießruten zu laufen. Angeregt durch die Stille der Fahrt, sprach John Cole von Neuengland, wo er geboren war, und von all den Abenteuern, die er in der weiten Welt gemeinsam mit Thomas McNulty bestritten hatte. Manchmal war er recht fröhlich und erzählte mir humorvolle Geschichten, meist aber war John Cole jemand, der nur ernste Dinge von sich gab.

»Das ist das Wichtigste in der Welt«, sagte er. »Wer dir was antut, der hat nicht mehr lange zu leben.«

Die Jahreszeiten gaben die Kulisse zu seinen Worten ab, und wenn es Winter war, hatte er den Mantel fast bis zu den schwarzen Funken seiner Augen zugeknöpft, genau wie ich, aber irgendwie hielt er das Gespräch stets in Gang, selbst an eiskalten Tagen.

Wenn er sich in Thomas McNultys Nähe aufhielt, was er so oft tat, wie er es nur einfädeln konnte, sprach er kaum ein Wort.

Thomas blieb immer ganz er selbst, sogar wenn er sich als meine Mama kleidete. Seine Stimme veränderte sich nicht, eigentlich auch sonst nichts. Nachdem er aus Kansas zurückgekehrt war, zog er nicht mehr so oft Frauenkleider an. Wenn der Anwalt Briscoe ein *'riginal* war, dann war auch er eins. Thomas McNulty sagte immer, er komme aus dem Nichts. Das meinte er wörtlich. Alle seine Familienangehörigen waren in Irland gestorben, in weiter Ferne, genau wie meine in Wyoming. Sie waren verhungert, und viele Indianer waren an demselben Leiden zugrunde gegangen. Er sagte, er komme aus dem Nichts, jetzt aber lebe er unter Königen und Königinnen. Es kam ihm nie in den Sinn, dass auch wir ein Nichts waren.

Wenn er von John Cole sprach, hatte er eine bestimmte Art, das Gesicht vorzustrecken, dann bewegte sich sein Kinn auf und ab wie der Kolben einer Maschine. John Cole war bei Thomas McNulty immer gut angeschrieben. Wenn er

Dinge über ihn sagte, errötete er. Zwar waren es nur ganz gewöhnliche Dinge, doch sobald er sie äußerte, verfärbten sich seine Wangen.

»Schätze, da müssen wir John Cole fragen«, sagte er, wenn es mal eine Auseinandersetzung gab. Dabei streckte er das Gesicht vor. Das meinte er gar nicht lustig, und doch musste ich immer lachen. Ich bin sicher, dass er mich lachen sah, aber er schenkte mir keine Beachtung. Jedenfalls fragte er nie, was mich denn so belustige. Und hätte er's getan, hätte ich nicht antworten können.

Mit Thomas McNulty konnte ich immer mühelos über alles reden – bis ich herausfand, wo meine Grenze war.

Vielleicht war auch Rosalee Bouguereau traurig, als das Kleid beiseite gelegt wurde, war sie es doch, die als Königin im Hintergrund sämtliche Arbeitsschritte geleitet und sich zudem die Mühe gemacht hatte, hundert weiße Stoffstücke zurechtzuschneiden, sie zu kleinen Rosen zu drehen und am Ausschnitt anzunähen. Rosalee Bouguereau war, wie gesagt, bis vor kurzem eine echte Sklavin gewesen, doch falls der Gedanke daran sie quälte, ließ sie sich nichts anmerken, sie zeigte nur ihre Begabung für das, was man Glück nennen könnte.

An dem Tag, als ich voller Blutergüsse nach Hause kam, war sie gar nicht glücklich. Tief erschüttert war sie, als sie mich säuberte. Sie musste mir zwischen die Beine greifen. Als Sklavin dürfte sie bei Frauen schon reichlich Verletzungen gesehen haben.

Natürlich mochte man in West Tennessee keine Schwarzen, weder vor noch nach dem Krieg.

»Die mögen's nich, wenn 'n Schwarzer auf die Füße kommt«, sagte Lige Magan. »Is' halt das Land der Grauröcke.«

Lige hatte den unbekümmerten Humor des siegreichen Soldaten, dem die Tücken des Sieges aufgegangen sind.

»Im Krieg«, sagte er, »war East Tennessee Lincoln-Land, die haben im Blau der Union gekämpft, genau wie wir – aber dieses West Tennessee? Nichts als Baumwollfelder und Konföderiertenröcke.« Er schüttelte den Kopf über dieses Stück Geschichte, als wäre es verwirrend und verworren, was es ja auch war.

»Schätze, Grant is' gar nich' so übel«, sagte Thomas McNulty. »Kein Freund der Grauröcke.«

Ulysses S. Grant war Rosalee Bouguereau herzlich egal, und so wie die Dinge sich entwickelten, hatte sie vielleicht recht damit. Sie wollte nur, dass ihre Pasteten genau so aus dem Backofen kamen, wie sie sich das wünschte, und dass wir uns an den Winterabenden, wenn die Witterung alle Träume ins Haus verbannte, wohlfühlten, und was sie ganz gewiss nicht wollte, war, mich nach allem, was ich durchgemacht hatte, säubern zu müssen, darauf würde ich gutes Geld wetten.

Ihr Bruder Tennyson versuchte, ein eigenes Feld zu bestellen, und arbeitete ansonsten für Lige, und Lige zahlte Rosalee einen Lohn für ihre Tätigkeit im Haushalt, und so glaubte Rosalee, ihr eigener Herr zu sein. Oder doch so gut wie.

Nach all den Jahren kann ich nicht berichten, dass sie in Paris willkommener gewesen wäre als John Cole oder ich; wenn sie in Paris durch die Straßen ging, musste sie die Augen niederschlagen. Doch sie nahm es auf sich, betrat die Kurzwarenhandlung allerdings so leise wie möglich durch die Hintertür. Ich behaupte, mit Bändern kannte sie sich besser aus als Ma Cohen, die Frau des Kurzwarenhändlers.

An jenem Tag säubert sie mich mit der Anmut und dem sanften Gemurmel einer Mutter.

Für eine Frau, die nie verheiratet war, wusste sie über die Ehe in mancher Hinsicht besser Bescheid als Thomas McNulty. Ich wusste in keinerlei Hinsicht Bescheid. Ich schätze, ein Pastor der Weißen hätte ein Mädchen auf die Ehe vorbereiten können; ich aber hätte eine derartige Unterweisung bestimmt nicht erhalten, da man mir als kleinem Mädchen verwehrt hatte, die Schule zu besuchen. Allerdings spielte das alles überhaupt keine Rolle, denn darum hatte sich Rosalee gekümmert. Sie erklärte mir, wie die Mechanik der Liebe funktionierte und was wohin gehörte und wie man das alles ertrug, und sie erklärte mir, was Männer höchstwahrscheinlich mochten und was höchstwahrscheinlich nicht. Damit war sie an den Grenzen ihres Wissens angelangt, dafür verbürge ich mich. Ihre Weisheit verdankte sie niemandem, eher der Tatsache, dass sie selbst eine Frau war und, wie gesagt, in ihren frühen Jahren in den alten Sklavenhütten gelebt hatte, die noch immer nordwestlich des großen Ackers auf Liges Farm standen und allmählich dem Unkraut und dem Wetter zum Opfer fielen. Früher hatten dort drei Dutzend Sklaven gehaust. Da drinnen, sagte sie, sei die Menschheit ein Buch ohne Deckel gewesen.

Sie hatte eine kleine Emailleschüssel mit heißem Wasser und einen sauberen Lappen geholt und mich abgetupft. O Erbarmen! Sie wusste genau, was vorgefallen war, aber wenn ich mich recht erinnere, hatte keine von uns beiden Worte dafür. Die Sprache, die sie benutzte, war Sanftmut. Sie säuberte mich, dann legte sie beide Arme um mich, wiegte mich und sagte, ich sei ein so braves Mädchen und ich solle mir nichts daraus machen. Aber natürlich machte ich mir etwas daraus, schrecklich viel sogar. Was sie auch genau wusste. Rosalees Augen hatten die sonderbare halb gelbe, halb orange Farbe des Erntemonds; nie wieder habe ich bei irgendjemandem noch einmal solche Augen gesehen. Sie war eine gütige Frau, die lange Zeit so behandelt worden war, als wäre sie ein Nichts. Lige hatte die verstiegene Idee, sie sei eine Königin. Das sagte er immer wieder gern.

»Wer weiß, ob sie nich' 'ne Königin is'«, sagte er.

Bis zu diesem Zeitpunkt hätte Jas Jonski ein glückliches Mädchen geheiratet. Obwohl Liges Farm, wie er selbst sagte, nach dem Krieg keine zwei Cent wert war, warf sie für unsere unmittelbaren Bedürfnisse doch genug ab. Und ich hatte eine gute Anstellung. Auch für John Cole und Thomas McNulty waren es glückliche Tage gewesen, denn es war die Zeit nach der großen Notlage, in die Thomas in Fort Leavenworth geraten war, bevor ihm sein alter Feldherr, Major Neale, zu Hilfe eilte und ihn vor dem Galgen rettete.

Ich kann mich noch gut an den Tag erinnern, als er nach seiner langen Zeit im Gefängnis nach Hause kam, und ich glaube, nie in der ganzen Weltgeschichte hat auf einem Hals ein glücklicheres Gesicht gesessen als Thomas McNultys Gesicht an jenem Tag. Die fünfhundert Meilen von Kansas war er ganz allein und zu Fuß hergekommen.

John Cole und ich waren die halbe Strecke Richtung Stadt gegangen, weil wir wussten, dass Thomas McNulty sich rechts vom Wald halten, Paris meiden und am Saum der Bäume wieder auftauchen würde wie ein großer Hirschbock.

Ich weiß nicht, ob Sie jemals gesehen haben, wie ein Mann einen anderen Mann in die Arme schließt, falls aber nicht, kann ich Ihnen versichern, es ist ein bewegender Anblick. Weil Männer immer glauben, kühl und tapfer sein zu müssen. Das mochte bei Jas Jonski der Fall sein, nicht aber bei meinen beiden Männern. Die umklammerten einander unter den zerzausten Bäumen, und mag sein, dass Thomas McNulty schlechter gekleidet war als jedes Unkraut des Waldes und

John Cole in den Augen eines Fremden so verwildert wie ein Straßengraben, ich aber kannte ihre Geschichte, und so konnte ich die leidenschaftliche Kraft erahnen, die im Fieber dieser Umarmung brannte und sich von einer Brust zur anderen übertrug.

Ich vermute, wenn ich einen Wunsch an Jas Jonski hatte, dann den, dass er mich auf dieselbe Art geliebt hätte.

Danach schloss Rosalee mich in die Arme.

Die Welt kann schon ziemlich traurig sein.

Viertes Kapitel

Wir hörten, dass Menschen anderswo hungerten. Im letzten Kriegsjahr war der gesamte Süden niedergebrannt worden, und mitunter hieß es, danach könne nur noch Unkraut gedeihen. Und dann ging die ganze weite Welt zum Teufel. Kein Geld auf den Banken. Wozu waren Banken denn sonst da, als Geld auf ihnen zu haben? Und der *Paris Invigilator* sprach von Countys, in denen ziellos große Mengen freigelassener Sklaven umherzogen. Fälle von Mord und Notzucht wurden aufgeführt, und niemand schien zu wissen, wann die Dinge eine Wendung zum Besseren nehmen würden. Wir hatten einen Präsidenten namens Andrew Johnson gehabt, der immer wieder behauptete, des armen toten Lincoln Abgesandter auf Erden zu sein, in Wahrheit aber die geschlagenen alten Rebellen liebte. Sagte Thomas. Und die geschlagenen Rebellen standen auf, standen überall wieder auf.

Es war nicht das erste Mal, dass die Welt für mich aus nichts als Flut und Flammen bestand, auch nicht das erste Mal, dass ich schöne Tage genoss. Oder dass äußere Einflüsse sich gegen das Glück verschworen. Als ich noch ein kleines Mädchen war, tat meine Mutter alles, um mich mit Glück zu überschütten. In meinem Volk war es ein Segen, ein Kind zu sein. Die erwachsenen Frauen hielten das Lager in Ordnung, die Männer jagten und kämpften, und unsere kleine Aufgabe als Kinder war es, herumzuspringen und glücklich zu sein. Daran zumindest erinnere ich mich deutlich. Wir rannten zwischen den Tipis umher, und es gab nichts, was uns daran hindern konnte, ausgenommen vielleicht der Zorn eines übellaunigen Hundes. Während der heftigen Winterstürme mussten wir auf engstem Raum zusammenhocken, aber was machte das schon? Wir bekamen lange Streifen Trockenfleisch, und der Schnee wurde auf dem Feuer geschmolzen. Im tiefsten Winter muss unser Tipi wie eine im hohen Schnee verborgene Kuppe gewirkt haben, und nur die nach oben steigenden Rauchfahnen verrieten, wo wir kauerten. Meine Mutter hatte gute Geschichten im Kopf; die erzählte sie uns, während wir uns an ihre Beine schmiegten, um uns zu wärmen. Damals hatten wir unsere eigene Sprache, und selbst heute noch höre ich ihre murmelnde Stimme. Wenn ich zu ihr aufblickte, war ihr Atem wie ein leichter Windhauch auf meinem Gesicht. Ihre Arme ruhten auf unseren Rücken wie herabgefallene Äste, die man dort vergessen hatte. So erzählte sie ihre Geschichten. Von Wundern und seltsamen Zeiten. Indem sie jeden Moment unseres kindlichen Daseins zu einem guten Moment machte, vermittelte sie uns einen Eindruck vom weiten Land der Ewigkeit. Wie oft musste ich an ihren Knien weinen, weil ich so glücklich war!

In unserem Stamm stand meine Mutter im Ruf großer Unerschrockenheit. Einmal, als sämtliche Männer fort waren, streifte ein Trupp Crow-Indianer, unsere Feinde, in der Nähe des Dorfes umher. Nur Frauen, Kinder und Alte waren zurückgeblieben. Diese Crow würden sich greifen, was sie nur konnten, und uns töten oder was immer sie mit uns vorhatten. Meine Mutter löste sich aus unserer kleinen Gruppe und ging bis zu der Stelle, wo sich die Crow versammelt hatten. Sie begrüßte sie freundlich und begann, mit ihnen zu sprechen, und bald unterhielten sie sich aufs Angenehmste, und so wurde die Katastrophe durch die Zauberkraft ihres Mutes abgewendet. Die Leute sprachen von diesem Moment als von einer heiligen Sache und begegneten ihr mit großer Ehrerbietung. Drei- oder viermal forderten die Männer sie auf, mit ihnen in den Krieg zu ziehen, weil sie glaubten, sie verfüge über besondere Kräfte. Sie legte Männerkleidung an und ritt davon. Sie wusste genau, wo im Gelände der Feind sich befand, selbst wenn er sich versteckt hielt. Kein Mann auf Erden hätte sich an sie heranschleichen können. Viele sagten mir, eine wie sie habe es noch nie gegeben. Auf diese Weise war auch sie eine Geschichte.

Eine andere Geschichte, die sie erzählte, nannte sie »Der Fall«. Eine große Krankheit sei über uns gekommen, sagte sie, vor tausend Monden. Fast alle starben. Sie fielen um, und nur wenige Stunden später waren sie tot. Oh, wie wir uns vor dieser Geschichte fürchteten! »Vor tausend Monden« war ihr größtes Zeitmaß. Es war ein ähnliches Zeitmaß wie Thomas McNultys »hundert Jahre«. Einmal fragte ihn ein Wanderprediger: »Wann seid's Ihr nach Amerika gekommen, Thomas?« »Vor hundert Jahren«, lautete seine Antwort. Für meine Mutter war die Zeit eine Art Reifen oder Kreis, keine lange Schnur. Wenn man weit genug laufe, sagte sie, könne man auf lebendige Menschen stoßen, die schon in tiefster Vergangenheit gelebt hätten. »Tausend Monde auf einmal«, nannte sie das. So weit könne man gar nicht laufen, sagte sie, aber das bedeute nicht, dass die Menschen nicht da seien. Alle möglichen Vorstellungen hatte sie, die uns Kindern sehr gut gefielen und uns zugleich Angst machten.

Aber natürlich haben die Soldaten sie getötet, und sie haben meinen Vater und meine Onkel getötet. Sie haben meine Schwester und meine Tanten getötet, sie haben ungezählte Menschen getötet. Sie müssen's getan haben, denn keiner von ihnen war mehr am Leben. Danach gab's nur noch mich, so jedenfalls fühlte es sich an.

Für sie waren wir ein Nichts. Ich muss daran denken, wie viel Wert wir darauf legten, *was* wir waren, und ich frage mich, was es bedeutet, wenn ein anderes Volk dich für so wertlos hält, dass du nur noch getötet werden kannst. Wie unser Stolz auf alles so zerschmettert wurde, dass er sich verflüchtigte, dass er nur noch ein kleines Stäubchen war, das der Wind verwehte. Wo war da der Mut meiner Mutter? War auch sie zu Staub geworden? Wir glaubten, der Name der Welt sei Schildkröteninsel, aber das stellte sich als Irrtum heraus. Was hat das mit deinem Herzen gemacht, was mit meinem?

Nichts, nichts, nichts, wir waren ein Nichts. Ich denke darüber nach und halte es für den Gipfel der Traurigkeit.

Aber vielleicht war das ja der Grund, weshalb Thomas McNulty und John Cole mich liebten – weil ich ein Kind des Nichts war.

Nur wenige von uns kleinen Kindern scheinen dem Massaker entkommen zu sein, um wie Stecklinge aus dem einen Leben herausgeschnitten und plötzlich in ein anderes verpflanzt zu werden. Wo mir Mrs Neale im Fort Englisch beibrachte und mich schließlich Thomas McNulty übergab, als der sie darum bat. Mrs Neale fragte mich, ob ich mitgehen wolle. Und obwohl ich ein kleines verlorenes Mädchen war und er nur ein grober Soldat, mochte ich ihn. Ich weiß noch, wie ich, ganz klein und adrett, vor Mrs Neale saß und meine Entscheidung traf. Ja. Er wollte mich nur als Bedienstete mitnehmen. Vielleicht hätte sie mich ihm in jedem Fall übergeben. Aber das weiß ich nicht, weil ich ja gesagt hatte. Mrs Neale hatte an Thomas Gefallen gefunden, und sie vertraute ihm. Inzwischen weiß ich, dass viele indianische Mädchen zu sündhaften Zwecken übergeben wurden. Dieser verrückte Starling Carlton, nun, es war weithin bekannt, dass er ein Kinderdieb war und Leuten Kinder aus dem Westen zuführte, aus Gründen, so finster, dass keine Jahreszeit und keine Sturmnacht ihnen gleichkamen.

Nein, ich glaube, es stimmt, dass ich mich an das Gemetzel nicht erinnern konnte. Ich glaube, ich konnte es wirklich nicht.

Und nun gab es ein zweites Ereignis, an das ich mich nicht erinnern konnte, und das war mir erst jüngst widerfahren.

Unterdessen tauchte Jas Jonski auf. Nach zwei Wochen kam er auf einem alten Gaul, den er wohl seinem Freund Frank Parkman vom städtischen Mietstall abgebettelt hatte, den Weg heraufgetrappelt. Natürlich war ich seit dem Vorfall nicht mal mehr in der Nähe der Stadt gewesen, und ich vermute, er hatte darauf gewartet, dass ich mich wieder zeige. Wer weiß schon, was er so bei sich dachte? Es war ein recht kalter Spätfrühlingstag mit wenig Sonnenschein. Mit dem bloßen Auge war mein Zittern nicht mehr zu erkennen, doch Jas Jonskis Anblick, dieses rote Gesicht, das auf dem jämmerlichen Gaul hin und her schwankte, tat mir gar nicht gut. Ich war ohnehin nicht darauf erpicht, ihn wiederzusehen. Ganz und gar nicht. Ich stand in einer dunklen Ecke des Wohnzimmers und sah, wie er sich näherte und dabei der Schimmelstute die Sporen in die Weichen grub. Die Männer waren seit fünf Uhr draußen, aber nicht weiter weg als der Tabakschuppen, weil sie dort zu arbeiten hatten, also nur hundert Meter vom Haus entfernt.

Rosalee reinigte gerade Tennysons Gewehr. Die Waffe lag in Einzelteilen auf dem Küchentisch, der ganze Raum roch nach Öl.

»Wer kommt da den Weg rauf?«, fragte sie, dabei hatte sie nicht einmal aufgeblickt. Sie hatte wohl das Klappern der Hufe gehört. Wie gesagt, jeder Fremde war eine mögliche Gefahr.

»Dieser Bursche Jas Jonski«, sagte ich.

Rosalee ließ die Waffe ihres Bruders liegen, trat ans Fenster und sah hinaus. Sie spähte angestrengt, dann warf sie einen Blick auf die auseinandergenommene Waffe, als hätte sie sie gern schussbereit gehabt.

»Willst du ihn sehen?«, fragte sie.

»Nicht unbedingt.«

»Hast du ihm schon von der Hochzeit erzählt?«

»Hab ihm gar nichts erzählt.«

»Willst du, dass ich ihm sage, er soll ein andermal kommen?«

»Ich will, dass du ihm sagst, er soll nie mehr kommen.«

Als sie an mir vorbeiging, legte sie mir freundlich die Hand auf den Rücken, dann trat sie hinaus ins kalte Morgenlicht. Sie stapfte die Stufen der Veranda hinab. Inzwischen war Jas Jonski vielleicht zwölf Meter von ihr entfernt, und ich sah, wie er sich mühte, die Zügel seiner Stute an den Pflock zu binden. Aber die Stute warf immer wieder den Kopf zurück. So war Rosalee schon bei ihm, als sie ihn ansprach.

Rosalee war eine stämmige Frau, und im Vergleich zu dem schmächtigen Jas Jonski hatte es fast den Anschein, als gäbe es gleich zwei von ihr. Ich konnte sehen, wie er sein Lächeln lächelte und sein kleines blechernes Lachen lachte, und ich konnte sehen, wie er ihr die Hand auf den Rücken legte, genau wie sie es bei mir gemacht hatte. Irgendwie wirkte seine achtlose Berührung besitzergreifend. Doch im Gegensatz zu mir trat Rosalee entschlossen einen Schritt zurück und stemmte die Arme in die Hüften. Ich weiß nicht, was sie sagte, aber Jas Jonski kräuselte die Lippen und warf ihr einen Blick zu, als hätte sie ihm auf den Schuh gepinkelt. Wenn auch keine Sklavin mehr, so war sie doch in seinen Augen ein niedrigstehender Mensch. Dann stieß er sie trotz seiner geringen Körpergröße herrisch beiseite und ging auf das Haus zu. Auf mich und das Haus.

Nun, ich trat den Rückzug an, aus dem Wohnzimmer in den Hof hinterm Haus, und so flink, wie meine Angst es mir erlaubte, rannte ich über das vom Winter zerzauste Unkraut. Fast hätte ich den Riegel der Schlupftür am großen Scheunentor abgerissen. Lige Magan stand mit dem großen Rechen in der Hand ein paar Schritte weit in der Scheune und harkte den Tabakstaub und all den anderen Staub zusammen, der sich überall auf dieser Erde ansammelt, und oben, über den Gefachen, wo der Tabak getrocknet wurde, konnte ich Thomas McNulty und John Cole sehen, die mit Schlamm und Mörtel aus schweren Eimern Ritzen verklebten. Lige würde all den Staub verbrennen, um den schädlichen Schimmel und die anderen kleinen Pilze loszuwerden, die in jeder Ernte lauern. Tennyson Bouguereau sah ich nicht. Doch, ich sah ihn – hinten in einer Ecke schärfte er die Eggen. Den ganzen Spätwinter über hatten die Männer den gefrorenen Erdboden umgepflügt, bis die Pflugscharen kreischten. Bald wären die Eggen an der Reihe.

Unter meinem Kleid war ich feucht von Schweiß, ich zitterte, und ich stürmte quer durch den Schuppen und die große Leiter hinauf zu John Cole und umschlang ihn, als wäre ich noch ein kleines Mädchen. So viel dazu, dass ich mich selbst um die Dinge kümmerte ... Seine Hände, seine Arme und sein Schoß waren schlammverkrustet. Er hinterließ überall Abdrücke auf meinem Kleid. Die zehn mit Stricken angebundenen Maultiere, die sich unter den Leitern gegen die Kälte zusammendrängten, erschauderten und wichen auf dem harten Boden ein paar Schritte zurück.

John Cole wollte wissen, was mir fehlte, und ich sagte ihm, Jas Jonski stehe vor dem Haus.

»Du musst ihn vertreiben«, sagte ich.

»Und wieso das?«, fragte John Cole.

Ich antwortete, das wisse ich auch nicht so recht, aber ich wäre ihm sehr dankbar, wenn er hinausginge und Jas Jonski genau das sagen würde. Und würde er Jas Jonski sagen, dass er sich nicht die Mühe machen solle, wiederzukommen?

Thomas McNulty war von Kopf bis Fuß mit Schlamm bedeckt, und um ihn loszuwerden, klopfte er sich, als er auf uns zukam, mit beiden Händen Brust, Beine und Hintern ab, was aber nicht viel nutzte. Dann sah er mich an.

»Ich geh raus und rede mit ihm«, sagte er, und seine Stimme klang so düster wie noch nie.

»Tu das, Thomas«, sagte John Cole.

Unterdessen war Lige Magan hinter mir die Leiter heraufgeklettert. In der Schule hatte Liges Vater Rosalee neben seinen Sohn gesetzt. Dergleichen hätte nur in alten Sklavenzeiten passieren können. Das war lange her. Vielleicht war Rosalee die einzige Schwarze in Tennessee, die Griechisch, Latein und Hebräisch beherrschte. Ihr Bruder Tennyson konnte weder lesen noch schreiben, somit waren ihre Kenntnisse eine Seltenheit. In all der Zeit, da ich ihn kannte, habe ich Lige Magan kein einziges Buch lesen sehen, aber er musste von Rosalees Weisheit irgendetwas abbekommen haben. Jedenfalls gebot er Thomas McNulty Einhalt.

»Ich schätze, am besten geh ich runter und überbring ihm den Befehl«, sagte er.

Damit meinte er, dass er Jas Jonski Bescheid stoßen wollte. Für Lige war die Welt eine einzige Armee.

Wenn ich es recht bedenke, waren wir im Henry County etlichen Gefahren ausgesetzt, mit drei Männern, die für die Union gekämpft hatten, aber genau darum ging es. Sie waren Soldaten durch und durch. Selbst Tach Petrie hatte feststellen müssen, dass er sie nicht aus dem Weg räumen konnte, und der hatte fünf, sechs Männer befehligt, kampferprobte Männer, die graue Uniformröcke trugen.

Lige Magan stieg die Leiter hinab ins staubige Innere der Scheune und griff nach seinem Gewehr. Er bedachte uns mit einem kurzen, eiligen Blick und schob sich durch die Schlupftür. Die Tür fiel hinter ihm ins Schloss, und in die Scheune kehrte wieder Dunkelheit ein. Wir wandten unsere Gesichter der Stelle zu, wo Lige Magan unserer Meinung nach auf dem Weg zu Jas Jonski den Hof durchquerte.

Ein, zwei Minuten verstrichen. Hatten wir überhaupt ausgeatmet? Dann gab es einen großen Knall. Thomas McNulty sah erschrocken aus, er blickte John Cole an und versuchte, eine Entscheidung zu treffen: bleiben oder gehen, und dann musste er wohl gedacht haben, es sei besser, zu gehen, falls Jas Jonski doch eine Waffe bei sich führte – und eilte davon.

Danach herrschte lange Zeit Stille. Kein Geräusch, das uns etwas verraten hätte.

Fünftes Kapitel

»Dann hat der's also getan?«, fragte Lige Magan.

Wir waren im Haus, am vertrauten Tisch. Rosalee Bouguereau saß auf meiner einen und Thomas McNulty auf meiner anderen Seite. Thomas McNulty hatte die Arme verschränkt, sah mich an und nickte mit seinem graubärtigen Kopf. John Cole stand am Fenster, aber falls er hinausschaute, strafte der seltsam blinde, starre Blick in seinen Augen ihn Lügen. Tennyson Bouguereau war nicht da, er war mit Jas Jonski drüben in der Wäschekammer.

»Das hat er nich' gesagt«, antwortete Thomas McNulty. »Er hat gesagt, er war's nich'. Er hat gesagt, warum in drei Teufels Namen er herkommen würd, wenn er's war, der's getan hat. Das hat er gesagt, grad eben. Selbst als du ihm dein Gewehr unters Kinn gehalten hast, Lige, hat er geschworen, dass er's nich' war.«

»Dann müssen wir ihn wohl so lange verprügeln, bis er die Wahrheit sagt«, sagte Lige Magan aufbrausend. »Auf mich wirkt er schuldig. Als er mich hat rauskommen sehn, wollte er gleich das Weite suchen. Wollte weglaufen, ganz wie einer, der schuld is'. Wie ich den Schuss abgefeuert hab, isser stehn geblieben wie 'n Standbild. Dann hat er sich umgedreht, kreidebleich im Gesicht. Dann kommst du, Thomas, und ich stell ihm die Frage, und er sagt nichts, und die Pisse läuft ihm in die Hose, und dann frag ich noch mal mit Hilfe des Gewehrs, und er sagt, er hätt nichts verbrochen. Er sagt, er weiß nich' mal, was passiert is'. Hat zehn Tage gewartet, dass Winona sich meldet, aber kein Wort. Seine *Verlobte*, hat er sie genannt. Is' nur hergekommen, um rauszufinden, was los is'.«

Lige Magan musterte Thomas McNulty mit diesem speziellen Blick, der bedeutete: Und was sagst du dazu?

Doch Thomas McNulty antwortete nicht. Er legte mir die Hand auf den verschwitzten Rücken. Ich weinte wie ein Frühlingsregen. Ich zitterte. Zitterte von neuem. Mir war übel, als hätte man mich vergiftet. Thomas McNulty gab acht auf meine Rede, diese seltsame Rede ohne Worte, die aus mir hervorquoll. Noch nie hatte ich mich so freudlos, so fiebrig und so furchtsam gefühlt. Nicht einmal, als ich versucht hatte, mit Lana Jane Sugrues Brüdern nach Hause zu gelangen. Ich wusste nicht, was mit mir los war, vermochte es nicht zu deuten. Ich wollte kein Gerede mehr hören. Ich wollte, dass alles wieder so wäre wie vorher, ich und das weiße Kleid, meine Arbeit für den Anwalt Briscoe, die Vorstellung, Jas Jonski zu küssen.

»Wir müssen endlich wissen, was zu tun is'«, sagte Lige Magan, und sein Zorn verflog ebenso rasch, wie er gekommen war. »Verdammt, wenn er nichts getan hat, kann ich ihn nich' gefesselt in der Wäschekammer lassen.«

»Falls wir ihm glauben, lassen wir ihn laufen«, sagte John Cole bestimmt. »Weiß nur nich', ob's mich kümmert, ob ich ihm glauben kann. Is' 'n Lump.«

»Es wird dich aber kümmern, wenn Sheriff Flynn mit zwanzig Hilfssheriffs hier rauskommt und alles in Stücke schlägt«, sagte Lige Magan. »Wir müssen rauskriegen, was passiert is'.«

Dann blickte er mich an. Ich nahm ihn nur durch eine Kaskade von Tränen wahr. Ich wusste nicht, was Rosalee Bouguereau ihnen erzählt hatte. Von dem, was gerissen war. All das. Ich hatte den Kerl nicht einmal geküsst. Hatte *er* mich so zerrissen? War *er* es, der das getan hatte? Innerlich schrie ich mich selbst an, schrie mit offenem Mund. Nicht, dass sie es gesehen hätten. Aber Thomas McNulty war ein weiser alter Mensch, der spüren konnte, was andere Leute empfanden, das denke ich schon.

»Wenn du dich an nichts erinnerst«, sagte Thomas zu Lige Magan, »heißt das längst nich', dass es nich' passiert is', so viel steht fest.«

»Ich werd mein Mädchen ins Bett bringen und ihr meine Kaninchensuppe verabreichen«, sagte Rosalee Bouguereau, ebenfalls wütend, rückte ihren Stuhl ab und erhob sich. »Schaut euch das Mädchen doch mal an. Kann ja nich' mal sitzen.«

Ich spürte, wie ich wegschmolz. Ich glaubte, wie Wasser zu sein, hatte aber keinen Becher, der mich fasste. Wie klein ich mich fühlte. Der Welt war es gleich, das wusste ich. Der Welt außerhalb Liges Haus. Die Welt wollte, dass indianischen Mädchen Schlimmes widerfuhr. Das war es, was ich dachte, wenn ich überhaupt etwas dachte. Meist versuchte ich, meinen schmelzenden Kopf hochzuhalten. Meine schmelzenden Arme, meine schmelzenden Beine. Ich war doch nur ein Mädchen, nicht wahr? Ich war so froh, dass Rosalee da war, eine so freundliche Frau.

Aber sie waren alle freundlich. Nur wussten sie nicht, was zu tun war; dabei hatten sie in finsteren Zeiten tausendmal gewusst, was zu tun war. Deshalb waren sie noch am Leben, deshalb war ich noch am Leben. Ich war noch am Leben, und jetzt hatte ich Angst, irgendwie tot zu sein. Ich glaubte, dass jemand mich getötet hatte. Wie sollte ich jemals wieder auf die Beine kommen? Wie sollte ich die Herrschaft über meine Gliedmaßen wiedererlangen? Wie sollte ich je wieder glücklich sein, so närrisch glücklich, wie man es in diesem Leben sein muss? An einem Frühlingsmorgen auf der Veranda zu stehen und die Kälte im Sonnenlicht zu spüren, aber auch die

Vorboten des Sommers? Was für ein närrisches kleines Kind ich doch gewesen war – aber in der ganzen Weltgeschichte war das die beste Art, zu sein. Ein närrisches kleines Kind, das von allen geliebt wurde, die es kannten, es sei denn, es handelte sich um einen ignoranten Bauernjungen in der Stadt, der nur das schwarze Haar einer Indianerin wahrnahm. Vielleicht war's ein närrischer Bauernjunge, der mir wehgetan hatte, vielleicht war's ja das. Jetzt blickte ich zurück, blickte zurück und versuchte, es wieder vor mir zu sehen, bis mir fast der Kopf platzte. Ach, wenn es nicht Jas Jonski war, dann bestand ja vielleicht doch noch Hoffnung für mich.

»Ich sage nicht, dass es Jas war«, sagte ich.

Dann war ich nicht mehr da. So hat's mir Rosalee erzählt. Ich sank ohnmächtig zu Boden, und Thomas McNulty hob mich hoch, und dann, erzählte Rosalee, wurde ich in mein Bett getragen – das tiefe warme Bett, das ich mit ihr teilte –, und mir wurde gesagt, Lige Magan habe den Satz ernst genommen, sei in die Wäschekammer gegangen und habe Jas Jonski freigelassen. Jas Jonski habe seinen klapprigen Gaul geholt und sei geflohen.

Etwas später tauchte der Anwalt Briscoe auf. Joe Sugrue kutschierte ihn mit dem Buggy.

Es war der beste Buggy im Henry County. Meiner Meinung nach hatte er ihn für seine vornehme Frau benötigt, und jetzt war ihm nur noch der vornehme Buggy geblieben, der ihre Vornehmheit befördert hatte.

Als ich ihn kommen sah, heulte ich nur noch Rotz und Wasser – so war mein Gemütszustand.

Er trat durch die Tür. Der dunkle Raum nahm seinem Gesicht den Schimmer, so wie ein Löffel, der in eine Schale Haferschleim getaucht wird, seinen Glanz verliert. Rosalee

Bouguereau war ungewöhnlich tollpatschig und ließ die Kaffeekanne auf den Herd krachen, aufgeregt, einen so bedeutenden Mann zu sehen.

Der saß zufrieden in einem alten Eichenholzsessel, den Lige Magan ihm gleich neben dem Herd zurechtgerückt hatte. Denn die ganze Nacht über hatte in den vertrockneten Wiesengräsern der Raureif gewütet. Trotzdem behielt er seine Pelzmütze und seinen Pelzmantel an. Er sprach kurz übers Wetter, fragte Lige Magan, wie es um die Pflanzarbeiten stehe, und kommentierte den misslichen Zustand von allem und jedem im Henry County, und o Herr!, werde es jemals wieder auf die Füße kommen, und nachdem der Gepflogenheiten Genüge getan war, sagte er, was zu sagen er gekommen war. Er sagte, er habe beunruhigende Nachrichten über seine Angestellte gehört – so nannte er mich – und halte es für seine Pflicht, moralisch wie gesetzlich, herzukommen und nachzuschauen, was vorgefallen sei.

»Nun«, sagte Lige Magan, »sie hat 'n großen Schreck bekommen, so viel is' mal klar.«

»Ist mir zu Ohren gekommen. Joe Sugrue hat mir davon berichtet, und ich war sehr verärgert, es zu hören«, sagte er. »Aber die Zahlen rechnen sich nicht von allein zusammen, und ich wäre Ihnen sehr verbunden, wenn Winona *instanter* zu mir zurückkommen könnte.«

Ich stand wie ertappt in der Mitte des Zimmers und nahm all meine Kraft zusammen, um mich würdig zu benehmen. Man kann nicht sein ganzes Leben lang ein Geysir an Tränen sein.

»Sie muss 'ne gesetzliche Entschädigung erhalten«, sagte Lige Magan.

»Eine Indianerin ist keine Bürgerin, und das Gesetz findet nicht in gleicher Weise Anwendung«, erwiderte der Anwalt Briscoe.

»Meinen Sie das ernst?«, fragte John Cole sehr leise, aber gewürzt mit einer hübschen Prise Bedrohlichkeit.

Die Männer blickten einander an und ließen das, denke ich, erst einmal auf sich wirken. John Cole sah aus, als könnte er jeden Moment in Flammen aufgehen, die nächste Stufe nach der Drohung.

»Nun heißt es friedlich sein und ruhig leben. Sie sind alte Männer, genau wie ich«, sagte der Anwalt Briscoe. »Zum Teufel, wie alt sind Sie, Lige, weiß Gott das überhaupt?«

»Ich glaub nich'«, sagte Lige, der in Gelächter auszubrechen drohte, es sich jedoch, so gut er konnte, verbiss.

John Cole, der sich im Hintergrund hielt, trat von einem Stiefel auf den andern – wie ein Pferd im Stall, das das Bedürfnis verspürt, sein Gewicht zu verlagern.

»Ich bin erst vierzig«, sagte Thomas McNulty, obwohl er in Wahrheit gar nicht genau wusste, wie alt er war. »Und ich glaube, ein niederträchtiger Mensch ...«, fuhr er fort, doch dann fehlten ihm die Worte.

»Sie glauben was?«, fragte der Anwalt Briscoe scharf.

»Ich glaube, ein niederträchtiger Mensch muss für das, was er Winona angetan hat, zur Rechenschaft gezogen werden«, sagte Thomas, »wo Sie schon danach fragen.« Plötzlich hatte er die Worte wiedergefunden.

»Das glaube ich auch«, sagte Rosalee Bouguereau. Der Anwalt Briscoe starrte sie einen Moment lang an. War er überrascht? Nein. In diesem Augenblick hatte Rosalee endlich den Kaffee zu ihrer Zufriedenheit aufgebrüht und die Kanne samt einem Becher, dessen Henkel sie sich an den Finger gehängt hatte, zu ihm gebracht.

»Ich denke, wir finden heraus, wer die Tat begangen hat, und erschießen den Mann«, sagte John Cole.

Thomas McNulty und Rosalee sahen einander zustimmend an. Thomas McNulty öffnete die Hände, wie um zu fragen: Wie wär's damit, Mr Briscoe?

»Trinkt sonst keiner Kaffee?«, fragte der Anwalt Briscoe. Niemand antwortete, und so erlaubte er Rosalee, seinen Becher zu füllen.

»Haben Sie Melasse da?«, fragte er sie leise, als wäre er plötzlich an einem anderen Ort mit ihr, als wären wir anderen gar nicht vorhanden.

»Haste nich' noch was von der Melasse aus New Orleans?«, sagte Lige Magan zu Thomas McNulty, trotz allem bestrebt, seinem Besucher zu gewähren, wonach es diesen verlangte.

»Hab sie weggeschüttet«, sagte Thomas McNulty grob.

»Mögen Sie Rohrzucker, Herr Richter?«, fragte Rosalee.

»Ja doch, ja«, antwortete der Anwalt Briscoe. »Und ich danke Ihnen, Miss Bouguereau. Übrigens bin ich kein Richter.«

Dann holte Rosalee den Zucker, tat etwas davon in den Becher, und der Anwalt Briscoe trank seinen Kaffee.

Solange er trank, sprach er nicht. Das tat auch sonst niemand. Jeder von uns drehte und wendete in seinem Gehirn, was gesagt worden war und was nicht.

Ich wusste nicht, was ich hören wollte. Wenn Hochwasser eine Farm überschwemmt, stürzen zahlreiche Bäume um, und die Pflanzen, sofern sie bereits hoch stehen, werden niedergedrückt. Die ärgste Überschwemmung wird noch das letzte Feld, ein ganzes Königreich, verheeren; es muss von neuem gepflügt und von neuem geeggt werden, und vielleicht ist es schon zu spät, um in dem betreffenden Jahr noch eine weitere Aussaat vorzunehmen. Hat man nach der Überschwemmung erst einmal seine Kleidung getrocknet, merkt man womöglich, dass man im kommenden Jahr nicht so viel zu essen haben wird wie in diesem. Aber es ist klar wie der Tag, dass man der Stärke der Flut, des Tornados oder des heftigen Sturms mit ebenso großer Stärke begegnen muss. Um aufzubauen, was zerstört wurde, um das, was aus seiner Verankerung gerissen und von seinem Haken getrennt wurde, wieder an seinen Platz zu tun.

Ruhig trank der Anwalt Briscoe weiter seinen Kaffee.

Sechstes Kapitel

Ich muss ein paar Dinge über Tennyson Bouguereau sagen. Denn der wurde zusammengeschlagen. Was damit zu tun hatte, dass er es war, der Jas Jonski eine Weile gefangen gehalten hatte. So wurde später geredet: ein Schwarzer, der Herr über einen Weißen gewesen sei. So etwas bezeichneten diese dummen Leute als aufmüpfig. Im Henry County gab es viele Leute, die dergleichen nicht hören konnten, ohne ihn bestrafen zu wollen. Die wussten, wie man's anstellt.

Ich war mir sicher, dass Jas Jonski sich nicht scheute, in der Stadt seine Unschuld zu beteuern. Er gehörte zu einer Gruppe junger Männer in seinem Alter, die alles ausposaunten. Ausposaunten und Blech redeten.

Ich weiß noch, wie in den alten Tagen in der Prärie auch die jungen Lakota-Burschen gemeinsam unterwegs waren. Ich vermute, junge Weiße sind genauso. Ein Mädchen bleibt mehr für sich. Dennoch erinnere ich mich an die drei Tage Tanz, wenn ein Mädchen endlich ihren Mond bekam. An das Lakota-Wort kann ich mich nicht mehr erinnern, aber es bedeutete »Mond«. Ich erinnere mich an das Singen und Tanzen und daran, wie stolz man auf die junge Frau war. Als ich meinen Mond bekam – ich muss wohl zwölf oder so gewesen sein –, war ich schon nicht mehr bei meinem Volk, ich war beim Dichter McSweny in Grand Rapids, während Thomas McNulty und John Cole in Kriegsdingen unterwegs waren. Der Dichter McSweny war dunkelhäutig, genau wie Rosalee, und ein berühmter Türsteher am dortigen örtlichen Theater. Als ich meinen Mond bekam, glaubte ich, ich müsse sterben, und er glaubte es auch. Damals war er an die neunzig Jahre alt, hätte es also besser wissen sollen. Aber wir zwei da in seinem Haus waren unwissende Geschöpfe. Er rannte zu Doc Ganley, der ein paar Türen weiter wohnte, und der Doc kam mit ihm zurückgerannt, und als er sah, wie's um mich bestellt war, musste er lachen. Der Dichter McSweny wurde über die Tatsachen des Lebens aufgeklärt und musste eines seiner alten Bettlaken zu Binden schneiden. Das war's aber auch schon. Kein Tanz, kein Gesang und keine Frauen, die wussten, was zu tun war.

Jas Jonski war jung wie alle anderen jungen Männer, die je gelebt haben, ob weiß, ob schwarz, ob rot. Damals wusste ich nicht, ob er es war, der Tennyson Bouguereau in der Stadt gesehen hatte. Denkbar wäre es. Unser Pferdewagen wurde halb umgestürzt im Wald aufgefunden, und die arme, noch angeschirrte Jakes, unsere beste Stute, zitterte traurig. Wenn ich mich recht erinnere, war die Stelle nicht allzu weit vom Haus des Anwalts Briscoe entfernt, und so führten einige Männer Pferd und Wagen dorthin, und ich denke, sie waren der Meinung, ihrer Pflicht damit Genüge getan zu haben. Dem armen Schwarzen, der bewusstlos auf der Straße lag, schenkten sie nicht die geringste Beachtung.

Falls Sie sich je ein Bild des Leidens gewünscht haben sollten – ein reisender Fotograf hätte eine Daguerreotypie von Rosalee Bouguereaus Gesicht anfertigen können, als sie die Nachricht erhielt. Ich stürzte auf sie zu und zog sie an mich. Sie weinte ohne Unterlass.

»Schon gut, Rosalee, sei still«, sagte Lige Magan, »wenigstens isser nich' tot.«

Später in jener Nacht kamen John Cole und Lige Magan mit Rosalees Bruder zurück. Nachdem sie von den Brüdern Sugrue die schlimme Nachricht vernommen hatten, waren sie auf Maultieren losgeritten, und jetzt kamen sie mit denselben Maultieren zurück, hinten an den Wagen gebunden, und die große Blechlampe warf auf alles ihr Licht. Jakes, die Stute, zitterte noch immer. Ein Pferd ist ein kundiges Geschöpf. Und auf der Ladefläche des Wagens lag Tennyson Bouguereaus armer, zerschundener Körper. Sein hübsches Gesicht war voller Schrammen, blutig und geschwollen, und seine Kleider, die er immer so in Ordnung hielt, glichen den Lumpen eines Bettlers.

Deshalb wollte ich ein paar Dinge über Tennyson sagen. Tennyson Bouguereau war – zumindest bei uns – berühmt für seinen geschickten Umgang mit dem Gewehr. Lige Magan erzählte uns oft, wie Tennyson einmal einen Grashalm aufgerichtet hatte, fünfzehn Meter zurückgegangen war, sich dann umgedreht und den Grashalm mit seinem Spencer-Karabiner in zwei Teile zerschossen hatte. Lige Magan wusste diese Fertigkeit zu würdigen, war er doch in der Armee selber Scharfschütze gewesen, wenn auch kein so scharfer wie Tennyson. Tennyson Bouguereau hatte eine natürliche, gottgegebene Befähigung. Als ehemaliger Sklave durfte er natürlich nur bei sich zu Hause Waffen tragen. Für kurze Zeit hatte es für diese Sklaven etwas besser ausgesehen. Auf Farmen, für die sie nicht mehr arbeiten wollten, hatten sie ihre Werkzeuge niedergelegt. Sie hatten das Stimmrecht erhalten, nun ja, zumindest die Männer. Sie konnten einem Weißen in die Augen sehen und offen mit ihm reden. Für kurze Zeit. Jetzt schwang das Pendel wieder zurück. Wenn die schwarzen Landarbeiter nicht blieben, hatten die Farmer niemanden, der ihre Felder bewirtschaftete. Sie drehten durch. Von großen Gewaltausbrüchen war die Rede, Böses wurde gesagt und getan. Tennyson Bouguereau war ein Fürst von einem Mann. Wenn jemand Hilfe gebraucht oder ihn um Hilfe gebeten hätte, er hätte jedem geholfen.

Er konnte nicht lesen oder schreiben, aber auf Rosalees hübschem Papier konnte er dein Gesicht zeichnen. Er zeichnete gern die Rotkehlchen im Hof, und wie eine Nachtschwalbe aussah, wusste ich nur deshalb, weil Tennyson eine eingefangen hatte – auf dem Papier.

Die Männer, die ihn zusammenschlugen, interessierte das alles nicht. Die meisten Weißen sehen nur Sklaven und Indianer. Den einzelnen Menschen nehmen sie nicht wahr. Dass jeder von ihnen ein Kaiser ist für die, die ihn lieben.

An diesem Abend mussten wir Reste essen. Rosalee säuberte ihren Bruder von all dem Blut und ließ sich von Lige Magan dabei helfen, Tennyson in das schmale Schlafzimmer auf der Rückseite des Hauses zu bugsieren, in dem er schlief. Dort sollte er genesen. Ich sah, wie sie ihm das Haar mit etwas von der Pomade einrieb, die John Cole gehörte. Tennyson gab kein Wort von sich. Er war all seiner Worte beraubt. Sie flehte ihn an, ihr zu verraten, wer die Tat begangen hatte, doch er starrte sie nur an wie ein verängstigtes Kind. Wo mit einem Werkzeug auf seinen Schädel eingeschlagen worden war, sah ich einen langgestreckten Bluterguss, dunkel wie Erde, die gerade umgepflügt worden ist. Er wurde immer dunkler. Rosalee trug mir auf, die Blumenköpfchen der Hyazinthen zu zerdrücken, die sie im Frühling des Vorjahres gesammelt und getrocknet hatte und die sie mir immer verabreichte, wenn ich meinen Mond bekam. Etwas davon gab sie in das Wasser, mit dem sie Tennyson wusch, so dass er ein wenig nach Frühling roch. Sie versuchte, die Gewalt von ihm abzuwaschen.

Jetzt war Rosalee die Traurige und ich die Suppenzubereiterin. Meine Fürsorge für Rosalee übte einen gewissen Reiz auf mich aus. Die Traurigkeit eines anderen Menschen kann die eigene ein wenig lindern. Habe ich festgestellt. Doch so seltsam ist das gar nicht, denn die Welt ist ohnehin mysteriös.

Sie war bestürzt, ihren Bruder so malträtiert zu sehen. Es weckte Erinnerungen an die Schrecknisse früherer Zeiten, als sie nicht wussten, ob sie für immer in Knechtschaft gefangen oder frei sein würden. Trotz allem mussten sie bittere Wahrheiten schmecken, das war gewiss.

Ich komme aus der traurigsten Geschichte, die es auf Erden je gegeben hat. Ich bin eine der Letzten, die noch weiß, was mir genommen wurde und wie es war, bevor es mir genommen wurde. Das Gewicht dieser Trauer hat schon so manchen Kopf zermalmt. Jemals einen betrunkenen Indianer gesehen, jemals einen Indianer in Lumpen gesehen? Das passiert, wenn ein König von Trauer überwältigt wird. Aber es ist nicht nur das. Wir glaubten, alles, was wir waren, sei Reichtum und Wunder. Wir wussten, dass dem so war. Wie sonst war es möglich, als Kind so glücklich gewesen zu sein? Eine Welt, die ein guter Ort ist für ein Kind, ist eine gute Welt. Es war ja nicht nur so, dass diese Welt beseitigt, sondern dass so oft der Befehl ergangen war: *Tötet sie alle.* Fragen Sie Thomas McNulty, er hatte ihn oft genug gehört. War losgezogen und hatte gehorcht. John Cole auch. Dieser wilde Bursche Starling Carlton. Sogar Lige Magan. Es kam nicht drauf an, ob's ein Säugling war, ein Mädchen oder eine Mutter.

Allein die Berührung eines weißen Mannes, schon sein Nahen war der Herold des Todes.

Wir legten großen Wert auf jeden Einzelnen von uns. Aber der Wert, den die Weißen uns beimaßen, war nicht der gleiche. Wir waren ein Nichts – wenn man uns tötete, tötete man ein Nichts, und es bedeutete nichts. Es war kein Verbrechen, einen Indianer zu töten, weil ein Indianer nichts Besonderes war.

Das alles weiß ich, deswegen schreibe ich es auf.

Inzwischen war Tennyson Bouguereau jedoch eine Art Bürger, insofern war es vielleicht doch ein Verbrechen, ihn zusammenzuschlagen. Hatten sie den ganzen Krieg nicht genau deshalb geführt? Man sollte es meinen. Deshalb hatte der Dichter McSweny Thomas McNulty und John Cole dazu geraten, in den Kampf zu ziehen. Vielleicht hatte Thomas den Dichter McSweny aber einfach nur angesehen und erkannt, was für eine bemerkenswerte Menschenseele er war. Ich meine, auch er war ein König, wenn auch ein ziemlich trauriger, aber doch ein Mann, um dessen ergrautes Haupt ein goldener Lichtschein leuchtete wie auf Gemälden die goldene Scheibe hinter Jesus Christus. Der Dichter McSweny. Zu der Zeit waren Thomas und John Cole lange fort, und ich hätte ihre Nähe gebraucht. Damals war ich vom Leben noch nicht geheilt. Vielleicht bin ich's auch jetzt noch nicht, aber damals ganz gewiss nicht. Doch der Dichter McSweny mit seinem dunklen, schmalen Gesicht und seinen Flusskieselaugen, der bemühte sich um mich, schulte mich und schimpfte mich und verrichtete das Werk einer Mutter.

Wie kam es, dass ich das Glück hatte, Männer um mich zu haben, die so gut wie Frauen waren? Ich glaube, nur eine Frau weiß, wie man leben soll; ein Mann ist meist zu hastig, vorschnell. Diese Waffe mit schon halb gespanntem Hahn verwundet aufs Geratewohl. In *meinen* Männern dagegen fand ich unerschütterliche, lebendige Weiblichkeit. Welches Glück! Welche Fülle von wirklichem Reichtum!

Selbst jetzt, wo Tennyson Bouguereau ans Bett gefesselt war, vielleicht sogar deswegen, waren die Männer im Freien und eggten das Erdreich, das zum Frühling hin schon lockerer wurde. Die Maultiere hatten ihr nahrhaftes Futter erhalten und waren vor das alte schwarze Zinkengerüst gespannt worden, und so zogen sie von einem Acker zum andern, um unsere dunkle Erde zu zerkrümeln. Mit einem Wanst voller Hafer ist ein Maultier ein glücklicher Gesell. Fast erwartest du, dass es lacht, so arbeitslustig sieht es aus.

Natürlich war Lige der Einzige, der jetzt noch nach Paris fahren konnte, um Vorräte einzukaufen, zumindest für den Augenblick. Günstigerweise gab es in Paris gleich fünf Geschäfte für Trockenwaren, und so verlor Mr Hicks uns als Kunden.

»Kann diesen schmierigen Jas Jonski einfach nich' mehr sehn«, sagte Lige.

»Weil du ihn umbringen könntest«, sagte John Cole ruhig.

Ich war gerade draußen auf der Veranda, um Unterwäsche hereinzuholen, die ich für Rosalee getrocknet hatte, als ich auf der anderen Seite unseres noch brachliegenden Ackers einen Reiter erblickte. Furcht ergriff mich. Rosalee und Tennyson waren nicht die Einzigen, die schreckhaft geworden waren. Wenn's irgendwo leichte Beute gab, dachte ich, dann waren wir diese Beute.

Wer immer es war, er kam nicht allein. Ich sah einen Trupp anderer Männer, die auf ihren Ponys auf und nieder hüpften. Meine Männer hielten sich auf zwei großen Feldern weiter nördlich auf. Wenn ich aufs Dach geklettert wäre, hätte ich sie sehen können, ihre schwarzen Gestalten, klein wie Rüsselkäfer, und die schwarzen Maultiere im Miniaturformat. Tennysons Spencer-Karabiner lag immer im Wohnzimmer – abgesehen davon, dass es eine ausnehmend schöne Waffe war, hatte jemand auf das Verschlussstück den Namen *Luther* eingraviert, ein mysteriöses, aber charakteristisches Merkmal –, und den holte ich mir nun und nahm dann wieder meine Position auf der Veranda ein, mit dem Karabiner als Verbündetem. Ich wusste recht gut, wie man ein Gewehr abfeuert, auch wenn's für 'n Mädchen 'ne ziemlich große Waffe ist.

Der vorderste Reiter war Sheriff Flynn. Ich wusste nicht, ob das ein gutes oder schlechtes Zeichen war. Er war kein Mensch, den ich besonders gut kannte. In der Stadt hatte ich ihn manchmal vorbeigehen sehen, dann klackten seine Stiefel auf den Holzbrettern des Gehsteigs. Jetzt hatte er drei Männer dabei. Drei zottelige Typen. Er ritt lässig vorneweg. Hatte keine Eile, bei mir anzukommen. Ließ sich alle Zeit der Welt.

Schließlich kam Sheriff Flynn aber doch bei mir an und befand sich, rittlings auf seinem Pferd, auf Augenhöhe mit mir, die ich auf der Veranda stand.

»Du gehst rein und holst Elijah, Schatz«, sagte er.

Noch nie in meinem Leben hatte ich jemanden Liges vollen Namen sagen hören. Noch nie in meinem Leben war ich Schatz genannt worden. Den Spencer-Karabiner schien er nicht zu sehen. Ich hielt ihn schräg in meiner Linken, doch er schien ihn gar nicht wahrzunehmen. Ich war mir nicht sicher, ob er überhaupt geladen war. Ich dachte, vielleicht nicht, denn, nun ja, ich wusste es nicht. Ich wusste, dass die Burschen mich umstandslos erschießen würden, so wie man am Feldrain ein Kaninchen schießt. Und genauso schnell. Ich spürte, wie mir unter meinen Röcken die Pisse an den Beinen herablief. Ich wollte nicht, dass jemand es sah. Mein Körper hatte Angst, aber mein Herz war voller Mut. Der Groll, den ich wegen Tennyson empfand, nahm mir die Furcht, und in der Tat glaubte ich, dass Tennysons Gewehr eine geheime Kraft enthielt. Dass er es sein Eigen nennen durfte, war Tennysons ganzer Stolz, und allein es in den Händen zu halten verlieh mir Mut.

Ich gab Sheriff Flynn keine Antwort. Weil ich nicht wusste, ob ich sprechen sollte oder nicht.

Sheriff Flynn war ein dunkelhaariger Mann von rauem Äußeren, aber um seinen Schnurrbart herum waren seine

Wangen glatt rasiert. Vermutlich war er um die vierzig, und die Frauen in der Stadt werden ihn wohl ziemlich attraktiv gefunden haben. Seine Hilfssheriffs waren eine Bande abgerissener Männer. Jetzt, wo ich sie aus der Nähe sah, erkannte ich einen von ihnen wieder, Frank Parkman. Ein Busenfreund von Jas Jonski.

Ich war erstaunt, wie viele Gedanken mir durch den Kopf schossen, während ich dort stand, ohne Sheriff Flynn eine Antwort zu geben.

Sheriff Flynn stieg vom Pferd und kam die Stufen vor dem Haus herauf, und als er zu mir auf die Veranda trat, hob er die Rechte und wollte mir wohl, wie ich heute glaube, die Hand schütteln. Damit rechnete ich nicht, und so war mein erster Gedanke, dass er mich schlagen wollte. Ich sprang zurück, stolperte dabei über das Gewehr und fiel zu Boden. Sofort rappelte ich mich wieder auf. Einem Bären oder Kojoten musst du zeigen, dass du keine Angst hast. Das Gewehr war über die Bretter geschlittert. Wenn ich versuche, es zu holen, dachte ich, wird er mich erschießen. Zu diesem Zweck steckte griffbereit ein glänzend polierter Revolver in seinem Gürtel. Offenbar war er Linkshänder, das, was Thomas McNulty einen *ciotóg* nannte.

»Is' Elijah da?«, fragte Sheriff Flynn.

»Sie hat Angst, dass du ihr den Arsch versohlst«, sagte Frank Parkman lachend.

»Halt deine verdammte Klappe, Parkman«, sagte Sheriff Flynn. »Oder ich versohl *dir* den Arsch, du verdammter Narr.«

Aber es kam nicht dazu. Denn in diesem Augenblick bogen Thomas McNulty und John Cole um die Ecke des Hauses, und von der anderen Seite näherte sich Lige Magan. Vom Eggen waren alle drei mit schwarzer Erde bedeckt. Sie trugen Stiefel aus schwarzer Erde, aber natürlich waren es keine echten Stiefel. Nach vielen, vielen Stunden Arbeit kamen sie zum Abendessen.

»Na, Elijah?«, sagte Sheriff Flynn.

»Na?«, sagte Lige Magan.

Entspannt stützte sich Sheriff Flynn mit den Unterarmen aufs Verandageländer, und das war für seine Männer das Signal, sich in ihren Sätteln zurückzulehnen. Frank Parkman stieg ab, hängte sich die Zügel in die Armbeuge und begann, die kleine Tonpfeife zu stopfen, die er aus seiner Manteltasche genommen hatte. Ich wusste nicht, was Thomas und John Cole dachten, aber sie beschlossen, sich rittlings auf die alten Stühle zu schwingen, die immer draußen standen, und vor der dunklen Tür, die ins Haus führte, nahm Lige Magan eine Art Wachposten ein. Ohne recht zu wissen, was er tat, schlug er die Tür rasch zu.

»Ihr pflanzt dieses Jahr wieder Tabak?«, fragte Sheriff Flynn, aber es war keine richtige Frage, sondern eher eine Feststellung. Er nickte zu der schwarzen Erde hin, die ihre Spuren hinterlassen hatte.

»So isses«, sagte Lige.

»Du baust den Tabak an, ich rauch ihn auf«, sagte Frank Parkman und paffte vor sich hin.

»Kein Markt für Runkelrüben oder sonst was«, sagte Lige. »Ich denk an 'n bisschen Mais vielleicht. Hoffe, dass ich vierzig Cent für 'n Scheffel krieg. Aber das weiß nur Gott allein. Falls überhaupt jemand.«

Der Sheriff sagte lange Zeit nichts, und Frank Parkman stand mit einem halben Lächeln da und nuckelte an seiner Pfeife.

Es juckte mich, den Spencer-Karabiner wiederzuholen, der auf dem Boden lag.

»Bist du nicht der Bursche, der oben in Leavenworth war«, fragte Sheriff Flynn und schaute mit einem gewissen Maß an Freundlichkeit zu Thomas McNulty hinüber, als werde diese Frage tagtäglich im ganzen Land gestellt, als wisse er über Thomas McNulty etwas ganz Belangloses und spreche es einfach nur aus. Thomas McNulty musste entschieden haben, dass das Schweigen, mit der er die Frage bedachte, die klügste Antwort sei.

»Er hat 'ne Entlassungsurkunde und all das bekommen«, sagte John Cole.

»Hab nichts Gegenteiliges behauptet«, sagte Sheriff Flynn.

Frank Parkman brach in Gelächter aus, und seine Pfeife blubberte vor Spucke.

»Vermutlich seid ihr überrascht, zu hören, dass ich gekommen bin, euch allen zu helfen«, sagte Sheriff Flynn. »Vermutlich seid ihr überrascht, zu hören, dass mich der Anwalt Briscoe aufgesucht hat. Und vermutlich seid ihr überrascht, zu hören, dass die ältere Mrs Flynn mit Rosalee Bouguereau zusammen auf der Schule war und sie in guter Erinnerung hat.«

»Ziemlich viele Überraschungen auf einmal«, sagte John Cole.

»Denk ich auch«, sagte Sheriff Flynn. »Ich möchte herausfinden, wer Tennyson Bouguereau und wer Winona Cole Verletzungen zugefügt hat. Deshalb bin ich bei schönstem Sonnenschein die ganzen sieben Meilen hier herausgekommen.«

Jetzt herrschte ein ganz anderes Schweigen. Ich war erstaunt, aber auch verängstigt. Den Gedanken, das Gewehr abzufeuern, hatte ich aufgegeben, doch wie konnte ich Antworten geben, wenn ich von dem wahren Hergang nichts wusste?

»Um 'ne Indianerin scheren die Leut sich 'n Dreck«, sagte John Cole. Er klang wie ein Prediger, der aus der Bibel las. »Warum sind Sie hergekommen? Wir wissen selbst, wie damit umzugehn is'. Sobald Tennyson verrät, wer ihn zusammengeschlagen hat, satteln wir die Maultiere und töten die Männer, wer immer es getan hat.«

»Der Plan gefällt mir nicht«, sagte Sheriff Flynn. »Es sind unruhige Zeiten. Man muss Salomos Richterhut aufsetzen.«

»Uns gefällt er gut«, sagte John Cole. »Wir brauchen keine Abzeichen und keine Gesetzeshüter. Wir tun unsere Arbeit selbst. Und falls uns Winona irgendwann verrät, wer *ihr* wehgetan hat, satteln wir gleich wieder auf und töten den, der so viel Böses in sich hat, wer immer es is'.«

»Ihr seid hier nicht im Westen«, sagte Sheriff Flynn. »Das hier ist die neue Welt der Farmen, der eingelegten Birnen und des Friedens, und dazu gehören Zurückhaltung und Sheriffs.«

»Sehen Sie«, sagte John Cole, »genau da machen wir nich' mit. Denn um 'ne Indianerin – oder 'nen Schwarzen – scheren die Leute sich 'n Dreck.«

»Ihr tut, was du sagst, und ihr Jungs seid hier im Henry County erledigt«, sagte Sheriff Flynn.

»Dass es im ganzen Land unruhig zugeht, stimmt, und ich weiß nich', wie wir's hier aushalten sollen, wenn wir die Unruhe noch vergrößern«, sagte Lige Magan, als wollte er ausprobieren, ob Salomos Richterhut ihm passte.

»Und doch muss es Gerechtigkeit geben in diesen unruhigen Zeiten, und ich bin bestrebt, euch diese Gerechtigkeit widerfahren zu lassen«, sagte Sheriff Flynn.

»Ich weiß nicht, warum Sie ...«, setzte Frank Parkman in jähem Zorn an.

»Parkman, ich hab dir gesagt, du sollst die Klappe halten«, sagte Sheriff Flynn. Aber Frank Parkman wollte nicht.

»Dies Mädchen ist ein Nichts«, sagte er, und ein sonderbarer Quengelton schlich sich in seine Stimme. »Diese Leute sind Abschaum.«

Sheriff Flynn trat auf ihn zu und schlug ihm so fest ins Gesicht, dass ihm der Hut wegflog. Eine Hand auf seinem Colt, wartete er darauf, dass Parkman noch ein Wort sagte. Doch der Hilfssheriff rieb sich nur die gerötete Wange.

Jetzt herrschte ein eigentümlich beredtes Schweigen. Selbst unser Wintergast, die Nachtschwalbe, die geneigt gewesen war, ihr seltsames Lied anzustimmen, nun da das erste Abenddunkel hereinsickerte, hielt sich zurück. Ich hatte lange genug mit Thomas McNulty und John Cole gelebt, um zu wissen, dass sie Männer waren, die nachdachten, doch galten ihre Gedanken immer nur der Frage, wie man weiterlebt. Außerdem lebten und dachten Thomas McNulty und John Cole wie *eine* Person. Sollte einer von ihnen sterben, gäbe es für den anderen kein Leben mehr. Aber ihre wahren Gedanken waren in all dem enthalten, was sie mich als Tochter gelehrt hatten. Sie umgaben sich mit Leuten, die mich achteten, und wer es an Achtung fehlen ließ, den schnitten sie heraus wie ein Krebsgeschwür. Sheriff Flynn war ein Mann von etwa vierzig Jahren in einem Morast aus gewalttätigem Hass und einer Unzahl von Verstümmelungen – die ganze Geschichte des Krieges, die Geschichte all dessen, was der Krieg im tiefsten Inneren der Menschen anrichtet, und dann noch, was nach ihm kommt. Krieg macht den Menschen im Handumdrehen zu einem Gewalttäter, Verstümmler und Mörder, es sei denn, da ist ein Herz, das mäßigt, und die Bereitschaft, zu lieben. So war das bei Thomas McNulty, und bei John Cole auch. Und hier war ein halb rauer, halb rasierter Sheriff, der erstaunlich neue Dinge sagte und tat.

Hätte ich vorhin mehr Mut besessen, dachte ich, hätte ich ihn mit dem Karabiner erschossen. Damit hätte die Sache ein Ende gehabt, und wir hätten dieses seltsame Gerede nie gehört. Der Fluss der Dinge strömt unaufhörlich voran, doch manchmal macht er eine Wendung, oder es bilden sich Strudel. Natürlich endet er trotz aller Schleifen, Untiefen und Stromschnellen schließlich im Meer. Auch die Geschichte eines Lebens führt immer nur an dieselbe Küste. Ich hätte Sheriff Flynn erschießen können, dann hätte es in *meiner* Geschichte eine jähe Wendung gegeben.

Später aber kam, genau wie bei einem Fluss, alles auf das Gleiche hinaus.

Siebentes Kapitel

Ich hatte Angst davor, auf offener Straße zu reiten, glaubte dem Anwalt Briscoe aber so viel schuldig zu sein, dass es sich richtig anfühlte, meine Furcht und meine Entehrung tief in mir wegzusperren. Zum ersten Mal traf ich die wichtige Vorsichtsmaßnahme, jene »bessere« Hose zu tragen, die Thomas McNulty mir geliehen hatte. Da er nicht viel größer war als ich, musste ich nicht einmal die Hosenbeine kürzen. Auch eine kleine Jacke von ihm nahm ich an mich, eine Art Arbeitsjacke aus grauer Vorzeit, drückte mein Mieder mit einem Streifen Leintuch flach und zog darüber eine gute Baumwollbluse an, die mir als Männerhemd diente. Meine langen schwarzen Haare waren mir nicht wichtig, auch wenn ich mich daran erinnerte, dass nur großes Leid Angehörige der Lakota dazu brachte, sich die Haare abzuschneiden, also war das ja wohl passend? John Cole nahm die Strähnen, wickelte sie in Papier und legte sie in eine Schublade. Ich schob meine Damenpistole hinten in den Gürtel und steckte mein Messer in meinen linken Stiefel. Ich war nicht das einzige Mädchen in jener Zeit, das versuchte, die Blicke der Männer mit dem Äußeren eines Jungen abzukühlen – dass es eine Torheit war, es nicht zu tun, hatte ich bereits gelernt. Nicht, dass ich viel Busen gehabt hätte. Anders als Rosalee, zu deren Reizen auch eine weiche Unermesslichkeit gehörte. Diese Unermesslichkeit kannte ich gut, weil wir gezwungen waren, uns ein Bett zu teilen. Es war nur einen Meter zwanzig breit, so dass wir uns in der großen Kälte, die wie eine Decke über Tennessee lag, nachts aneinanderschmiegten. Außer ihrem wärmenden Charakter besaß Rosalee Bouguereau nicht viel, der aber war ein großartiger Besitz. Ansonsten nannte sie nur zwei Kleider ihr Eigen und eine Schachtel mit Briefpapier, das in der Papiermühle am Tennessee River hergestellt worden war und das Lige ihr besorgt hatte, damit sie Listen anlegen konnte. Darauf war sie sehr stolz. Selbst wenn sie niemanden hatte, dem sie einen Brief schicken konnte.

Und ich nahm nicht den Pferdewagen, sondern unser schnellfüßigstes Maultier. Bereit, mich notfalls in Sicherheit zu bringen, wie ich mir einredete. Doch mich fröstelte in meiner neuen Aufmachung, als ich zwischen den Straßenbäumen dahinritt, die eben erst den Winter abschüttelten, und selbst mit meiner Pistole und meinem Messer fühlte ich mich mutterseelenallein. Der leichte Wind, der die Wälder bevorzugt, mutete an wie das Geflüster von allerlei Mördern.

»Gnade mir«, sagte Lana Jane Sugrue, »was hast du denn mit deiner schönen *coiffure* gemacht?« Sie lachte, starrte mich mit offenem Mund an und sprang um mich herum, begierig, mich von allen Seiten zu betrachten.

Ich schätze, dass ich den Sugrue-Jungs, die mich nicht einmal zu lesen wussten, wenn ich ein Kleid trug, ein Schreckensbild bot, doch der Anwalt Briscoe grunzte seine Zustimmung zu meinem Aufzug, außerdem war er in Not: Vor ihm türmten sich Zahlen, und ein eigensinniger Stapel Dokumente verlangte sofortige Aufmerksamkeit. Die Besitzverhältnisse waren ein einziges Durcheinander, niemand da, der das weithin verwüstete Land bewirtschaftete – jetzt, wo die Sklaven ihre Freiheit nutzten –, und die »durch Feuer und Krieg zerstörten« Farmen, so der Anwalt Briscoe mit Tränen der Wut im Gesicht, noch nicht wiederhergestellt, das Leben der alten Soldaten ruiniert, ob sie nun weiterlebten oder gestorben waren. An einem Tag hieß es »Nieder mit den Rebellen!« und am nächsten »Ein Hoch auf die Rebellen!«. Was sollte ein loyaler Mann tun?

Und loyal wem gegenüber? In Tennessee war niemand so gut, wie er glaubte, vielleicht aber auch niemand so böse, wie er glaubte. Tennessee sollte erst das eine werden: der beste gottverdammte Unionsstaat in der Union, und dann, mit dem Wechsel des Gouverneurs, etwas anderes. Zuerst war es Gouverneur Brownlow, der bereit war, Feindseligkeit den Sklaven gegenüber zu unterbinden, dann versuchte ein neuer Esel, Tennessee wieder hineinzuzerren in Hass und Hetze. Die einstigen Rebellen durften wieder wählen, und in Tennessee werde es nie wieder einen republikanischen Gouverneur geben, vermutete der Anwalt Briscoe. Nicht, soweit er sehen könne, und sein Augenlicht war ziemlich gut.

Die Feder des Anwalts Briscoe kratzte trotzdem weiter und verfing sich in dem schlechten Lumpenpapier, dem einzigen, das man bekommen konnte. Die Papiermühle am Fluss war im Krieg zerstört worden. So wurde aus schlechtem Papier »hinreichend gutes« Papier. Die Arbeit musste erledigt werden.

Aus Tennyson Bouguereau war kein Wort herauszubekommen, ob hochtrabend oder nicht. Er war so freundlich und unkompliziert wie eh und je, aber etwas in seinem Räderwerk funktionierte nicht. Er war keinen Moment länger als nötig im Bett geblieben, ging durch die Scheunen und über den Hof wie immer und verrichtete seine Arbeit so, wie Lige es anordnete. Er war ein Mann gewesen, der hundert Lieder kannte, doch sie waren in ihm verstummt. Ich konnte sehen, wie er sich anstrengte, Töne hervorzubringen, aber sie waren ihm nicht zu Diensten. Seine schwere Kopfwunde verheilte, doch etwas Tieferliegendes blieb beschädigt.

Beim Anwalt Briscoe zu sein war von Vorteil, denn dort hörte man die neuesten Neuigkeiten. Sheriff Flynn hatte den

Offizier aufgesucht, der das Kommando über die Soldaten in Paris führte, und der hatte Sheriff Flynn geraten, mit dem Colonel der Miliz zu sprechen. Das alles im Hinblick auf die Tätlichkeiten gegen Tennyson, nicht gegen mein eigenes armes Ich.

Der Anwalt Briscoe interessierte sich sehr für die Miliz, denn diese war vom ehemaligen Gouverneur von Tennessee eigens dazu gegründet worden, um etwas gegen das Treiben der Rebellen und der maskierten Nachtreiter zu unternehmen, die überall ihr Unwesen trieben. Inzwischen stand nicht mehr fest, wen die Miliz eigentlich schützen sollte oder was sie sonst bezweckte. Befehlshaber war Colonel Purton, und der jedenfalls hatte etwas gegen Nachtreiter und alle sonstigen Gesetzesbrecher. Henry County war altes Rebellenland, an Rebellen herrschte also kein Mangel. Was ihre Gemüter am meisten erhitzte, war die Vorstellung, ein Schwarzer könnte sich zur Freiheit aufschwingen. Insofern vermutete der Anwalt Briscoe darin den Grund für den Überfall auf Tennyson. Ein Schwarzer war gehalten, stets eine Arbeitsbescheinigung bei sich zu führen; tat er es nicht, konnte man ihn wie einen Vagabunden behandeln. Und Tennyson lenkte einen hübschen Pferdewagen mit einer schönen Stute. Das konnte man Diebstahl nennen. Warum nicht? Gegen einen Schwarzen durfte man jeden gottverdammten Vorwurf erheben. Insofern vermutete der Anwalt Briscoe, dass das der Grund war. Er wusste es nicht. Und er wusste nicht, ob zwischen den Männern, die das getan hatten, und Jas Jonski eine Verbindung bestand, ersann aber eine gute Methode, es herauszufinden – er würde einfach zu Jas gehen und ihn fragen.

Bei der Gelegenheit sprach Jas Jonski recht freimütig. Er sagte, es tue ihm leid, von der Sache mit Tennyson Bouguereau zu hören, sogleich aber gab er auch zum Besten, was auf Lige Magans verdammter Farm passiert sei. Er war gekränkt und behauptete, von Tennyson Bouguereau schmählich behandelt worden zu sein. Ein Mann, der noch vor zehn Ernten Sklave gewesen sei. Ich sagte dem Anwalt Briscoe, ich könne mir nicht vorstellen, dass Tennyson etwas anderes getan habe, als seine Fesseln straffzuziehen, damit er sich nicht herauswinden könne, denn das habe Lige Magan ihm aufgetragen. Nun, Jas Jonski sagte, er habe seine Geschichte natürlich jedem erzählt, der sie hören wolle. So hätten die Leute von dieser Ehrverletzung erfahren und davon, wie entrüstet er gewesen sei, wo er doch nur seine Verlobte habe besuchen wollen. Auf diese Weise kam der Anwalt Briscoe zu dem Schluss, dass die Botschaft bis zu jenen düsteren Gestalten namens Nachtreitern vorgedrungen war, die die Miliz eigentlich in Schach halten sollte. Es wurde angenommen, dass die Nachtreiter, nun da ein für sie günstigeres Klima herrschte, bald in der Stadt eintreffen würden. Vielleicht gefiel es einigen dieser Abtrünnigen dort draußen in den Wäldern. Besser, als mit ihren langweiligen Frauen verheiratet zu sein, meinte der Anwalt Briscoe. Er fragte, ob Jas Jonski irgendjemanden auf Tennyson hingewiesen habe, als dieser in der Stadt war, aber Jas Jonski lachte nur. Sein Gelächter war ein stärkerer Beweis als Worte.

So glaubte der Anwalt Briscoe Fortschritte zu erzielen. Für ihn stellte sich die Sache so dar: Er wusste, dass im Land Not und Unordnung herrschten, glaubte jedoch, sein geliebtes Tennessee könne gestärkt aus dem Krieg und den Folgen des Krieges, auch als Frieden bekannt, hervorgehen, wenn es nur auf Gerechtigkeit achte.

»Die Zeiten sind so gefährlich, dass sich Recht und Gesetz kaum durchsetzen lassen.«

Man könnte sagen, dass seine Augen im Dunkel des Büros ein wenig zu schimmern begannen, als er das sagte, und sein rotes Gesicht schien ein wenig anzuschwellen. Der Teil des Anwalts Briscoe, der aus Tennessee stammte, war anfällig für plötzliche Tränen. Während er so redete, war mir nicht nach Weinen zumute, ich fühlte mich einfach nur hundeelend. Jedes Mal, wenn er den Namen Jas Jonski aussprach, zog sich mein Herz zusammen, und meine Beine wurden weich. Ich dachte an den Schmerz zwischen meinen Schenkeln und wollte den Anwalt Briscoe fragen, wer *mir* Gerechtigkeit verschaffen werde. Meine Schwierigkeit bestand darin, dass ich nicht wusste, wie viel Rosalee den Männern erzählt hatte, und ich offenbar nicht über die Worte verfügte, um selbst darüber sprechen zu können. Vielleicht hätte ich es an dem Tag sagen können, als ich zurückgewankt war; in der Zwischenzeit jedoch hatten sich die Worte zu einem steinigen Klumpen verhärtet, und sie standen mir ebenso wenig zur Verfügung wie Tennyson. Ich wusste nicht, ob Jas Jonski den Anwalt Briscoe nur hinsichtlich der Auseinandersetzung mit Tennyson interessierte oder ob die Gedanken des Anwalts Briscoe bis zu Jas Jonskis Ausritt und meiner Verwirrung zurückreichten, zu meiner Verwirrung in der ganzen Angelegenheit. Gottverdammt, wie Thomas sagen würde. Eine so gottverdammte Verwirrung, dass ich mich sogar in den Moment, da ich so gelitten hatte, zurückversetzen wollte, nur um zu sehen, nur um zu sehen, wer dort gewesen war und all das verursacht hatte. Dunkel, dunkel, dunkel, dunkel.

Mein einziger Anhaltspunkt war dieses Dunkel, und mein erster Gedanke war: Wer immer für die Tat verantwortlich war, musste sie an einem dunklen Ort verübt haben. Ich fragte mich immer wieder, ob es der Mietstall war, in dem

Frank Parkman arbeitete, ich wusste nicht, weshalb meine Gedanken immer wieder dorthin zurückkehrten. War es vielleicht seine sonderbar quengelige Stimme? Eine Erinnerung, die dadurch geweckt wurde? Aber erinnerte ich mich wirklich daran, dass Jas Jonski mich dorthin gebracht hatte, oder war mir der Gedanke nur deshalb gekommen, weil Frank Parkman zufällig einer der Stellvertreter von Sheriff Flynn war und zufällig als solcher zu uns herausgeritten war? Vor meinem inneren Auge schien ich zu sehen, wie Jas Jonski und ich Arm in Arm über den Court Square geschlendert waren. Waren das höhnische Worte, die ich vor dem Negro Sales Office von einer kleinen Frau hörte, war das Frank Parkman, der in der Öffnung der Stalltür stand und lachte? War Gelächter abermals ein stärkerer Beweis als Worte? Ich sah diese Dinge und sah sie dann doch nicht. Sie kamen und gingen wie in einem Traum.

Ich weiß nicht, wie oft es vorkommnt, dass unsere Erinnerung an Dinge getrübt ist. Mein Gedächtnis jedenfalls spielte mir Streiche.

Natürlich widerstrebte es mir, dem Anwalt Briscoe zu erzählen, dass Jas Jonski und ich an jenem schicksalhaften Tag im hinteren Teil des Ladens Whiskey getrunken hatten. Aus Mr Hicks' Vorräten hatte er eine Flasche davon mitgehen lassen. Unter Mr Hicks' Joch werde er ganz rastlos, sagte er, und es bereite ihm Vergnügen, unbemerkt Gegenstände zu »beschlagnahmen«. Ein Strom von Whiskey floss durch das Geschäft. Ich hatte vorher noch nie Whiskey getrunken, er verbrannte mir den Mund und schmeckte mir nicht sonderlich. John Cole hatte generell etwas gegen Whiskey, auch wenn Lige Magan einen Krug von dem feurigen Zeug verwahrte, das nahe Como im Westen des Henry County gebrannt wurde. Lige Magans Motto lautete: Zwei Gläser Himmel, drei Gläser Hölle.

Was Jas Jonski mir anbot, war kein Selbstgebrannter. Es war richtiger Whiskey aus der Destillerie. Ich weiß nicht mehr, wie viele Schlucke ich zu mir nahm, aber wenngleich er mir anfangs nicht sonderlich schmeckte – ein paar Minuten später glaubte ich, eine langstielige Blume zu sein, und aus meinem Kopf wuchs und weitete sich eine wundersame Blüte. Ich glaubte, ein im Feuer gehärteter Engel zu sein. Meine ganze bisherige Geschichte war fürs Erste getilgt, und an ihrer Stelle brannte eine seltsame Flamme der Freude. Als ich mit Jas Jonski nach Paris zurückging, schwebte ich auf brennenden Schwingen.

Die nächste klare Erinnerung, die ich habe, ist Lana Jane Sugrue, die ihren Brüdern zuruft, das Pferd anzuspannen.

Was also hätte ich erzählen sollen, was dazwischen geschah? Ich konnte mir keine Geschichte ausdenken. Das hatte keinen Zweck. Es kam mir in den Sinn, mein Herz in die Hand zu nehmen, mich in die Stadt zu schleichen und Frank Parkman zu fragen, was er wusste. Mit seinem schiefen Grinsen, seinem Gelächter und seinem Quengelton. So, wie Sheriff Flynn mit ihm umgegangen war, wusste ich, dass ihn der gute Sheriff für einen Narren hielt. Aber ich war mir nicht ganz so sicher. Da war etwas, was mich beunruhigte, ein Echo, ein Schatten. Und selbst ein Narr kann eine Geschichte in sich haben.

So ritt ich noch am selben Freitag nach meiner Arbeit beim Anwalt Briscoe in die Stadt. Auf dem letzten Abschnitt der Straße nach Huntingdon ließ ich das Maultier eine Stunde lang auf und ab gehen, bis die Dunkelheit den Stadtrand in Besitz genommen hatte. Ein Stallbursche konnte sich nicht einfach aus seinem Stall verdrücken. Ich war mir ziemlich sicher, dass ich Frank Parkman an seinem Arbeitsplatz vorfinden würde.

Natürlich steckte ich in Jungenkleidern, und ich würde herausfinden müssen, ob er mich als Winona erkannte oder nicht. Besser war's, wenn er's nicht tat, aber dann wäre er womöglich überrascht, dass es in Paris noch einen verdammten Indianer gab. Wenn du dir nicht genau zurechtgelegt hast, was du sagen willst, kannst du dir ziemlich dumm vorkommen, wenn dein Vorhaben endlich Gestalt annimmt. Würde er mich als Cousin von Winona akzeptieren, wenn ich mich als solcher ausgab? Würde er mich einfach nur mit seinem verrückten Jungenlachen auslachen und sofort durchschauen, wer ich war? Und würde er als Jas Jonskis Freund nicht einfach die Klappe halten? Ich wollte doch nur einen unverstellten Blick auf die Wahrheit werfen. Mehr wollte ich gar nicht erreichen. Immerhin handelte er hin und wieder als Vertreter des Gesetzes. Hatte er dann nicht eindeutig die Pflicht, zur Wahrheitsfindung beizutragen, zumal sein Boss, Sheriff Flynn, zu Liges Farm herausgekommen war und gesagt hatte, er sei entschlossen, der Sache auf den Grund zu gehen?

In der Dämmerung war die Stadt wie ein Kupferkessel voller Eintopf, der eben zu köcheln beginnt. In den Häusern, die die hereinbrechende Nacht allmählich ausradierte, zündeten unsichtbare Menschen Kerzen und Lampen an. Die ohnehin nicht besonders fröhlichen Farben des Ortes verdunkelten sich Schindel für Schindel zu einem einheitlichen Braun. Das einzige Haus, das ein bisschen Leben versprühte, war Zollicoffer's Saloon; von dort ergossen sich die Klänge des Klaviers auf die Straßen und in die privaten Räume der Stadt wie hundert Ratten. Mein Maultier war ein anmutiges Geschöpf und hatte, auch wenn es aus keiner sonderlich guten Zucht stammte, einen guten Gang, ja, es hatte etwas von diesen kleinen mexikanischen Pferden. Jedenfalls brauchte es sich nicht zu schämen. Bei solcher Elastizität in den Knien.

Ich weiß nicht, aber wenn ich mich daran einnere, wie ich so dahinritt, ein junges Mädchen in einer Jungenhose, das sein Maultier durch die dämmrigen Straßen von Paris lenkte, mit meiner Pistole und mit meinem Messer, dann kommen mir seltsame Gedanken über mich. War ich in jenem eigenartigen Moment nicht ziemlich furchtlos, ein Mädchen, das zu der Zeit nur aus Angst hätte bestehen dürfen? Von irgendwem zerrissen und, in der kalten Sprache der Prediger, zweifelsfrei ruiniert? Kein Mädchen war weniger ruiniert als ich! Ich fühlte mich wie ein regelrechtes Ungeheuer an Mut. Wie konnte das geschehen? Das frostige Gewand aus Angst und Zweifel glitt mir von den Schultern. Ich fragte mich, würde es jemals wieder von der kalten Erde aufschweben und sich um mich legen?

Ich spürte, dass ich zu allem in der Lage war, spürte, dass ich an der Schwelle zu großen Taten stand.

Das lag daran, dass Thomas und John, als sie mein armes sechsjähriges Herz aufnahmen und sahen, wie leer und erschrocken es war, diese Leere mit Mut gefüllt hatten.

Als ich vor dem breiten Tor des Mietstalls anhielt, sah ich einen an- und abschwellenden Lichtschein. Ich stieg ab und ging hinein. John Perry, der Hufschmied, der auf der anderen Seite des Court Square wohnte, musste seine Feldschmiede hineingezogen haben, denn er betätigte den Blasebalg, und die Luft, die aus dem Körper des Blasebalgs austrat, fachte die Flammen an. Dann verebbten sie wieder. Die Stallung war zu einem ungeheuren Rachen geworden, der mit der ganzen Wut eines Drachens ein- und ausatmete. Frank Parkman stand vornübergebeugt an der Hinterhand eines schönen Rappen, hatte einen der Hufe zwischen die Knie gezwängt und zog mit der Zange die verbliebenen Nägel eines abgefallenen Hufeisens heraus. Mit einer Drehung des

Handgelenks schleuderte er jeden von ihnen in den finsteren Schlund der Stallung. Während er arbeitete, unterhielt er sich aus der Entfernung mit John Perry, einem riesigen, finsteren Mann, der in den teuflischen Flammen und Schatten noch riesiger und noch finsterer wirkte und in der Tat über das geschäftige Tosen der Esse hinwegbrüllen musste, wenn er ihm antwortete. Ich konnte nicht hören, was sie sagten. Das lockere Geplänkel von Männern bei der Arbeit eben. Ich blickte mich in der Stallung um und fragte mich, ob ich tatsächlich schon einmal da gewesen war, doch was ich sah, gab mir keine Antwort. Jedenfalls hatte ich weder Angst noch irgendwelche Erinnerungen. Jetzt riss John Perry mit der Schmiedezange ein Hufeisen von der Esse, legte es für einen Moment auf den Boden, wo es auf dem feuchten Sägemehl eine Dampfwolke auslöste, trieb eine Art eiserne Gabel hinein und überreichte das Hufeisen Frank Parkman, so wie ein Kind auf einer Gabel eine Scheibe Toast anbietet. Frank Parkman ergriff den Huf von neuem und drückte das glühende Eisen auf den Tragerand, so dass das Horn in Flammen aufzugehen schien. Das alles beobachtete ich so gebannt, dass ich beinahe vergessen hätte, weshalb ich gekommen war. Dann das Beschneiden und Beraspeln, dann das Einschlagen der frischen Nägel, dann das Umbiegen, Umnieten und Glätten. Mein Volk, das auf endlosen Prärien lebte, benötigte keine Hufeisen. Was so viel Unheil bei uns angerichtet hatte, dachte ich, war das von den Weißen eingeführte Hufeisen. Das Hufeisen und all die fluchwürdigen *accroutements*, die damit einhergingen.

Lana Jane Sugrue war nicht die einzige Frau, die ein bisschen Französisch konnte.

Dann beruhigte sich die Szene aus Feuer und Rauch, und ich nehme an, dass zumindest dem Pferd ein großer

Dienst erwiesen worden war. Jetzt zündete Frank Parkman die Lampen an, die an den großen Balken hingen, und langsam zeigte das Licht mehr und mehr von der höhlenartigen Stallung und zeigte mich schließlich Frank Parkman. Er richtete sich auf und musterte mich aus etwa zwanzig Schritt Entfernung gründlich. Er sah aus, als denke er kurz nach; vielleicht wollte er mich auf eine mögliche Bedrohung hin abschätzen. Oder er fragte sich: Hab ich diese Rothaut nicht schon mal gesehen? Nun, er musste wohl entschieden haben, dass dem nicht so war.

»Was kann ich für dich tun, Häuptling?«, fragte er.

John Perry achtete weder auf Lampen noch auf Indianer und zog seine kleine Esse wieder hinaus auf die Straße, wo er sie neigte und die brennenden Kohlen in einem hohen Bogen flammenden Aufruhrs ausschüttete. Mit einer ungestümen Armbewegung hievte er die Esse auf eine lange Eisenstange, schwenkte sie mit erstaunlicher Geschicklichkeit durch die Luft und schleuderte sie in einen der Wassertröge im Mietstall. Dort explodierte sie in einem tollwütigen Gebrodel aus Rauch und Dampf, und ich hörte John Perry lachen, als sei dies bei der uralten Aufgabe, ein Pferd zu beschlagen, sein Lieblingsmoment. Natürlich mussten Frank Parkman und ich das Spektakel abwarten, bevor ich ihm antworten konnte.

Ich muss gestehen, dass weder in meinem Kopf noch in meinem Mund eine Frage war. Was wollte ich von ihm erfahren? Hat Jas Jonski, dein guter Freund, sein kleines Indianermädchen vor einem Monat hierhergeschleppt und sie – nun, ich war mir nicht einmal sicher, ob ich das richtige Wort für den nächsten Schritt wusste. Misshandelt, verwundet, missbraucht, vergewaltigt, geschändet, entehrt, ins Elend gestürzt, so übel versengt, als hätte er ihr ein glühendes Hufeisen gegen die Lenden gedrückt?

Achtes Kapitel

»Na, Cochise?«, sagte Frank Parkman.

Hinter mir schimmerten und glühten die Lichter der Stadt immer stärker.

Manchmal sieht man die Maden in einem alten Batzen Fleisch erst dann, wenn man ihn anhebt. Jetzt stand ich, von seltsamer Angst erfüllt, an einem Ort der Angst. Der wechselnde Zustand meines armen Schädels begann, mich zu verwirren. Mich in meinem Vorhaben zu beirren, wie es der Anwalt Briscoe ausdrücken würde. Wie allein ich mich fühlte, als ich in Thomas McNultys Hose dastand! Vor mir ein Mann, der nach all dem Trubel mit dem Beschlagen des Pferdes vielleicht nur seinen Durst löschen wollte. Wieder fiel mir auf, dass es sich um einen herrlichen schwarz glänzenden Wallach handelte. Jetzt, im grellen Schein der Lampen, sprang mich die Schwärze seines Fells geradezu an.

»Was für ein schönes Tier«, sagte ich. Plötzlich konnte ich wieder sprechen.

»Allerdings«, sagte Frank Parkman. »'ne Dame aus Nashville kam auf ihm angeritten. Ganz allein auf weiter Flur. Kannst du mir erklären, warum sie in Nashville nich' die Eisenbahn genommen hat oder in Mills Point die Postkutsche? Kannst du mir das erklären, Fremder? Die Zeiten sind nich' so, dass 'ne Frau alleine reiten könnte.«

»Das denke ich auch«, sagte ich.

Das war nicht der Frank Parkman, der zur Farm herausgeritten war. Der halb lächelte und halb scherzte. Jetzt ging er zu einem Wasserfass und füllte einen alten Zinnbecher. Der Becher war so alt, dass die Emaille fast nur noch eine Erinnerung war. Dann holte er seine kleine Tonpfeife und seinen Tabakbeutel hervor und fing an, den Pfeifenkopf zu stopfen. Gleich darauf erschreckte er mich und sich selbst, indem er das Streichholz so heftig anriss, dass der Zündkopf wegflog und wie eine Sternschnuppe die Stallung durchquerte. Jetzt lachte er, fluchte ein wenig und zündete ein weiteres an. Die Flugbahn des ersten Streichholzes hatte er mit den Augen verfolgt, weil er nicht wollte, dass sein Arbeitsplatz abbrannte.

»Ist das Ihr Stall?«, fragte ich, obwohl ich wusste, dass das nicht der Fall sein konnte.

»Ja«, antwortete er. »Mein Pa hat ihn gebaut. Lange tot, Gott hab ihn selig. Hier hat schon Jesse James sein Pferd untergestellt, als er mit Quantrill angeritten kam.«

»Sind Sie ein Freund von Jas Jonski?«, fragte ich, fühlte ich mich doch ermutigt, eine weitere überraschende Antwort zu erbitten.

»Ja, ich kenne Jas«, sagte er. »Wieso fragste, Häuptling?«

»Nur so.«

»Aha, nur so. Fragen kost' nichts«, sagte er. Inzwischen zog seine Pfeife gut, und er lehnte sich gegen den alten, verwitterten mittleren Balken des Stalls und paffte vor sich hin. Dann deutete er auf den schönen Rappen. »Das is' das Pferd von Jas Jonskis Mutter, um genau zu sein. So was aber auch. Wo du doch eben nach ihm gefragt hast.«

Er rauchte ein paar Minuten weiter und betrachtete mich dabei mit freundschaftlicher Unbeschwertheit. Höchst sonderbar.

»Also, ich mach jetzt dicht. Muss zu Abend essen.«

»Und die Pferde lassen Sie einfach zurück?«

»Nur für 'ne Stunde. Macht denen nichts.«

Er hatte etwa vierzehn oder fünfzehn Gastpferde, die alle in den ihnen zugewiesenen Boxen standen.

»Wenn du willst, kannste sie im Auge behalten. Zahl dir fünfzig Cent dafür«, sagte er.

Auf diese Bemerkung war ich nicht gefasst. Nettigkeit? Vielleicht fand er, dass ich wie ein armer, abgemagerter Indianerjunge aussah. Dabei brauchte er die fünfzig Cent für sein eigenes Abendessen.

»Das könnte ich tun«, sagte ich.

»Bist doch nich' etwa 'n Pferdedieb oder so?«

»Nein. Hab draußen mein eigenes Maultier stehen.«

»Hab das dürre Ding gesehn. Wie auch immer. Hast völlig recht. Ich sollte sie nicht einfach zurücklassen. Vielleicht geh ich einfach nur 'n Eintopf holen, den kann ich mit dir teilen.«

Ich sagte nichts. Frank Parkman setzte sich in Bewegung, ließ das Stalltor ein Stück weit auf, warf einen augenzwinkernden Blick in meine Richtung und ging dann davon. Wieder hatte er mich überrascht – mich allein zurückzulassen und mir sein Reich anzuvertrauen! Sein ganzes Verhalten erstaunte und verwirrte mich. Ich war froh, dass ich Gelegenheit hatte, mich umzuschauen, ohne dass er dabei war. Ich versuchte, meinen Geist in die Vergangenheit zurückzuversetzen, damit er mir etwas mitteilte. Der Ort war mir nicht vertraut. Auch wenn ich damals Whiskey getrunken hatte, an etwas würde ich mich doch erinnern können, einfach weil ich jetzt hier war, davon war ich überzeugt. Aber in mir regte sich keine Erinnerung.

Zu meinem neuerlichen Erstaunen kehrte Frank Parkman tatsächlich mit einer Schüssel Eintopf aus dem Speisehaus zurück. Wie bei der Armee teilte er die Rationen aus und füllte mir meine Portion in ein Stück Metall, in das eine kleine Vertiefung gehämmert war. Der Eintopf war ausgezeichnet, genauso schmackhaft wie Rosalees.

»Ich danke Ihnen, dass Sie Ihr Essen mit mir teilen«, sagte ich.

»Nun, die Bibel verpflichtet uns, dem Gast etwas zuzurichten«, sagte er.

»Einem Indianer will nicht jeder Mensch etwas zurichten«, sagte ich.

»Viel törichtes Denken hat die Welt befallen«, sagte er.

Dann aß er auf, ging wieder zum Stalltor und zog es zu. Als Riegel diente eine große Eisenstange, doch die rührte er nicht an. Er nahm meinen armseligen Teller, stellte ihn ab und baute sich dann vor mir auf.

»Ich weiß nicht, ob du so freundlich wärst, dich von mir küssen zu lassen«, sagte er. Er sprach sehr sanft, sehr leise – sehr gütig.

War ich vorher schon verwirrt gewesen, so fand ich mich jetzt vor lauter Verwirrung gar nicht mehr zurecht. Wusste er also doch, wer ich war? Es hatte nicht den Anschein. Ich schätze, er war ein Mann wie John Cole, dem es nicht unangenehm war, einen anderen Mann zu küssen. Ein Mann wie John Cole, der es sich zur Lebensaufgabe gemacht hatte, Thomas McNulty zu lieben.

Ich starrte ihn an. Die Wahrheit war: Ich hatte Angst.

»In meinem Stiefel hab ich ein Messer, nur damit Sie's wissen«, sagte ich.

Ich spürte das geschlossene Tor hinter mir, als bedeute es Gefangenschaft. Aber vielleicht war es verkehrt, so zu empfinden.

»Ich hab auch eine Pistole«, sagte ich.

»Wenn du nich' magst, soll's mir auch recht sein«, sagte Frank Parkman lachend oder doch fast lachend. »Wer in dieser Welt nich' fragt, der bekommt auch nichts.«

»Ich bin in meinem ganzen Leben noch nie geküsst worden«, hörte ich mich sagen. »Ich glaube, ich sollte jetzt gehen.«

»Klar doch«, sagte er. »Solltest du jemals das Verlangen haben, von mir geküsst zu werden, kommste wieder. Überhaupt, komm wieder, jederzeit. Bist 'n netter, sanfter Junge.«

Ich nickte ihm zu. Ich rechnete damit, dass er jeden Moment zum Raubtier werden und mir den Kopf abreißen könnte – genau wie diesen Streichholzzündkopf. Aber er tat es nicht.

Ich drehte mich um und ging auf das Stalltor zu, das sich mühelos öffnen ließ, als ich es aufdrückte.

»He, Cochise«, sagte er, als ich eben aufsitzen wollte, um in die Stadt zurückzukehren. Ich wandte mich wieder zu ihm. »Bist doch nich' etwa beleidigt?«

»Nein«, sagte ich.

Da nickte er und schien zufrieden.

In unserem Bestreben, Tennyson zur Genesung zu verhelfen, fragte mich Thomas McNulty, ob ich etwas dagegen hätte, wenn wir uns für den Abend etwas Lustiges für ihn ausdenken würden. Inzwischen waren die Pflanzarbeiten zum größten Teil abgeschlossen, und uns fiel eine große Last von den Schultern, dass diese langwierige Arbeit sich dem Ende zuneigte.

»Das würde mir sehr gefallen«, sagte ich.

»Nun, süßes Kind, das würde uns allen gefallen«, sagte er. »Ich hab nicht vergessen, werd auch nie vergessen, was dir zugestoßen ist, Tochter.«

»Ich weiß, Mama«, sagte ich.

An jenem Abend wurde der Boden gefegt, die wenigen Möbel wurden an die Wand gerückt. Lige Magan holte seine Geige hervor, die auf einem Schrank lag, polierte sie mit Wachs und zog die Saiten nach, und auf ging's mit Jigs und

Reels aus Tennessee. Tennyson Bouguereau stand mit offenem Mund da, stampfte mit den Füßen, applaudierte und johlte, und Thomas wurde gebeten, den Damentanz vorzuführen, mit dem wir in Grand Rapids unser Geld verdient hatten, und er leistete der Bitte Folge, wenn auch ohne das Kleid aus alten Zeiten, und das Zimmer dehnte sich zur Weite des Firmaments, und im Schein der Lampen leuchteten unsere Gesichter, und es gab Gelächter, Schweiß und gute Kameradschaft. Doch aus dem großen Singvogel, der Tennyson gewesen war, kam keine Note.

Ich wirbelte und stampfte so gut wie nur einer. Wie ich es liebte, die Füße zum Tanz zu schwingen! Ich ließ meinen Gliedern freien Lauf, und für das, was ich tat, gab es keinen zivilisierten Namen. Es war kein Walzer oder dergleichen. John Cole und Thomas schleuderten mich von einem zum andern, und Rosalee, eine blühende Blume, schlug nicht nur alle Bedenken in den Wind, sie *war* der Wind. Ihr schöner Körper glitzerte und hüpfte, und sie bog den Hals gleich einem geschmeidigen schwarzen Schwan. Währenddessen war ihr Bruder wie festgewurzelt, aber vielleicht hofften wir, dass die Wurzeln in die Dielenbretter und die trockene Erde von Tennessee eindrangen und ihm Halt gaben.

Spätnachts ließen wir uns nieder wie Pferde nach einem langen Galopp, genossen das lodernde Feuer und fühlten uns recht wohl in unserem dunklen Haus unter den Sternen, und für eine Weile war mein Herz nicht wund, und mit seiner Geige wandte sich Lige Magan der geheimen Kraft von Wiegen- und Klageliedern zu, die vier vibrierenden Saiten sandten ihre wohlklingende Musik aus, und unsere Herzen waren übervoll. Ich dachte an all die erwachten oder schlafenden Tiere im Wald hinter dem Haus und fragte mich, ob sie uns wohl lauschten und ob die Musik auch ihnen etwas bedeutete.

Auch Colonel Purton machte Fortschritte – er brauchte nicht lange, um Namen herauszufinden, und überbrachte sie dem Anwalt Briscoe. Der Anwalt Briscoe war von Colonel Purton sehr fasziniert. Mir schien, dass der Anwalt Briscoe gleich bei seinem Eintreffen großes Gefallen an ihm gefunden hatte. Seinen Rang verdankte er seltsamerweise seinen Tagen in der Armee der Grauröcke, jetzt aber war er kein Rebell mehr, und jener ehemalige Gouverneur, der selbst aus Tennessee stammte, hatte ihn beauftragt, Abtrünnige zu jagen. In den meisten Kreisen gelte dies nicht länger als zeitgemäßes Unterfangen, sagte der Anwalt Briscoe. Der Colonel schien der ihm auferlegten Pflicht jedoch auch weiterhin nachkommen zu wollen, bis ihm etwas anderes befohlen würde.

»Tennessee ist inzwischen brandgefährlich«, sagte der Colonel in einer seltsamen Sprechweise, die es schwermachte, herauszufinden, woher er stammte, »Tennessee zu lieben ist nicht leicht.«

Erst da fiel mir auf, dass der Colonel eine gespaltene Oberlippe hatte, die man unter seinem üppigen Schnurrbart eben noch erkennen konnte. Daher seine seltsame Aussprache. In dem dunklen Büro schwebten seine Worte einige Augenblicke lang zwischen uns.

»Aber wir müssen es auch weiterhin lieben.«

Da musste ich annehmen, dass Colonel Purtons Tätigkeit in den Augen des Anwalts Briscoe in die richtige Richtung ging und dieser geneigt war, ihn auf jede erdenkliche Weise zu unterstützen. Dabei war es natürlich Colonel Purton, der ihn in diesem Augenblick unterstützte.

Sie sprachen über ihre Schuljahre an der Lehranstalt für Knaben hier in Paris, die sie zu verschiedenen Zeiten besucht hatten.

Wenn Menschen, die er schätzte, den Anwalt Briscoe besuchten, neigte er dazu, große Gastfreundschaft zu beweisen. Dann verschwand er höchstwahrscheinlich kurze Zeit in seiner Schlafkammer und kämmte und ölte sich das Haar. Für den Anwalt Briscoe war dies der Gipfel der Zivilisiertheit, auch wenn der Geruch mich eher an Kohlköpfe denken ließ. Schließlich öffnete er die fein geschnitzte Vitrine, in der er seinen besten Whiskey verwahrte. Selbst Lana Jane Sugrue, die nie etwas fallen ließ, weil sie, wie der Anwalt Briscoe es ausdrückte, zu nahe am Boden war, wurde mit dem Dekantieren und Ausschenken alkoholischer Getränke nicht betraut. Vielleicht glaubte Colonel Purton, alle Besucher würden so behandelt, doch dem war nicht so. Schurken erhielten einen knappen Ratschlag, jedoch kein Glas – dann folgte ihr schneller Abgang, ausgelöst von einem Kopfnicken und den hastig hingebrabbelten Worten des Anwalts Briscoe.

Der Colonel war hochgewachsen, er sah sonderbar und ziemlich verwüstet aus. Seine Haut war fleckig und dunkel, die Hälfte seines Gesichts von dem berüchtigten Feuermal verunstaltet, wodurch er einen eigentümlich zwiespältigen Anblick bot, je nachdem, welche Seite er einem zuwandte. Noch nie hatte ich einen so dünnen Mann gesehen, der dennoch offensichtlich gut bei Kräften war. Er hatte eine durchdringende und zugleich heisere Stimme. Für eine Bühnenkarriere in Mr Noones Etablissement in Grand Rapids wäre das verhängnisvoll gewesen, von der Hasenscharte ganz zu schweigen. Doch ihn beschäftigte ja auch nicht das Theater oder irgendeine Schauspielerei, sondern das überaus gefährliche Drama der Gegenwart.

In seinen hohen Reitstiefeln aus schwarzem Leder stand er mitten im Büro des Anwalts Briscoe. Vielleicht klang seine Stimme deshalb so gepresst. Er trug noch immer seinen

Offiziersdegen, vielleicht um sich selbst Mut zu machen oder um seine Feinde zu beeindrucken. Der Degengriff war seiner ganzen schmalen Länge nach mit Emaille von der Farbe der Lupinen verziert – der Blume meines Volkes. Alles in allem wirkte der Colonel herrlich imposant, und als ich ihn sah, spürte ich, die stumme Indianerin am kleinen Tisch, wie eine seltsame Woge des Optimismus in mir aufbrandete.

»Früher war's in Tennessee 'ne ziemlich sichere Angelegenheit, nach den Nachtreitern zu fragen«, sagte der Colonel. »Stellt man heute Fragen, wird man ziemlich schnell um die Ecke gebracht. Aber wir sind nun mal in dieser Branche tätig. Wir sollten nur wissen, wie man das Feuer erwidert.«

Der Anwalt Briscoe konnte nicht anders, als leise in sich hineinzukichern. Ich meine es nicht respektlos, wenn ich es so nenne. Er war einfach jemand, der gerne kicherte.

Danach beschrieb der Colonel das Lager der Nachtreiter drüben am West Sandy Creek.

»Ich sage Lager, aber ich sollte Stadt sagen – dreist wie sonst was haben sie gleich einen ganzen Haufen Häuser errichtet, weil sie sich vor der Justiz nicht mehr fürchten. Da sitzen sie nun am Wasser und im Wald mit dem schönen warmen Gefühl im Bauch, dass alles so läuft, wie sie wollen«, sagte der Colonel. »Hab ich jedenfalls gehört. Hab's nicht mit eigenen Augen gesehen.«

Der Anwalt Briscoe hörte zu, ohne ihn zu unterbrechen, und schwenkte den Whiskey in seinem Glas, so dass sich die kleinen Lichter im Raum darin fingen.

»Wer ist der Junge da?«, fragte der Colonel und zeigte auf mich, die ich bestimmt ganz zusammengesunken in der Ecke saß und dabei auf winzige Fingerzeige und Fakten lauschte.

»Das hier ist ein junger Sioux von großen Fähigkeiten«, sagte der Anwalt Briscoe, so dass ich vor Freude erschrak. Mit beiden Teilen dieser Äußerung war ich zufrieden. »Der meine Bücher führt und verdammt gute Arbeit leistet.«

»Zu jung, um im letzten Krieg gedient zu haben«, sagte der Colonel auf seine gravitätische Art. »Ich war beauftragt, die 1st Cherokee Mounted Rifles zu befehligen. Von der Tapferkeit und den Reit- und Schießkünsten der Indianer kann ich Zeugnis ablegen.«

Der Anwalt Briscoe kicherte erneut. Er hatte es gern, wenn ein Mann einen anderen lobte. Das gehörte zu seinem freundlichen Wesen.

»Vor vielen Jahren«, erzählte der Anwalt Briscoe, offenbar bemüht, in das allgemeine Lob der Indianer einzustimmen, »sah sich dieser junge Mensch gezwungen, ein Mitglied von Tach Petries Bande zu erschießen. Und war noch ein Kind, stimmt's, Mr Cole?«

»Stimmt«, sagte ich und errötete. Mr Cole.

»Er hat ihn offen und ehrlich erschossen und sich dafür eine Schusswunde eingehandelt.«

»Petrie?«, sagte der Colonel. »Das führt mich zu meinem Anliegen. Die Nachtreiter werden von Zach Petrie angeführt, dem Bruder dieses elenden Feiglings, des verstorbenen Tach Petrie, den Sie erwähnen. Sein gottverdammter Lieutenant heißt Aurelius Littlefair. Und sie verfügen über nahezu fünfzig Reiter. Warum wagen sie sich nicht aus dem Wald hervor? Weil sie hundert finstere Verbrechen auf dem Gewissen haben. Haben gemordet, gehängt und vergewaltigt. Unfassbare Vergewaltigungen. Die nackte, blanke Grausamkeit. Mr Cole, kennen Sie vielleicht den Kaiser Aurelius?«

»Nein, Sir«, sagte ich.

»Ein großer Philosoph des alten Rom. Aurelius Littlefair ist kein gottverdammter Philosoph. Er ist ein kalter, grausamer Mann. Zach Petrie, das ist ein wilder Bär. Ein wilder

Bär. Der fährt seine Krallen aus, und es verlangt ihn, es giert ihn geradezu danach, sie in Blut zu tauchen. Aber so niederträchtig wie Littlefair ist er nicht.«

»Colonel«, sagte der Anwalt Briscoe, »glauben Sie, diese Männer könnten für den Überfall auf Tennyson Bouguereau verantwortlich sein?«

»Ich *weiß* es. Sheriff Flynn ist es gelungen, einen seiner Jungs namens Wynkle King festzunehmen. Wurde betrunken in Zollicoffer's Saloon aufgegriffen. Sheriff Flynn brachte ihn zu mir. King gestand alles und stritt es am andern Morgen wieder ab. Aber zu spät.«

Wynkle King war auch so einer von Jas Jonskis besten Kumpeln. Das hatte sich mir eingeprägt, weil Jas Jonski erzählt hatte, die Blase seines Freundes sei vom Mondschein ruiniert – er müsse alle dreißig Minuten pissen –, eine von Jas Jonskis »zügellos guten Geschichten«.

»Und warum, Colonel, haben die den armen Mann so zusammengeschlagen?«, fragte der Anwalt Briscoe.

»Weil Bouguereau früher Sklave war, das ist alles. Nicht mehr und nicht weniger. Ein Schwarzer allein in der Dämmerung, und schon stürzen sie zwischen den dunklen Bäumen hervor. Machen Jagd auf Beute. Die Petries hatten vierzig Sklaven, die ihre Ländereien bewirtschafteten – verloren sie alle an die Freiheit – *vergänglich eitle Pracht!* Das ist Oliver Goldsmith, Mr Cole.«

Ich dachte, das sei vielleicht nicht die ganze Geschichte, doch seine imposante Erscheinung schien mir den Mund zu verbieten.

»Ein grausamer Grund, einen Mann fast umzubringen«, sagte der Anwalt Briscoe.

»Unsere Zeit wird regiert von grausamen Gründen«, sagte der Colonel und warf sein feuchtes und verfilztes Haar zurück. »Sich mit diesen Fragen zu befassen ist für Sheriff Flynn Alltag. So gewöhnlich wie Sonnenlicht.« Etwa zwei Ansprachen zuvor hatte er seinen eleganten Hut abgenommen, und jetzt fläzte er sich auf seinem Stuhl, als wäre er nur ein achtlos hingeworfener alter Anzug. Mit der Rechten umklammerte er den Griff seines Degens, der noch in der Scheide steckte und mit seiner lupinenblauen Emaille prächtig anzusehen war.

»Sheriff Flynn ist ein guter Mann, trotz seiner Probleme«, sagte der Anwalt Briscoe. »Vielleicht *wegen* seiner Probleme.«

Ich wollte fragen, was für Probleme, tat es aber nicht, und der Colonel auch nicht. Vielleicht wusste er es bereits. Jedenfalls dachte er in diesem Moment nicht an Sheriff Flynn und seine Probleme.

Neuntes Kapitel

»An allen fünf Straßen haben sie Männer aufgehängt«, fuhr der Colonel ganz leise fort. Es war unheimlich, ihn in dem dunklen Raum sprechen zu hören. »Jawohl, alle fünf Straßen, die in die Stadt hinein- und hinausführen, haben die Früchte ihre Arbeit gesehen. Wenn Sie ein Schwarzer wären, Briscoe, würde ich Ihnen raten: Gehen Sie nicht allein. Oder selbst Sie, Mr Cole. Denn Petries Männer werden Sie packen und Sie ohne einen christlichen Gedanken niederschlagen und an einem Strick aufknüpfen. Das ist eine Tatsache.«

»In Paris gibt es Leute, die das nicht schlimm finden«, sagte der Anwalt Briscoe.

»Es gibt Menschen in Paris, die das nicht tun, das stimmt«, sagte der Colonel nachdenklich. »Deshalb müssen wir alle nach dem Buchstaben des Gesetzes vorgehen. Aber auch das Gesetz wandelt sich dieser Tage.«

Danach waren wir beinahe zufrieden, dass langes Schweigen herrschte. Fast konnte ich das Knarren der Stricke hören und die Gesichter der Gehängten sehen. Wie ich mich erinnerte, hatten wir selbst auch schon Männer hängen sehen, damals auf der langen Reise von Michigan. Daran konnte ich mich erinnern. Thomas und John hatten geglaubt, ich sei eingeschlafen, aber ich hatte sie gesehen. Und ich musste an Rosalees weiche Brust denken – was für eine Seele von einem Menschen sie war! Ich hoffte, keinen Jungen damit zu blamieren, dass ich im Zwielicht leise Tränen weinte, aber ich konnte nicht anders. Ich stand unter Rosalee, doch für mich stand sie höher als jeder Gott. Sie war das einzige Geschöpf, das mich je auf die Lippen geküsst hatte, und mir war gewesen, als sei sie die Überbringerin der Gnade der Engel.

Dann kam die feierliche Frage, was Colonel Purton dagegen zu unternehmen gedenke. So viele Turbulenzen, so viel Tod, ein einziger Wirrwarr. In gewisser Weise, sagte er mit ebensolcher Feierlichkeit, könne er Leute wie Zach Petrie verstehen. Alte Rebellen wie er könnten im eigenen Land zwar wieder wählen, gleichwohl seien sie an Verwüstung und Metzeleien gewöhnt. Petrie habe das heftige Gefühl eines Mannes, dem Unrecht widerfahren sei, und das verwahre er für immer in seiner Brust, sagte der Colonel. Der Anwalt Briscoe pflichtete ihm stillschweigend bei. Aus allem, was sie sagten, konnte ich die Gefahr, die Trauer herausspüren. Als Kind der Trauer konnte ich aus allem, wovon sie sprachen, die Untertöne heraushören. Den Niedergang von Dingen, die kostbar gewesen waren, den Aufstieg von Ungemach und den Wegfall aller Freuden. Es war einer dieser seltsamen Momente, in denen ich die Weißen besser verstand. Dass sie in ihrer eigenen Leidenssphäre auch nicht anders waren als ich, obwohl sie mich vielleicht anschreien würden, wenn ich es ausspräche. Für Aurelius Littlefair, der, wie der Colonel wieder sagte, ein Bandit der allerübelsten Sorte war, hatte der Colonel kein gutes Wort übrig. Er erklärte, Wynkle King habe halb ausgesagt und halb widerrufen, dass es Aurelius Littlefair war, der Tennyson mit einer Hippe niedergeschlagen hatte, in der Absicht, ihn nicht nur zu töten, sondern ihm den Kopf abzuschneiden. Zach Petrie dagegen genoss einen anderen Ruf. Der Stimme des Colonels ließ sich ein widerwilliger Respekt entnehmen. Und mir fiel die sonderbare Fürsorge ein, die Thomas McNulty dem Grab seines Bruders Tach hatte angedeihen lassen. Immerhin war es nur sechs Meter von Liges Haus entfernt ausgehoben worden. Ein Gegner der grausamsten Art, und doch ... Was einen Burschen wie Wynkle King betrifft, so war er nur ein

Trunkenbold mit der Zunge eines Trunkenbolds und einer schwachen Blase.

Zach Petrie dagegen hatte eine ganze Welt verloren.

In Tennessee, sagte der Colonel, gebe es Tausende betrübter Seelen wie Zach Petrie. Männer, die der Krieg so aufgebracht habe, dass sie nicht die Luft des Friedens atmen könnten, sie erstickten daran. Und dass keine neue Zeit sie zufriedenstellen könne, ganz gleich, wie nahe sie dem kämen, wofür sie gekämpft hatten.

»Wenn wir zulassen, dass sie sich wieder zu einer Armee formieren, wird alles Bisherige nur ein Säen des Windes sein«, sagte der Colonel. »*Wir werden Ungewitter einernten.*«

»*Und die Stadt wird gewonnen, die Häuser geplündert und die Weiber geschändet werden*«, sagte der Anwalt Briscoe. »Zacharias 14:2.«

»Zach Petrie, 1874«, sagte Colonel Purton.

Der Anwalt Briscoe lachte, doch sein Lachen folgte einem stockenden Takt. Als wollte er dem Scharfsinn des Colonels Tribut zollen, füllte er sein Glas nach. Der Colonel würdigte die Geste, indem er uns beiden zuprostete. Das violette Gesicht, die gespaltene Lippe. Danach schienen sie sich mit Schweigen zufriedenzugeben. Aber Menschen, die einander kennen, können sehr beredt schweigen.

»Sir, darf ich fragen, was Sie tun werden?«, fragte ich.

»Wir müssen gegen ihn ausrücken«, sagte der Colonel. »Bei Tagesanbruch werde ich meine Männer hierherbringen.«

»Haben wir dafür eine rechtliche Handhabe?«, fragte der Anwalt Briscoe.

»Ich bringe die erforderlichen Dokumente mit«, antwortete der Colonel.

»Möge der Herr uns schützen«, sagte der Anwalt Briscoe.

In dieser Nacht brauchte ich dringend Rosalees Nähe. Durch das elegante Gerede des Colonels fühlte ich mich arg mitgenommen. Fühlte mich klein und lichtlos. Was war schon meine Verletzung im Vergleich zum Gewimmel der Geschichte? Und doch fand ich, als ich bei Rosalee lag und die Wärme ihres Körpers langsam in mich einsickerte, zu einer Art Selbstgefühl zurück. In der großen und endlosen Blumenkette menschlicher Verletzungen mochte die einer Einzelnen von geringer Bedeutung sein. Aber war das Gesetz nicht so konzipiert, dass es jeden für sich betrachten und allem das gleiche Gewicht beimessen sollte? Das hatte ich vom Anwalt Briscoe gelernt. Es schien eine heilsame Wahrheit zu sein. Rosalee hatte sich an meinen Rücken geschmiegt, ich wurde in das C gedrückt, das sie mit ihrem Körper formte, und formte in der Dunkelheit ein weiteres, kleineres C. Unsere Bettdecken waren dünn und fadenscheinig, ihre Brüste jedoch so warm, dass sie sich an meinem Rücken anfühlten wie Flügel.

Thomas McNulty, John Cole und Lige Magan waren aufgestanden und zur Arbeit hinausgegangen, als die Eulen zu Bett gingen und die Farm noch in ihr Gewand aus Dunkel und Stille gehüllt war. Wie einsam die Gegenstände in der Stube ohne deren menschliche Bewohner wirkten! Der raue alte Tisch, das Geweih, an dem einige ramponierte Hüte hingen, das Bildnis von Präsident Polk an der Wand. Lige Magan hatte sich vorgenommen, vier Morgen mit Mais zu bepflanzen, um, wie er sagte, »die Muskeln einmal anders anzustrengen«. Auch am Abend hatte ich sie nicht zu Gesicht bekommen. Ich hatte nach ihnen gesucht, aber sie hatten sich längst zur Ruhe begeben. Maisanbau ist ein wirksames Mittel gegen Schlaflosigkeit.

Und eine innere Stimme warnte mich davor, mit ihnen zu reden. Wenn ich sie gesehen hätte, hätte ich der Ehrlichkeit halber mit ihnen reden müssen. Was mich beunruhigte, war das leicht zu zerreißende Spinnennetz dessen, was wir waren. Alte Soldaten der Unionsarmee, aber auch ein Deserteur und ein Freigelassener. Ich wollte nicht, dass jemand sie meinetwegen von ihrer Farm vertrieb.

Doch in mir hatte sich ein törichter Gedanke festgesetzt, oder doch ein Gedanke, den ich für töricht gehalten hatte – mich selbst um die Dinge zu kümmern. Er verlieh mir die Kraft, jene Kraft zu bemerken, die in mir steckte. So wie ein kurzes, dünnes Streichholz ein Feuer für ein größeres Feuer entzündet.

Ein Tennessee-Maultier ist keine kleine Kreatur. Ich war glücklich, als Tennyson Bouguereau im Dunkel des Stalles auftauchte und mir beim Aufsatteln half. Lautes Gestöhne, als er den Sattel hochhob, aber kein einziges Wort. Ich sagte ihm, wohin ich an diesem Tag reiten wollte, und erklärte ihm den Grund. Ich erzählte ihm alles, was der Colonel gesagt hatte, und es sah ganz so aus, als habe Tennyson begriffen, denn er stand einfach nur da, erstaunt über meine Worte. Wie ich, wenn ich die Welt, so wie ich sie kannte, ganz nüchtern betrachtete, glaubte er nicht, dass irgendein lebender Christ es für ein Unrecht halten würde, ihm wehzutun. Dass irgendein Gericht, irgendein Anwalt und irgendein Gesetzeshüter es für ein Unrecht halten würde. Und doch hörte er sich meine Rede an.

Es mochte ihm schwerfallen, selber Laute hervorzubringen, doch hatte er nicht die geringsten Schwierigkeiten, sie zu hören.

Er hielt mir den Steigbügel, und ich stellte mich neben ihn. Ich stand so nahe bei ihm, dass ich den Hyazinthenduft auf seiner Haut riechen konnte. Er lächelte mich an mit seinem Lächeln, so breit wie der Stall. Ich wusste, dass er mich nicht für ein Scheusal von einer Indianerin hielt, ganz und gar nicht. Er wusste, was ich war. Er wusste, was wir waren. Wirkliche Menschen, die auf ein nie heraufdämmerndes Morgenrot warteten, irgendeine Sorte Mensch jedenfalls.

Ich hob meinen Fuß und setzte ihn in den Steigbügel. Er schob seine Schulter unter meinen Hintern. Kurz bevor er mir diese Freundlichkeit erwies, griff er nach meiner freien Hand, schüttelte sie aber nicht nur, sondern drückte sie mit aller Kraft.

Jetzt konnte ich mir einbilden, in einer gerechten Mission unterwegs zu sein, in Tennyson Bouguereaus Diensten oder auch, insgeheim, in meinen eigenen. Er hob mich in den Sattel und bedeutete mir, zu warten, während er etwas holen ging. In Zeichensprache, wie auch die Indianer sie mitunter pflegen.

Im Nu war er zurück, schnallte ein altes Holster ans Maultier und schob seinen Spencer-Karabiner hinein. Um ihn zu verbergen, wickelte er ein Stück Sackleinen darum.

Er war ein stattlicher, ein ordentlicher Mann. Ein Kaiser. Wie hieß der gute Mann, den der Colonel erwähnt hatte? Er war ein *Aurelius*.

Es war jene Zeit am Morgen, in der die Leute gerne auf der Landstraße unterwegs waren. Dienstmädchen mit Körben, die zur Stadt gingen, einige barfuß, andere in staubigen Schuhen. Die Morgendämmerung zeigte die stillen Bäume in ihrer schwarzen Tracht. Und Farmer, die ich zumindest vom Sehen kannte, zogen große Karren mit Waren: Scheffelsäcke, die mit gedrehtem Stroh zugebunden waren, Körbe mit grün leuchtender Frühjahrsernte. Ein hoher, langer Tabakkarren, der einstweilen andere Fracht beförderte, rumpelte vorüber. Früher einmal war es, sogar für einen Indianer, ein Gebot der Höflichkeit gewesen, jeden, dem man begegnete, zu grüßen. Aber jetzt nicht mehr. Die kalten Blicke, die mich musterten, straften das strahlende Sonnenlicht Lügen. Ich kam an kleinen Gruppen von Schwarzen vorbei, ob sie hier arbeiteten oder ob sie einfach nur umherstreiften, konnte ich nicht sagen. Es war, als sei jedes Herz sprachlos. Froh über das Gewehr im Holster, trieb ich mein Maultier an. Das Sackleinen war seitlich verrutscht, und auf dem Verschluss blitzte das Sonnenlicht auf, als wollte es sagen: Seid auf der Hut, hütet euch vor diesem Reiter.

Auf dem Hof des Anwalts Briscoe wimmelte es von Pferden und Maultieren. Ein blubbernder Eintopf aus gestreckten Hälsen und hochgeworfenen Köpfen. Colonel Purton und seine Lieutenants brüllten Befehle, die ich schon von der Straße her hatte hören können. Die Miliz war wie eine große Tuchhandlung voll blauer Stoffe, genau wie echte Unionssoldaten, doch manchmal flog ein fescher Hut umher wie ein neumodischer Vogel. Zumeist ausgehungert wirkende junge Männer. Der Anwalt Briscoe stand auf der Vordertreppe, nahm die Dokumente des Colonels entgegen und kritzelte auf anderen Dokumenten herum, die vor ihm lagen. Es hatte den Anschein, als würden sie sich bei allem streng an das Gesetz halten, ganz wie es dem Anwalt Briscoe entsprach. In meinen Kleidern kam ich mir schmal und schmächtig vor, aber Tennysons Gewehr gab mir ein Gefühl größerer Fülle.

Ich schlang die Zügel um einen freien Pfosten und schlenderte, so lässig ich konnte, zur Treppe. Als wollte ich nur zur Arbeit gehen. Jetzt sah ich, dass auf einigen Dokumenten Listen mit Namen standen, zweifellos, um die Anwesenheit der versammelten Burschen festzustellen.

»Ich nehme an, Colonel, was die Miliz betrifft, stehen wir noch immer unter dem Schutz des Einberufungsgesetzes von 1792.«

»Ich will verdammt sein, wenn ich das weiß«, sagte der Colonel, »jedenfalls haben wir sie einberufen, so viel steht fest.«

»Wir haben siebzehn Erhängungen, die Petries Männern vorgeworfen werden, zahlreiche Brandstiftungen und Morde, und wir haben einen seiner eigenen Männer, der, wenn auch in betrunkenem Zustand, den brutalsten und widerwärtigsten Überfall auf Mr Tennyson Bouguereau, einen befreiten Sklaven in diesem County, bestätigt hat.«

»Der letzte Cent, der den Dollar vollmacht«, sagte der Colonel. »Ich habe keine Bedenken – wir reiten aus, weil wir von Recht und Gerechtigkeit dazu berufen sind. Ich habe den Befehl der Stadtkommissare gegengezeichnet, und die haben das Papier vom gottverdammten Staatsparlament oder irgendeiner anderen Gänseschar bekommen. Was will man mehr von der Zivilisation?«

»Nichts«, sagte der Anwalt Briscoe. Und mit einer schwungvollen Geste unterschrieb er das letzte Dokument. Ich wusste, dass unter seinen vielen gewichtigen Titeln der des Eisenbahnbeauftragten war, und vermutete, dass er auch in der Miliz eine bedeutsame Rolle spielte. Im weißen Amerika geschah keine Freundlichkeit und keine Grausamkeit, ohne dass nicht ein Stück Papier herangezogen wurde. Sogar ein indianisches Mädchen wie ich, das sich die Haare hatte abschneiden lassen, um wie ein glattrasierter Junge auszusehen, wusste das. Alle meine Leute waren einwandfrei nach dem Buchstaben des Gesetzes getötet worden, daran zweifelte ich nicht. Nicht unseres Gesetzes, aber unser Gesetz war ohnehin nur in den Wind gesprochen.

»Ich habe hier einen Lieutenant, der den genauen Ort kennt, wo sie sich versammelt haben«, sagte der Colonel. Ich bemerkte, dass jeder Buchstabe des Alphabets, bei dem seine Zunge die oberen Zähne berühren musste, kleine Explosionen auslöste. »Wo der Beasley Creek in den West Sandy Creek mündet. Nun, wir haben einen dreistündigen Ritt vor uns, wir sollten also lieber aufbrechen.«

Und mit seinem schmalen Gesicht und seinem Vogelscheuchenkörper drehte er sich ruckartig um, und allein indem er sich vom Fleck bewegte, schien er zu bewirken, dass seine Männer sich zusammenrissen, so dass er aus einem Durcheinander aufgesessener Reiter eine perfekte Zweierkolonne formte. Ich stand neben dem Anwalt Briscoe, der ihnen nachschaute. Mit seiner Feder klopfte er auf den Tisch. Sie hatte ihre Schuldigkeit getan; die Arbeit, die er zu diesem Unternehmen beitragen konnte, war geleistet. Als sie zum Tor hinausritten, hinaus auf die enge Landstraße, zählte ich sie und kam auf volle zweihundert. Ich erinnerte mich, dass der Colonel gesagt hatte, Petrie verfüge über fünfzig Gefolgsleute, dann wäre dies eine große, verderbenbringende Flut von Männern gegen ihn.

Der Anwalt Briscoe war ein weiser alter Mann. Er drehte sich nicht einmal zu mir um.

»Machst du dich jetzt an die Arbeit?«, fragte er. »Ich glaube, wohl eher nicht.«

»Habe drüben am Beasley Creek noch was zu erledigen«, sagte ich.

»Das will ich meinen«, sagte der Anwalt Briscoe.

Mein Maultier scharrte schon mit den Hufen und zerrte an seinem Strick, weil seine Artgenossen den Hof verlassen hatten und es ihnen unbedingt folgen wollte. Ich ja auch, selbst wenn keiner der Männer mein »Artgenosse« war. Jedenfalls trabte ich hinaus auf die Huntingdon Road und folgte der langen Kolonne in einer Entfernung von zwei-, dreihundert Metern. In großem Abstand, damit die Nachhut mich nicht bemerkte.

Wer war diese kleine Person, die nach Gerechtigkeit dürstete? Ich kann's nicht sagen. Während ich weitertrabte, rief ich mir immer wieder die Legende von meiner mutigen Mutter ins Gedächtnis. Aber war das hier ein Beispiel für meinen eigenen Mut oder für törichten Leichtsinn?

Die Reiterkolonne strömte nach Osten. Der hohe, kalte Himmel war blau und grau getupft wie ein Vogelei. Doch ein zögerliches Sonnenlicht versuchte, die Höhe des Himmels mit langen, dünnen Strahlen auszumessen. Hätte ich eine Leiter gehabt, die hoch genug gewesen wäre, hätte ich ihn wohl selbst ausmessen können, in Metern und Zentimetern. Aber wozu war es gut, derlei Dinge zu wissen? War mir nicht die Summe dessen, was meine Mutter mir beigebracht hatte, nützlicher? Dass ich, wenn ich in gutem Glauben weit genug liefe, wieder auf sie stoßen würde, auf einen lebendigen Menschen? Ich würde auf meine Schwester stoßen und auf meine Tanten, ich würde die geheime Kraft der Liebe meines Volkes wiederfinden, die Betriebsamkeit und Erhabenheit ihres Lebens.

Ich ritt weniger furchtsam meines Weges, als ich es hätte tun können. Ich dachte nach. Falls Jas Jonski im Mittelpunkt von allem stand, war ich von jenem Mittelpunkt nun viele Meilen entfernt. Mein Bestreben, Rache zu üben, war über eine Mauer gesprungen und an einen anderen Ort gelangt, der Gerechtigkeit für Tennyson beinhaltete. Ich glaubte, mich, wenn es darauf ankäme, zurückbesinnen zu können. Ich glaubte, wie sich der Anwalt Briscoe ausdrücken würde, mich des Falls annehmen und dann wieder über die Grenzmauer setzen zu können, auf dem geschmeidigen Pony der Gedanken.

Und zwar nicht, weil es blinde Torheit war, sondern weil meine Mutter mir gezeigt hatte, wie man die Angst abschüttelt und den Mut von tausend Monden zusammennimmt.

Zehntes Kapitel

Vielleicht hatten ja auch einige der jungen Milizionäre indianische Großmütter, denn sie hielten sich an die Wege, die die Gehöfte säumten, und bewegten sich dann durch die bewaldeten Hügel auf so verborgenen Pfaden voran, dass ich dachte, nur ein Indianer könnte sie entdecken. Da sie nicht mehr neben-, sondern hintereinander ritten, war die Kolonne inzwischen doppelt so lang. Die ersten knospenden Bäume verschafften mir Deckung. Ich folgte dem Klirren und Klacken und all den anderen leisen Geräuschen von Metall und Pferden, der Begleitmusik der Miliz auf ihrem Vormarsch. Nicht eben indianisch, diese Kakophonie, aber bei Zach Petries Männern und ihresgleichen kam es vielleicht nicht darauf an, Weiße waren ja eigentümlich taub. Aus dem Unterholz flogen blitzend junge Vögel auf. Man konnte die zehntausend Augen von Tieren spüren, denen nicht entgangen sein konnte, dass wir vorüberzogen. Die es bemerkten und sich versteckt hielten, sich still verhielten. In dieser Gegend waren die Bäume nicht sehr hoch, sie sahen aus, als wären sie nach früheren Rodungen nachgewachsen. Die Gehöfte selbst wirkten seltsam vernachlässigt, dabei war es, wie ich wusste, guter Boden. Doch selbst jetzt, viele Jahre nach dem Krieg, bargen sie teilweise noch immer die Erinnerung an verbrannte Erde, denn alte rachsüchtige Rebellen hatten sie heimgesucht. Jesse James, der berühmte Bandit, war mit William Clark Quantrill durchs ganze Land gezogen, genau wie Parkman gesagt hatte. Vielerorts waren die Zäune umgestürzt, die Häuser schwarz wie die Kehlen von Schornsteinen. Selbst jetzt noch, zehn Jahre nach dem Krieg! Vielleicht war jede niedergebrannte Farm eine

Unionsseele, und jede ließ einen Konföderierten gedeihen. Wenn überhaupt etwas angepflanzt worden war, dann gewöhnlich Mais und Tabak. Wie auf den großen Landstraßen winkten nur wenige Gestalten auf den Feldern einen Gruß. Einige wenige. Das freundlich-müßige Hutschwenken der Farmer von Tennessee. All das sah ich aus der mir auferlegten Distanz. Die meisten Bäume waren noch kahl, boten der Miliz aber dennoch Sichtschutz. Manchmal jedoch konnte ich sie plötzlich vorwärtsstreben sehen. Soldaten, die in den Kampf ziehen, haben eine besondere Ausstrahlung. Sie legen Entfernungen schneller als sonst zurück. Ich erinnerte mich daran, wie die Männer meines Onkels aufs Pferd gesprungen waren und im Nu das Lager verlassen hatten. Düster und beschwingt zugleich. Erwartungsvoll, vielleicht aber auch ein wenig beängstigt. Ich dachte, wie seltsam und wie gut, dass meine erstaunliche Mutter hin und wieder mit ihnen gezogen war. Um einen Feind zu überfallen und auszuplündern. Um sich die Pferde zu nehmen, auch, um sich die Frauen zu nehmen. Um zu töten, mit grimmigem und aufrichtigem Verlangen. Um zu bestehen, um zu überdauern, dort draußen in der Prärie.

Von Burschen, die Nachtreiter genannt werden, kann man erwarten, dass sie tagsüber in ihren Betten zu finden sind. Hier nun lag die kleine Siedlung, von der man dem Colonel berichtet hatte, in einer Lichtung am uralten Fluss. Auf einer bewaldeten Anhöhe, von der sich ein guter Blick bot, musste ich anhalten. Unterhalb der Blockhütten traf ein kleinerer Bach, der über glänzende dunkle Steine hinwegmurmelte, auf den Hauptfluss und bildete dort eine Furt. Ich hielt meine gewohnten dreihundert Schritt Abstand, konnte aber die Männer des Colonels nicht mehr sehen. Vielleicht hatten sie sich in das kleine Eichengehölz gestohlen, das das Flussufer auf dieser Seite säumte. Es war schwer zu erkennen. Die sogenannte Stadt – in Wahrheit ein halbes Dutzend maroder Bruchbuden – wirkte sonderbar friedlich. Stromaufwärts wusch eine Gruppe Frauen große weiße Laken. Sie plagten sich ab, klatschten die verdrehten Tücher gegen die schwarzen Felsen, und selbst aus der Ferne konnte ich die Seifenschaumflocken sehen, die flussabwärts flohen wie ganze Scharen Wasservögel. Sogar die Stimmen der Frauen konnte ich hören, die sich plaudernd unterhielten, wie alle Frauen offenbar glücklich darüber, bei derlei Aufgaben zusammen zu sein, die Arbeit erleichtert durch Tratsch und Gelächter. Der Anblick stimmte mich traurig. Nicht nur, weil er machtvolle Erinnerungen an unser ehemaliges Lakota-Dorf heraufbeschwor, sondern auch, weil ich ein indianisches Mädchen war, das sich mit diesen lachenden Frauen nie so entspannt hätte unterhalten können. Die Kleider bis zu den Hüften geschürzt, die Beine nass glänzend. Ungezwungenes, fröhliches Gelächter. Kein Passierschein konnte mir hier Zutritt verschaffen, und das bedauerte ich sehr. Das Ganze übte einen Zauber aus, der sich mir einbrannte, obwohl ich reglos dort auf meinem Maultier saß, bereit, hinabzureiten und ihnen womöglich etwas anzutun. Ich saß da in meinen Männerkleidern und sehnte mich nach etwas, wofür ich keine Worte fand, weder auf Englisch noch auf Lakota. Nicht einmal heute weiß ich, was es war.

Noch während ich diesen seltsamen Gedanken nachhing, brachen aus dem Unterholz unter mir Reiter hervor. Der Colonel brüllte einen Befehl, zog seinen Degen und stürzte sich in die Furt, die an dieser Stelle recht tief war. Dann machte er den eifrigen Männern hinter ihm Platz. Die Furt mochte etwas mehr als einen halben Meter tief sein, darüber das Wasser mit seiner trägen, aber starken Strömung. Die

Schritte der Pferde wurden langsamer, die Männer trieben sie an und bohrten ihnen die Sporen in die Flanken, der Fluss versuchte, sich zu widersetzen. Aus den Blockhütten wankten die verschlafenen Nachtreiter, sie waren tatsächlich in ihren Nachthemden. Es war der Augenblick, in dem zwei Geschichten zusammentrafen: die Geschichte dessen, was der Colonel vorhatte, und die Geschichte jener träumenden Männer. Und die beiden zu vereinen, dazu bedurfte es der Kakophonie und des Aufruhrs. Im Gebrodel dieses Augenblicks wurden Ungeduld und Schläfrigkeit eins. Offenbar hatten sie keine Wachen aufgestellt. So gab es nur Überraschung, Chaos und Geschrei. Ein großer Mann kam aus einer Blockhütte gerannt und stand nun inmitten des behelfsmäßigen Lagers, sein Nachthemd wogte wie ein abgebautes Tipi. Er brüllte Befehle. Laute, wütende, tobende, dröhnende, bellende Befehle, die aus der Entfernung fast komisch wirkten. Die Frauen, die die Laken wuschen, schossen aus dem Wasser wie Blütenblätter aus einer explodierenden Blume, ließen ihre Kleider über die Knöchel fallen und nahmen, wie ich zu sehen glaubte, Gewehre zur Hand. Jetzt wurden Gewehre und Revolver abgefeuert, ein heftiges *pock-pock*. Obwohl ich so weit weg stand, sah ich die flammenden Blitze. Ich trieb mein Maultier an.

Der schmale Pfad führte hinab in eine dichte Baumgruppe, und ich konnte die Blockhütten nicht mehr sehen. Ich hatte geglaubt, auf einer Höhe mit ihnen zu sein, wenn ich aus dem Wald käme, doch in Wahrheit befand ich mich fünfzig Meter flussabwärts des ganzen Durcheinanders. Auf der Uferwiese sah ich Leichen liegen, und ich sah andere, Verwundete vielleicht, die sich in vermeintliche Sicherheit robbten, und ich sah, wie Colonel Purtons Männer mit gewaltigen Salven das gegenüberliegende Ufer stürmten.

Einige, die mit Repetierbüchsen ausgerüstet waren, ritten wie Indianer ohne Zügel, betätigten mit einer Hand den Hebel, mit der anderen den Abzug und feuerten, feuerten, als habe Gott selbst ihnen diese Raserei befohlen. Sie unternahmen keine Anstrengung, die Männer zur Kapitulation zu zwingen. Vielleicht hielten sie eine Kapitulation für unwahrscheinlich. Es galt, den Gegner mit zahlenmäßiger Überlegenheit zu erdrücken, zweihundert Mann gegen fünfzig, es galt, sie mit einer Sichel aus Pferden niederzumähen, sie niederzutrampeln und zu vernichten. Aus dem Gewühl stieg Pulverdampf auf. Es hätte ein milder Morgennebel an einem friedlichen Fluss sein können, wären da nicht das laute Stimmengewirr und das schreckliche Gewieher verwundeter Pferde gewesen. Genau das hatte ich schon einmal erlebt, in einem Dorf der Sioux, aber da war ich mittendrin gewesen, im Herzen des Schreckens. Als alles, was ich bis dahin geliebt hatte, vom Antlitz der Erde getilgt wurde. Als wäre es kein echtes Leben gewesen. *Tötet sie alle!* Und jetzt saß ich rittlings auf dem Maultier wie jemand, der gar nicht anwesend war, sondern irgendwo anders, irgendwo weit weg in den Prärien von Wyoming, und doch jemand, der sich genau an dieser Stelle befand, der lebte und entsetzt nach Atem rang. Und dann stürmte plötzlich dieses seltsame Mädchen aus dem Unterholz, so auffällig in ein leuchtend gelbes Kleid gekleidet, dass ich es sogar in meinem großen Schrecken bemerkte. Sie brachte ihren Vorderlader in Anschlag, als wäre er Teil ihres Körpers, als flösse ihr Blut durch seinen Lauf, und feuerte auf mich. Ich spürte, wie die Kugel in meinen rechten Arm eindrang. Gerade hatte ich mich halb nach unten, zu meinem Spencer-Karabiner beugen wollen, gerade nach ihm greifen wollen, als die Kugel auch schon in mich einschlug, da erst riss ich den Karabiner aus dem Holster, ich wusste, dass die

Kugel in ihrem kleinen Grab steckte, und ich feuerte blindlings, etwas stieg wie Flammen in mir auf, mein Blut brannte, es war der sengende Schmerz der Schlacht, und der Schmerz schleuderte mich hinab in eine Schwärze. Nein, nein, jetzt war ich wieder wach, hellwach. Das war eine seltsam flüchtige Schwärze gewesen. War eine Minute vergangen? Oder nur ein kurzer Moment? Meine Feindin lag in einem Busch, der über den Fluss hing, ebenfalls sehr seltsam. Ich wusste nicht, ob ich sie getötet hatte. Oder sie überhaupt getroffen hatte. Blut sah ich keines. Sie war ein schwarzhaariges, dunkelhäutiges Mädchen, so schön, dass selbst der Fluss unter ihr sie begehrte. Mit ihren Beinen berührte sie noch das Ufer, doch der Rest ihres Körpers war darauf angewiesen, dass der freundliche Busch sie nicht fallen ließ. Ihr Kopf ragte am weitesten hinaus und befand sich nur etwas mehr als einen Meter über dem schäumenden Fluss, der vom Frühlingsregen angeschwollen war. Mit ausgestreckten Armen versuchte sie, sich zurückzubiegen, in Sicherheit. Wir konnten das Getöse der Kämpfe hören, die flussaufwärts noch immer tobten.

»He, Mister«, sagte sie.

»Was?«

»Könnten Sie vielleicht meine Hand ergreifen?«, sagte sie.

»Du hast auf mich geschossen«, sagte ich. Ich sah Blut aus meiner Schulter herabrinnen, wenn auch nicht so stark, wie ich es erwartet hatte.

»Stimmt«, sagte sie, »aber ich kann nicht schwimmen.«

»Dann solltest du vielleicht ertrinken«, sagte ich.

Da gab der Busch vier, fünf Zentimeter nach.

»Jesus Christus«, sagte sie und schloss die Augen. »Hey, Mister?«

»Was?«

»Tut mir leid, dass ich auf Sie geschossen hab.«

»Wenn ich dich jetzt rette, holst du vielleicht dein Gewehr und schießt noch mal auf mich.«

»Gott sei mein Zeuge, ich verspreche, ich werd nie wieder auf Sie schießen. Mein Gewehr is' in den Fluss gefallen. Bitte, Mister, nehmen Sie meine Hand.«

»Bin kein Mister«, sagte ich.

»Ich weiß, bist noch 'n Junge.«

Ich legte meine Stiefel am Uferrand ab und beugte mich hinüber, um ihre rechte Hand zu ergreifen. Dann ruhte ihre Hand in meiner. Es kam mir in den Sinn, dass sie mich hereinlegen und mit ins Wasser zerren könnte. Flussaufwärts herrschte jetzt Stille, bis auf ein paar Rufe und das Geräusch von Pferden, die im Kies scharrten. Ich zog. Sie war so leicht, dass ich sie mühelos hätte zu mir heranziehen können, doch der Busch sperrte sich gegen meine Absicht, und sie stürzte in die Strömung, ihr gelbes Kleid begann rasch zu sinken und sie ins Verderben zu reißen. Sie stieß einen schrillen Schrei aus wie ein Falke, der auf seine Beute herabstößt. Aber ich hielt sie fest. Sie bekam wieder glitschigen Boden unter ihre Stiefel und war wie ein Mensch, der um sein Leben rennt, ihre Beine strampelten und zappelten vor Anstrengung. Mit aller Kraft zog ich sie heraus und setzte mich dann selbst abrupt hin. Ich hatte sie mit meinem verletzten Arm herausgehievt, und jetzt war er ein einziger Schmerz.

»Hast du eine Kugel abbekommen?«, fragte ich.

»Keine Kugel«, antwortete sie. »Ich hab 'n großen Schreck abbekommen. Das ist 'n großes, lautes Gewehr, das du da hast.«

Dann lag sie keuchend auf der Seite. Sie war wie ein Pony, das ein paar Meilen zu weit galoppiert ist.

»Danke – *Junge.*«

»Bin auch kein Junge«, sagte ich. Ich wusste nicht einmal,

weshalb. Was ging sie das an, ob ich ein Mädchen oder ein Junge war? Sie, ein Mädchen, das sich einer Bande marodierender Mörder anschließen musste? Aber ich sagte es.

»Was denn dann?«, fragte sie.

»Bin ein Mädchen«, sagte ich. »Winona.«

Aus reiner Freundlichkeit oder als ein Dankeschön, weil ich ihre Haut gerettet hatte, übernahm sie es, mich auf dem Rückweg zu begleiten. Ich wusste nicht, wie ich sonst zu einer Straße zurückgefunden hätte. Den Spencer-Karabiner, der ihr fast zum Verhängnis geworden wäre, steckte sie wieder in mein Holster. Sie nahm die Zügel und führte das müde Maultier.

»Schätze, wir hatten da hinten unser ganz eigenes Gefecht«, sagte sie, schien aber keine Antwort zu erwarten.

Von der Miliz war keine Spur zu sehen. Inzwischen ging es auf den Abend zu, und allem Anschein nach gab es auch in diesem Teil des Countys Nachtschwalben. Ich erzählte ihr, wer die Männer waren, mit denen ich ausgeritten war, und immer, wenn sich eine Lücke zwischen den Bäumen auftat oder der Boden leicht anstieg, stellte sie sich auf die Zehenspitzen und versuchte, einen Blick auf ihr Hüttendorf zu werfen. Inzwischen schien sie sich um nichts mehr zu sorgen. Wenn es Lige Magans Haus gewesen wäre, wäre ich zurückgeeilt und hätte auf das Mädchen gepfiffen, Kugel hin, Kugel her. Ich konnte fast zusehen, wie dank der gottgegebenen Hitze in ihrem Körper das gelbe Kleid an ihr trocknete.

»Ich fass' es nicht«, sagte sie.

»Was meinst du?«

»Ich glaub' nicht, dass Zachary Petrie *damit* gerechnet hat.«

»Bist du die Tochter von jemand?«

»Ich bin die Tochter von jemand. Sind wir das nicht alle?«

»Jemand in diesem Lager?«

»Ich bin Peg«, sagte sie. »Meine Mutter is' zusammen mit Quantrill geritten, weißt du? Is' schon lange tot. Hat bei ihm im Lager gelebt. Mein Vater war Späher für Quantrill. Auch tot.«

»Bist du Indianerin?«, fragte ich. Das würde ihre dunklen Haare, ihre dunkle Haut – und ihre Schönheit erklären, dachte ich.

»Bin ich. Magst wohl keine Rothäute?«

Sie wusste nur zu genau, was ich war. Es sollte humorvoll klingen. Was es ja auch tat. Wir mussten beide lachen. Aber Lachen schmerzt, wenn man eine Schusswunde im Arm hat.

Dann fand sie eine neue Lücke und stellte sich wieder auf die Zehenspitzen.

»Gnade mir«, sagte sie, vor allem zu sich selbst. »Ich glaube nicht, dass er *damit* gerechnet hat.«

Aus irgendeinem Grund, zu undeutlich, als dass ich ihn verstanden hätte, war sie die Art von Mensch, der man sich gerne anvertraut. Fragen Sie mich nicht, warum. Vielleicht besaß sie mehr als nur einen Hauch von Weisheit – schließlich war sie eine Chickasaw. Also erzählte ich ihr von all meinem Ungemach und fühlte mich danach zehnmal besser. Und ich erzählte ihr von Jas Jonski und wie undeutlich *das* alles war. Sie grübelte lange, dann sagte sie:

»Schätze, der war's.«

Das hörte ich mit eigentümlichem Interesse, hatte aber nicht viel Zeit, um darüber nachzudenken. Wir kamen an einem riesigen, moosbewachsenen Felsbrocken vorbei, und vor uns auf dem Waldboden lag eine große schwarze Bärin. Sie musste an die dreihundert Pfund schwer sein. Rund wie der Felsbrocken und schwarz wie ein Kessel. Ein Geschöpf wie dieses versucht man nicht zu erschießen, man muss es vertreiben.

Ein riesiger Kopf schwang herum, um Peg zu mustern, die noch immer das Maultier führte. Ihre Nasen, Pegs Nase, die Nase der Bärin und die Nase des Maultiers, waren nicht einmal einen Meter voneinander entfernt. Dem Maultier gefiel das ganz und gar nicht, und Peg ebenso wenig. Schwarzbären sind sanftere Wesen als die Grizzlybären in den Prärien des Westens. Ein Grizzly greift an und denkt dann erst nach – falls Bären denken. Diese Bärin jedoch machte ein überraschtes Gesicht, dem Pegs Gesicht in nichts nachstand. Für die Bärin war es eine knifflige Situation. Auf wen sollte sich ihre Wut zuerst richten? Das Maultier bäumte sich auf, und ich plumpste zu Boden wie ein Sack Mais. Peg hob brüllend die Arme und versuchte, das große Tier zu verscheuchen. Dann stand ich neben ihr und brüllte ebenfalls. Die Vorwärtsbewegung schien den Ausschlag zu geben. Vielleicht roch die Bärin auch mein Blut. Mit ihrer Tatze holte sie so schnell nach mir aus, dass ich ihr nicht mehr ausweichen konnte. Eine Kralle verfing sich in Thomas' alter Hose und riss sie mir vom Leib, als wäre sie ein Kleid. Vielleicht hatte sie ja auch vorher schon nicht richtig gesessen. Jetzt war ich von der Taille bis zu den Stiefeln nackt wie ein Kind. Das Maultier schrak zurück, Peg vergaß, es loszulassen – und wurde augenblicklich drei Meter weit zurückgeschleift. Ich brüllte und sprang umher. Das muss man tun; Bären mögen es nicht, wenn man nicht zurückweicht. Ist nicht nach ihrem Geschmack. Ein unwissender Mensch hätte womöglich versucht, nach seinem Vorderlader zu greifen. Ich hätte schwören können, dass sie mir eine lange, lange Minute tief in die Augen sah. Vielleicht bildete ich es mir auch nur ein. Sie hätte mich mühelos töten können. Hätte Peg nachsetzen, diese töten und ebenso behände mein armes Maultier töten können, das jetzt in höchster Panik war. So unvermutet, wie wir der Bärin begegnet waren, so unvermutet war sie auf und davon und hinterließ dort, wo sie gewesen war, eine riesige, dunkle, lärmende Leere, wie ein Nachbild im Auge.

Ich rechnete damit, dass die Kralle mir eine tiefe Wunde geschlagen hatte, aber es war nicht einmal ein Kratzer zu sehen. Ich blickte auf meine nackten Beine hinunter. Peg beruhigte das Maultier und band es an. Bestimmt rechnete auch sie mit einer Wunde, die sie nicht versorgen könnte. Aber ich war unversehrt, mit Ausnahme der Schusswunde, aus der noch immer Blut in mein Hemd sickerte, inzwischen mein einziges Kleidungsstück. Die Hose war hinüber, beide Hosenbeine der Länge nach aufgeschlitzt, man hätte sie als zerlumptes Segel benutzen können.

Wir standen unter Schock. Aber die Welt war schließlich voller Bären, weshalb sollten wir erstaunt sein? Peg sah mich an, fing meinen Blick auf und lachte wieder. Sie hatte sich gebückt, um meine kleine Pistole mit dem Perlmuttgriff aufzuheben, und reichte sie mir jetzt. Es begann mit einem kleinen perlenden Lachen, dann prustete sie los wie ein Betrunkener im Zollicoffer's. Hoffentlich glaubte die Bärin nicht, dass wir über sie lachten.

»So kannst du nicht auf die Straße«, sagte Peg, »das geht einfach nicht.«

Der Gedanke ängstigte mich. Bis auf die Stiefel nackt zu reiten, selbst in der Dunkelheit. Einem Dutzend Männer zu begegnen. Ich sah nicht länger aus wie ein Junge, das war offenkundig.

Plötzlich zog Peg ihr gelbes Kleid aus.

»Gib mir dein Hemd«, sagte sie. »Ich brauche dein Hemd.«

»Was machst du da?«, fragte ich.

»Meine Blöße darf ich nur den Bäumen zeigen«, sagte sie. »Ich bring dich bis zur Straße, dann kehre ich um, nach Hause.«

Jetzt stand sie nur spärlich mit einer Unterhose bekleidet in der sternenklaren Finsternis.

»Gib mir die Unterhose«, sagte ich. »Das Kleid kannst du behalten.«

»Ich schick dich nicht in Unterhosen nach Hause«, sagte Peg. »Zieh's an.«

So zog ich das Hemd denn aus, wobei ich, wie ich zugeben muss, ein wenig stöhnte, reichte es ihr und zog dann das gelbe Kleid über. Zum Glück hatte das Kleid keine Ärmel, sonst hätte ich es nie über die Wunde streifen können. Wir hatten die gleiche Körperform, so dass es mir passte, ganz als wär's mein eigenes. Für die Damenpistole fand ich eine gute Tasche. Dann hob Peg die Hose auf und wickelte sie als Zugeständnis an den Anstand um ihre Taille.

»Schätze, du hast das bessere Geschäft gemacht.« Dann betrachtete sie mich einige Augenblicke. »Jetzt bist du tatsächlich ein Mädchen«, sagte sie.

Inzwischen spürte ich, wie ich von der Schusswunde schwächer und schwächer wurde. Sie half mir wieder auf das verstörte Maultier, und das Maultier und ich zitterten gemeinsam.

Als sie mich bis kurz vor die Straße gebracht hatte, die aus östlicher Richtung nach Paris führte, reichte sie mir die Zügel und sah mich an. Ich war kurz davor, ohnmächtig zu werden. Ich war gezwungen abzusteigen, denn mittlerweile floss das Blut nur so an meinem Arm herunter. Die Wunde hatte plötzlich beschlossen, ausgiebig zu bluten. Peg riss ein Stück Stoff aus der verschandelten Hose, band es um die Wunde und zog es fest. Ihr Blick aufmerksam, ja furchtsam. Sie sagte nichts mehr und half mir beim Aufsteigen. Dann nickte sie mir zu, wandte sich um und ging den Weg zurück, auf dem sie gekommen war.

Elftes Kapitel

Als ich allein auf der Straße unterwegs war, wo das Licht nunmehr den Geist aufgab und sich überall die zerrissenen Decken des Dunkels und des Halbdunkels herabsenkten, begann ich die Wunde zu spüren, so wie alle Soldaten sie spüren, wenn ein paar Stunden vergangen sind. Wenn der erste Schub an Kraft nachlässt und der Schmerz immer heftiger und jenseitiger wird, bis du dich fragst, weshalb du nicht Dank gesagt hast für jeden Augenblick deines Lebens, der ohne eine solche Last verstrichen ist. Der Schmerz drückte mich nieder mit seinem seltsamen Gefühl von Schmähung und Schrecklichkeit. Er war etwas Widerwärtiges, der unaufrichtige Vetter des Mutes. Keine anderen Empfindungen als ihn hatte ich mehr in mir, er vertrieb alles andere und beanspruchte mich als sein Eigen. Nur der Schmerz, allein der Schmerz. Als ich in ihn hineingezogen wurde, konnte ich nicht einmal mehr atmen. Ein Keuchen in der Brust. Die Straße wogte von einer Seite zur anderen wie eine große Menge Wasser in einem tiefen Graben. Das Braun der Nacht vermischte sich ungeduldig mit dem neuen Schwarz, das sich auf mich legte. Jeder Stern war eine Schnuppe. Der Mond rollte gewaltig umher. Dann war alles vollkommenes Schwarz, vollkommener Schmerz. Ich war halb vom Maultier gerutscht, weil meine Wirbelsäule sich in Baumwolle verwandelt hatte. Meine Wange drückte ich an den muskulösen Hals des Tieres. Wenn ich im Sterben läge, fragte ich mich, würde ich den gleichen Schmerz ins Land des Todes tragen, würde ich ihn mit hinübernehmen, würde er mich gierig begleiten? Würde er mich so sehr begehren, dass er nicht von mir weichen würde? Entlang der Bäume vernahm ich eine sonderbare Musik, hob mit großer Müdigkeit den Kopf und starrte hinüber, aber da war nichts, was diesen Klang hervorbringen konnte. Ich glaubte, sterben zu müssen, denn aus dem schwarzen Wald sickerte ein Licht aus flüssigem Gold. Es war wie ein riesiges Geschöpf. Es packte mich und versengte mich mit einem goldenen Schmerzgetöse. Ich sah meine Mutter über das Gold laufen, die Füße im goldenen Gras. Überglücklich vor Liebe, sprang mir das Herz aus der Brust wie ein Hase und eilte auf sie zu. Ich war meinem leidenden Körper entflohen, und bald würde ich in ihren Armen liegen.

Als ich wieder zu mir kam, hatte sich noch der letzte Goldfleck verflüchtigt, und zweifellos war meine Mutter, ohne dass ich sie je erreicht hätte, in ihre alte Geschichte zurückgekehrt. Ich glaubte, den Raum zu kennen, in dem ich lag, konnte aber nicht genau bestimmen, wo er sich befand – in welchem Haus oder in welchem Viertel. Die Wände bestanden aus rohen Holzbrettern, das Bett war ein schmales Ding aus Eisen. Ein kleines Fenster ließ trübes Licht einfallen. Irgendwo hörte ich einen Hahn krähen, das Geräusch von Karren, die in der Ferne vorüberzogen, und das gedämpfte Unterwassergeräusch von Menschen, die ihren Geschäften nachgingen – alles, wie ich glaubte, viele Meter von mir weg. Ich war schwach wie ein Neugeborenes. Doch mit dem Erwachen erwachten auch Ängste. In meinen Kleidern angelte ich nach meiner kleinen Damenpistole, konnte sie aber nirgends finden. Ich tastete nach dem Hosenbund. Natürlich nicht, dachte ich, ich stecke doch in Pegs Kleid. Die Bärin hat die Pistole mit dem Perlmuttgriff weggeschleudert. Aber hatte Peg sie mir nicht zurückgegeben? Hatte ich noch meine Stiefel an? Nein, ich war barfuß. Also auch kein Messer.

Dann öffnete sich die Tür, und Jas Jonski trat ein, gefolgt von einem geisterhaften Gentleman mit einer großen Ledertasche. Dessen Geisterhaftigkeit war vielleicht nur ein Eindruck, doch die Welle von Angst, die mich jählings überflutete, als ich Jas erblickte, verlieh ihr größere Substanz. Die Angst war größer als bei der Bärin. In Wahrheit graute es meinem Körper vor ihm, auch wenn mir mein Verstand den Grund nicht nannte. Mein Verlangen, einfach davonzufliegen, zu flüchten, war grenzenlos. Wäre ich nicht so mitgenommen gewesen, hätte ich mich gern gegen die dünnen Wände geworfen. Vor meinem geistigen Auge sah ich schon die Bretter zersplittern und die Leute draußen den Mund aufsperren angesichts meines wundersamen Ausbruchs. Dass es mir nicht gelang, die Freiheit zu gewinnen, peinigte mich, aber mein Körper war so reglos, dass ich plötzlich die Vorstellung hatte, ich sei tatsächlich tot. Dass Jas Jonski nur meinen Leichnam in Gewahrsam habe und der geisterhafte Gentleman der Bestatter Luther Carp sei. Jedem in den Straßen von Paris, der Luther Carp sah, lief ein Schauder über den Rücken.

Aber dieser Mensch war nicht Luther Carp, und ich sah meine Hoffnung auf den Tod enttäuscht.

Als ich sprechen wollte, wusste ich sofort, dass es nur ein Flüstern werden würde. Erschrocken über meine Kraftlosigkeit, setzte ich noch einmal an.

»Thomas McNulty wird nach mir suchen«, sagte ich, aber ebenso gut hätte ich schweigen können, so wenig Wirkung hatte der Satz auf die beiden Männer.

»Thomas McNulty wird ...«

»Das ist Winona Cole«, sagte Jas Jonski und sah mich an, und ich dachte: Ich weiß, wer ich bin – »is' auf der Straße nach Nashville gefunden worden. Schusswunde, sehen Sie?«

»Is' doch nur 'ne Rothaut«, sagte der Mann skeptisch.

»Ich bezahle Sie«, sagte Jas Jonski schroff.

»Rothäute vertragen Medizin nicht so gut«, sagte er, und da wusste ich, dass er Arzt war. »Ich könnte sie töten, ich könnte sie heilen. Die sind wie wilde Tiere. Schon mal versucht, einem Rotkehlchen das gebrochene Bein zu schienen? Genau das Gleiche.«

»Hören Sie, Doc, Sie müssen die Kugel entfernen, und wenn Sie sie töten, töte ich Sie, was halten Sie davon?«

Aber er sagte es nicht drohend, es war nur sein Versuch, witzig zu sein. Stets der witzige Junge.

»Schätze, das ist fair«, sagte der Arzt, setzte sich neben mich und öffnete die Tasche zu seinen Füßen.

»Du sprichst Englisch?«, fragte er.

Aber ich sagte nichts.

»Sie spricht Englisch. Arbeitet für den Anwalt Briscoe. Ist durchaus zivilisiert.«

»Mein Name ist Dr. Memucan Tharpe«, sagte er langsam und betonte jedes Wort, wie man es bei einem Kind tut. »Und wenn du still liegen bleibst, werde ich versuchen, die Kugel aus deiner Schulter herauszuschneiden.«

Dann nahm er eine Metallzange zur Hand und legte sie auf die Wunde. »Ums Einschussloch herum ziemlich gerötet. Wann hat sie den Schuss abbekommen?«

»Von den Männern, die sie hergebracht haben, wurde mir gesagt, dass sie beim Kampf in Zach Petries Dorf dabei war. Die haben gesehen, wie sie ihnen die ganze Strecke gefolgt ist. Sind mit ihren eigenen Verwundeten zurückgekommen und dachten, es wär das Beste, sie auf den Karren zu legen. Einer von ihnen wusste, dass sie meine Verlobte ist.«

»Gott sei Dank haben sie mich da nicht hinbestellt. Hab gehört, dass es ein großes Gefecht gegeben hat«, sagte Dr. Tharpe. »Ihre Verlobte? Wozu wollen Sie eine Rothaut heiraten, mein Junge? Die haben kein richtiges Verständnis für die Institution der Ehe, glauben Sie mir. Heute so, morgen so.«

Kaum hatte er diese Worte gesprochen, als er auch schon das Instrument ansetzte, um die Kugel in meinem Gewebe zu lokalisieren. Ich konnte mich nur in meine Vorstellung von Ehre flüchten und mich bemühen, keinen Laut über die Lippen zu lassen. Allerdings hätte es auch nicht schmerzhafter sein können, wenn er mein Herz mit einer Flamme berührt hätte.

»Die schreit ja nicht mal. Diese Kreaturen«, sagte er, »verstehen Sie, das sind eigentlich gar keine Menschen, keine richtigen, nicht so wie Sie und ich.«

Unabhängig davon fand er die Kugel, stocherte einen Augenblick in der Wunde, um sie zu greifen, und zog sie mit einem schmatzenden Geräusch heraus.

»Vorderladerkugel«, sagte er sachverständig und hielt sie in das spärliche Licht. »Machen Sie heißes Wasser, mein Junge, und ich werde die Wunde mit Bromtinktur reinigen. Das war's, Missy«, sagte er, stolz auf seine Arbeit, obwohl ich es war, die davon profitierte. »Schätze, du wirst dich nach und nach besser fühlen.«

»Dr. Tharpe«, flüsterte ich, als Jas Jonski gegangen war, um Wasser zu holen.

»Ja, Missy?«, sagte er.

»Kennen Sie Lige Magan? Elijah Magan? Hat ein Haus in der Nähe von McKenzie.«

»Ich kenne Lige. Ich kannte alle seine Leute. Bist du die kleine Rothaut, die da wohnt? Hab auch schon von dir gehört.«

»Die Rothaut bin ich. Doktor, können Sie Lige sagen, wo ich bin? Er wird sich sicher Sorgen machen. Wie lange liege ich hier schon? Er weiß nicht, wo ich bin.«

»Kann dir diesen Dienst nicht der junge Mr Jonski leisten?«

»Ich bin nicht Jas Jonskis Verlobte. Bin seine Gefangene. Wenn Sie eine …«

In diesem Augenblick kam Jas Jonski mit einer dampfenden Schüssel Wasser zurück. Der Arzt blickte mich an, und ich blickte ihn an. Ich wusste nicht, was er dachte.

»Nun gut, Missy«, sagte er und lächelte Jas Jonski zu. Da wir uns bekanntgemacht und Englisch miteinander gesprochen hatten, säuberte er die Wunde jetzt mit etwas sanfterer Hand und träufelte aus einem kleinen braunen Fläschchen die Bromtinktur hinein.

»Ich muss die Wunde vernähen, Missy«, sagte er. »Könnte ein bisschen wehtun.«

Daraufhin fädelte er wie eine sehr geschickte Näherin einen Faden in eine große Nadel und drückte die Wundränder zusammen. Er führte das Metall ein-, zwei-, dreimal durch meine Haut, und damit schien sein Werk vollbracht. Selbst in diesem Meer der Schmerzen ließ mich doch eher die Angst verzweifeln, er könnte aufstehen und mich mit Jas Jonski zurücklassen.

»Doktor«, flüsterte ich wieder und fasste ihn schwach am Handgelenk.

»Keine Sorge, Missy«, sagte er. »Das wird gut verheilen.«

Aber was für ein Mann Jas Jonski auch war, er hatte eine Art animalischen Instinkt, weswegen ich ihn ja auch gleich zu Beginn gemocht hatte. Er konnte jedes noch so kleine Problem erfassen.

»Vielleicht willst du das in deiner Nähe haben, Winona«, sagte er, holte meine Pistole hervor und legte sie neben mich aufs Bett. »Wollte nicht, dass du draufliegst und dich womöglich erschießt.«

»Wo sind meine Stiefel?«, fragte ich, noch immer leise flüsternd.

»Wo deine was?«, fragte er.

»Meine Stiefel.«

»Die sind unterm Bett. Und das Messer ist im linken.«

»Hast du den Spencer-Karabiner?«

»Hab keinen Spencer gesehen. Bist du jetzt nicht genug bewaffnet?«, sagte er lachend.

Dann gingen beide hinaus. Ich hörte das Klicken des Schlosses.

Was mich dann aber tatsächlich anfiel, als ich dort lag, war die eigenartige Sorge um Tennysons Spencer. Diese begehrte Waffe, Tennysons einziger kostbarer Besitz. Lag sie etwa auf dieser gottverdammten Straße nach Paris? Und was war mit meinem armen Maultier? Und würden Thomas McNulty und John Cole die ganze Gegend nach Spuren von mir absuchen? Das war ein besserer Gedanke. Außerdem dachte ich: Jas Jonski ist verrückt, mich gefangen zu nehmen. Dafür wird er mit einer wahren Hölle bezahlen. Was für eine Närrin ich gewesen war! Hinter den Soldaten herzureiten, als wäre ich ein echter Junge. Aber war ich nicht die Nichte eines großen Häuptlings und die Tochter einer kriegerischen Frau? Dann dachte ich: Gott stehe Jas Jonski bei, aber bei nächster Gelegenheit werde ich ihn eigenhändig umbringen. Ich malte mir aus, wie ich meine Stiefel wiederfinden, mein kleines Messer herausziehen und es, wenn er sich zu mir beugte, plötzlich in ihn hineinrammen würde. Wenn er sich zu mir beugte. Wenn man *Blackstone's Commentaries on the Laws of England*, die Bibel des Anwalts Briscoe, zugrunde legte, welches Recht hatte er, mich gefangen zu nehmen und gefangen zu halten? Und ich dachte an Pegs Worte, die Worte eines Mädchens, das ich kaum kannte, dem ich jedoch alles anvertraut hatte, in einem kleinen Wasserfall, nein: in einer wahren Sturzflut. Als wir zwischen den Bäumen und den kleinen Gehöften unseren Weg suchten, hatte sie meine Worte abgewogen und war zu dem Schluss gelangt, dass Jas Jonski ein Übeltäter war. Und noch während ich gegen Jas Jonski wütete, dachte ich an Peg und wie sie mir vorgekommen war, wie seltsam hell sie mir vorgekommen war, als sie über dem mörderischen Wasser im Busch hing. Und wie ich sie, entgegen der Natur und der natürlichen Gerechtigkeit, nicht hatte ertrinken lassen, sondern wieder ins Leben zurückgeholt hatte.

Und dann machte ich mir wieder Sorgen um Tennysons Gewehr. Man kann einer Frau eine Kugel aus der Schulter schneiden, aber davon wird sie nicht gesund. Ich versank in einem Fieber, ich spürte es deutlich. Dann wieder versengte mich dieses seltsame goldene Geschöpf und legte helle Lichtstreifen zwischen die kümmerlichen Bretter des Zimmers. Ich dachte, dass meine Augen vielleicht zu weit geöffnet waren, oder mein Kopf, oder wo immer sich die Einfallstore zu einem Menschen befanden. Das Licht kroch in den Raum und fesselte mich ans Bett. Aber ich lag nicht in Ketten oder Stricken. Wenn ich mich zusammenriss, konnte ich mich dann nicht erheben? Konnte ich nicht laut rufen? Aber ich hatte keine Stimme, um zu rufen, ich hatte keine Beine, um mich zu erheben.

War es ein Fieber, das Stunden, oder ein Fieber, das nur Minuten anhielt? Ich wusste es nicht. Ich wusste nur, dass Jas Jonski nicht zurückkehrte.

Als ich mich hin und her warf vor Schmerz und Verwirrung, betete ich fast darum, dass er käme. Um dafür zu sorgen, dass sich nicht mehr alles drehte. Immerzu im Kreis drehte, als wäre ich an ein Mühlrad gefesselt. Mein Magen brannte, meine Wunde brannte, mein Kopf brannte. Auf meinen bloßen Armen bildeten sich Schweißperlen. Wo ich nicht Feuer war, da war ich Wasser.

Vielleicht schlief ich. Vielleicht wachte ich. Vielleicht schlief ich. Und erwachte.

Dann kam John Cole, nahm mich in die Arme und trug mich hinaus. Er sagte kein Wort.

Hinter Mr Hicks' Laden wartete Lige Magans gesegneter Pferdewagen. Hinten war mein Maultier angebunden. Noch nie war ein Mensch so froh gewesen, ein Tier zu sehen. Es stampfte mit den Hufen, als wollte es mich tadeln, weil ich es im Stich gelassen hatte. Auf dem Wagen stand Thomas McNulty, er wirkte so nervös wie eine Glucke. Ich versuchte zu sehen, ich versuchte zu sehen, ob das Gewehr im Holster steckte, aber jetzt hob mich John Cole zu Thomas McNulty hinauf.

»Tut mir leid«, sagte ich, »immer bereite ich euch Ärger.«

Ich wurde sanft niedergelegt, genau wie Tennyson vor mir. Thomas wickelte seinen alten Armeemantel um mich. Gleichfalls ohne ein Wort.

Es war schon dunkel, aber auf dem Gehsteig erkannte ich Dr. Tharpe. Als der Wagen anfuhr, hob er zum Abschied die Hand.

Auf der Straße nach Huntingdon war es so finster, dass selbst die Eulen schwiegen. Ich war das schwächste Mädchen in Tennessee, aber überglücklich, von Thomas McNulty gehalten zu werden, auch wenn er mir eine endlose Moralpredigt hielt, die so manchen bekümmerten Unmutsausbruch enthielt.

»Du solltest still sein, Thomas, sie ist noch nicht so weit, dass du sie zurechtweisen kannst«, sagte John Cole.

»Ich weise sie nicht zurecht, ich ...«

Meine Stimme drohte zu ersterben, aber ich versuchte mein Bestes, ihn zu trösten.

»Du hast recht«, sagte ich. »Ich bin das törichste Mädchen, das je gelebt hat.«

»Nein, bist du nicht, das meine ich nicht, verdammt noch mal, ich meine ... Du bist das Kostbarste, was wir haben, und dann finden wir dein Maultier, das wie ein armer Ahasver mürrisch umherirrt und einsames Feuer schnaubt. Und dann dieser Narr mit dem Zylinderhut, wie heißt er gleich, John Cole?«

»Wie heißt wer?«, fragte John Cole.

»Dieser Narr, der stotternde Arzt, der nur Unsinn geredet hat?«

»Tharpe«, sagte John Cole. »Wieso sagst du das? Der hat doch ziemlich vernünftig geredet. Und dann wussten wir, wo Winona ist. Du solltest Tharpe Törtchen backen, Thomas.«

»Gottverdammte Törtchen, ich weiß nicht. Und dann hören wir das Schlimmste, was wir in der langen, langen Geschichte der schlimmsten Dinge, die wir über uns ergehen lassen mussten, je gehört haben – dass dich dieser gottverdammte närrische Narr von einem Jungen, Jas Jonski, geschnappt hat. Heiliger Strohsack, was für eine Nachricht mussten wir da hören? Und jetzt sagst du, du hast dich weggeschlichen, bist Purton gefolgt und hast draußen bei Petrie gekämpft?«

»Warum hast du beschlossen, das zu tun, Winona, Kind?«, fragte John Cole.

»Weil Tennyson gerächt werden muss«, sagte ich, und die Worte waren so leise, dass nicht einmal ich sie richtig hören konnte. Sie aber konnten mich durchaus hören. Mein ganzes Leben lang hatten sie auf mein kleinstes Wort gehört. Sie hatten Ohren für mich.

Danach sagten sie nichts mehr. Die beiden Männer hatten einen ausgeprägten Gerechtigkeitssinn, vielleicht genauso ausgeprägt wie der des Anwalts Briscoe. Vielleicht noch ausgeprägter, weil er aus dem Herzen kam, nicht nur aus dem *Blackstone*. Meine eigenen Worte konnte ich nicht hören, aber ich konnte fast hören, wie ihre Gehirne Gedanken verarbeiteten wie kleine Getriebe.

»Wir können uns wohl nur selber Vorwürfe machen, John Cole«, sagte Thomas in einiger Verzweiflung.

»Da hast du wohl recht«, sagte John Cole.

Zwölftes Kapitel

Nun hörten wir in der Ferne hinter uns ein seltsames, ratterndes, rasselndes Geräusch wie von einem Leiterwagen, der uns mit irrsinniger Geschwindigkeit folgte. Es war schwierig, die Straße hinter uns einzusehen, besonders für mich, aber John und Thomas zogen schon mal die Gewehre unter Johns Füßen hervor. Ich wusste, wenn nötig, würden sie sich vor dem hinteren Einstieg des Wagens aufpflanzen. So gut ich konnte, hob ich den Kopf und starrte wieder auf die Straße. Etwas dort atmete Lichter und Flammen, veranstaltete ein lärmendes Getöse. Tatsächlich zog ein Teufelsdutzend Männer dieses Gefährt, sie zogen und brüllten dabei. Nun blickte ich in die andere Richtung, da ein anderes Licht meine Aufmerksamkeit in Anspruch nahm. Der furchterregende Schein züngelnder Flammen, der die Träume aller Hausbewohner heimsucht. Unterdessen kamen die voranstürmenden Männer mit ihrem dröhnenden Vehikel an uns vorbei, würdigten uns aber keines Blickes. Sie trugen Uniformen, Schnurrbärte und große Blechhüte.

»Neuigkeiten?«, rief Thomas. Offenbar war er inzwischen auf Neuigkeiten aus. Doch die Männer gaben keine Antwort. Ihr Gerät war schwer und mächtig. Sie zogen und zogen. Zwei der schmucken Herren waren Schwarze.

»Die sind auf dem Weg zum Haus des Anwalts Briscoe«, sagte John Cole scharfsinnig und spähte durch die Dunkelheit zu den Flammen in der Ferne.

»Das sind aber keine guten Neuigkeiten«, sagte Thomas.

Wir näherten uns dem schönen alten Haus des Anwalts Briscoe, und tatsächlich, es stand in Flammen. Die Jungs mit den Blechhüten hatten es erreicht und leiteten wie durch ein Wunder Wasser in die Flammen. Wir konnten Gestalten sehen, die noch immer durch die breite Vordertür hineingingen und mit Gegenständen herauskamen, etwa mit den düsteren Gemälden der frühen Briscoes, Joe und Virg Sugrue, die Arme voller Dokumente, und Lana Jane Sugrue mit den kleinen deutschen Statuetten, die der Anwalt Briscoe so liebte – Andenken an seine Ehe. Ich lehnte mich gegen Thomas und gaffte. John Cole hielt den Pferdewagen an und sprang ab, um zu helfen. Minuten später sah ich ihn ins Haus gehen und Minuten später wieder herauskommen; er trug den Baldachin des Betts vom Anwalt Briscoe. Kurz darauf folgten Gestell und Matratze in der Obhut anderer Männer. Danach der alte glänzende Tisch, an dem er immer arbeitete, dann die großen Messingtöpfe aus der Küche und alles, was man sonst noch greifen konnte. Die Männer mit dem Wasserschlauch plagten sich ab. Vor uns sah ich, wie sich eine lange, lange Schlange quer über die Straße schlängelte, bis hin zu dem kleinen Bach. Da wusste ich, dass die große Feuerspritze von dort mit Löschwasser gespeist wurde. Hoffnungslose Wunder.

Jetzt erschien der Anwalt Briscoe höchstselbst mit verrußtem Gesicht und wedelte mit seinem Buch über Rosen. In einem Zustand hektischer Gefasstheit stieß er Rufe aus. Das Haus des Anwalts Briscoe in Brand zu setzen! Eine grässliche Untat. Jetzt kletterte John Cole wieder auf den Pferdewagen, vielleicht hatte er sich an mich erinnert.

»Was in Jesu Namen geht hier vor?«, fragte Thomas.

»Petries Burschen, die haben das Haus in Brand gesteckt. Sind aus dem Wald gekommen und haben's in Brand gesteckt. Haben sich Säcke übergestülpt. Warum tragen sie diese Kapuzen? Kennt sie nicht jeder? Verrückte Kerle.

Haben die Pferde im Stall erschossen, damit niemand Hilfe holen kann. Der Anwalt Briscoe, Joe und Virgil haben sie vertrieben. Dann ist Joe Sugrue in der schwarzen Dunkelheit querfeldein gelaufen und hat die Feuerwehr alarmiert. Sonst wär das Haus mit Sicherheit schon völlig abgebrannt.«

»Wir sollten weiter«, sagte Thomas und sah mich an. »Das Mädchen ist fahl wie der Mond.«

»Es geht mir gut«, sagte ich.

»Aus dir spricht das Fieber«, sagte er. »Siehst aus wie die Schwester des Todes.«

So nahm John Cole denn die Zügel auf. Meinem Maultier hinten grauste es vor den Flammen, es bockte und schnaubte.

»Fahr los, fahr los«, sagte Thomas.

Noch während er sprach, sah ich, wie sich die Flammen trotz der großen Blume Wassers aus dem Schlauch im Untergeschoss ausbreiteten. Ich musste an das Büro denken, dessen vertraute Stille jetzt von Feuer durchbrochen wurde. Die Flammen breiteten sich aus, und vor lauter Ungeduld, in die Nachtluft hinauszugelangen, zerbrachen sie die Fensterscheiben. Die Jungs mit den Blechhüten, der Anwalt Briscoe, Lana Jane und ihre Brüder schienen sich alle mit der gleichen Körperhaltung zurückzuziehen und fassten sich vor Entsetzen und Verzweiflung an den Kopf. Dann sprangen die Flammen in einer mondhohen Explosion über sämtliche Balken und Böden hinweg oder verbrannten diese so gründlich, bis sie ganz zerfressen waren, und nahmen in einem schockierenden Ausbruch ihren Wohnsitz unter dem Speicher, und dort tobten und tosten sie so lange, bis sie durch das Dach austraten und siegreich in den Himmel voll alter Sterne emporschlugen. Balken waren zu Narren geworden und Schindeln zu bloßen Blütenblättern.

Nicht zum ersten Mal trug mich meine gütige Freundin Rosalee Bouguereau ins Haus. Im Holster keine Spur von dem Spencer-Karabiner. Ich hatte sie angefleht, nachzuschauen, bevor sie mich in die Arme nahm. Sie sagte, nein, Kind, ist nicht da. Sie machte kein Aufhebens. Aber ach, wie es mich betrübte, ihre Worte zu hören. Wie sollte ich Tennyson gegenübertreten? Als er kam, um mich zu sehen, erleuchtete er das Zimmer wie ein Sonnenstrahl. Er streichelte mein Gesicht, zeigte auf meine Wunde und schüttelte den Kopf. Er war glücklich und wütend, beides im selben Atemzug. Nach dem Gewehr erkundigte er sich nicht. Nun, er konnte ja nicht sprechen, aber es gibt auch andere Möglichkeiten, sich zu erkundigen, als Worte. Vielleicht wusste er's von Rosalee. Insgeheim schwor ich mir, ihm einen anderen Karabiner zu besorgen oder Tennessee in alle vier Himmelsrichtungen abzusuchen, um ihn zu finden, und wenn ich in meinem Leben nichts anderes mehr tun würde.

Dann trug Rosalee mich hinein, zog mir das gelbe Kleid aus und fragte mich, woher ich es hätte, aber mir fiel keine Antwort ein. Ich wusste nicht, wie ich die Geschichte formen sollte. Auf der Fahrt hatte die Wunde wieder stark zu bluten begonnen, so dass das Kleid drei- oder viermal getränkt worden war, tatsächlich war die Baumwolle von all dem getrockneten Blut ganz schwarz und hart geworden. Sie fragte mich, wo Hose und Hemd abgeblieben waren, aber wieder konnte ich keine Antwort hervorkramen. Ich konnte Rosalee Bouguereau nicht anlügen. Der Karabiner machte mir mehr zu schaffen als die Wunde. Rosalee verteilte eine Schicht Stroh auf dem Fußboden und legte sich dort schlafen. Bald war das Haus nur noch mit Nacht angefüllt, und durch die Wand konnte ich John Coles berühmtes Schnarchen hören. Ich dachte daran, dass das schöne Anwesen des Anwalts Briscoe brannte, dann stahl der Schlaf meine Augen.

»Das ist ein hübsches kleines Leinenkleid, ich werd's für dich waschen«, sagte Rosalee vom Fußboden.

»Ich danke dir«, sagte ich. »Ich danke dir, Rosalee.«

Dank Dr. Tharpes Fürsorge schloss sich die Wunde rasch und verheilte.

Tennyson Bouguereau zeigte auch weiterhin keine Bitterkeit wegen der Waffe. Er schonte mich. Das wusste ich.

Was uns zu Hause am meisten beschäftigte, war der Brandanschlag auf Anwalt Briscoes Haus, weshalb es so weit gekommen war und was als Nächstes kommen mochte. John Cole war der Meinung, Männer wie Zach Petrie und Aurelius Littlefair wüssten eben, dass sie wieder festeren Boden unter ihren Rebellenfüßen hatten. Als Lige Magan nach Paris fuhr, um Proviant einzukaufen, war das Feuer auch dort Tagesgespräch. Das und der ungeordnete Angriff des Colonels. Im Laden von Mr Scruggs, der mittlerweile in den Genuss unserer Kundschaft gekommen war, spürte Lige Magan eine gewisse Zurückhaltung, sich allzu offen zu äußern, konnte aber auch die Angst ablesen, die den Leuten deutlich ins Gesicht geschrieben stand.

Da sorgte sich Lige, dass Zach Petrie am Ende zu uns herausreiten mochte, um den Tod seines Bruders zu rächen, um uns für Tennyson und Colonel Purton zu bestrafen oder was immer er sich unter den Geboten des Krieges gegen seine Feinde vorstellte. John Cole war schreckhaft wie ein Hase, teilte uns alle zum Wachdienst ein, und wir lösten uns gegenseitig ab, genau wie richtige Soldaten. Aus der Scheune holte Lige Magan die alte Glocke, mit der die Sklaven von den Feldern gerufen worden waren; die hängte er auf, damit sie zur Warnung geläutet wurde, besonders von dem wortlosen guten Tennyson. Unterdessen fuhr er mit der Feldarbeit fort, aber jetzt nahte die Zeit, da die Sonne höher stand und heißer brannte, und beim Tabak und beim Mais bestand die Hauptaufgabe darin, das teuflische Unkraut aus der Erde zu hacken.

Aus der Stadt wurde berichtet, dass Colonel Purton am West Sandy Creek drei Männer verloren hatte, und obwohl ich mir einbildete, um die Häuser herum Leichen gesehen zu haben, schien niemand zu glauben, dass auch nur einer von Zach Petries Leuten getötet worden war. Lige Magan sagte, Purtons Führungskraft sei in Frage gestellt. Wenn man schon Rebellen töten wolle, sollte man wenigstens die Zahl benennen können. Aber das war nicht geschehen; dabei wusste ich, dass sie von dem Angriff überrascht worden waren und nicht einmal genug Zeit gehabt hatten, sich die Hosen überzuziehen, geschweige denn die Säcke, die sie so gerne trugen, um unerkannt zu bleiben. Vielleicht war ja die Zeit gekommen, da sie sich zu erkennen gaben und als befremdliche Helden zurückkehrten, und das war es, was Lige Magan den Schlaf raubte und uns alle beunruhigte.

Was meinen Anteil an dem Vorstoß auf Zach Petries Siedlung betrifft, so wurde ich von Thomas und John angewiesen, nie wieder eine solche Torheit zu begehen, und bei Gott, falls ich es täte, wüssten sie nicht, was sie unternehmen würden; überdies seien sie, wenn nicht Gott, so doch dem Teufel dankbar, dass ich wohlbehalten zurückgekehrt sei. Dann war da noch das Thema Jas Jonski. Aufgrund einer Fehleinschätzung des Mannes, der mich für Jonskis Verlobte gehalten habe, sei ich zu ihm gebracht worden, richtig, aber wenn das kein Zeichen gewesen sei, blitzschnell zu Liges Farm zu reiten und die Nachricht zu überbringen, wüssten sie nicht, was eines war. Und wenn da nicht Memucan Tharpe gewesen wäre, hätten sie womöglich nie erfahren, wo ich mich aufhielt, jedenfalls tagelang nicht, und zu dem

Zeitpunkt, sagte Thomas McNulty, wäre er reif gewesen fürs Irrenhaus Old Blockley. Und seiner Rede lag das Lied der Verzweiflung zugrunde, welches so oft das Gespräch von Eltern begleitet, wenn es um das Treiben ihrer Kinder geht. Das wusste ich, und so bemühte ich mich, sie zu besänftigen, so wie man Kinder besänftigt, die von Phantomen und irrlichternden Gedanken geplagt werden.

John Cole war fest entschlossen, nach Paris zu fahren und Jas Jonski zur Rede zu stellen; vielleicht, sagte er, werde er auch einfach nur die Nerven verlieren und den Jungen, verdammt noch mal, mit einem Weidenstock verprügeln. Ich bat ihn weder, es zu unterlassen, noch, es zu tun. Ich war von Jas Jonski so entgeistert und entsetzt, dass ich keine Worte fand, um ihn zu beschreiben, nicht auf Englisch, nicht auf Lakota. Er war ein versiegeltes, mit Eisen verschlossenes Buch für mich. Manchmal beunruhigte mich ein freundlicher Gedanke an ihn, der ungebeten in mir aufstieg. Der war zwar nur ein letzter Funke dessen, was ich in der Vergangenheit für ihn empfunden hatte, aber er beunruhigte mich. Manchmal haben wir so törichte Gedanken, dass selbst ein Tor vor ihnen zurückscheuen würde.

Vielleicht trug es zu meiner Heilung bei, über den Spencer-Karabiner nachzudenken. Ich versuchte, mich an meinen Ritt durch die Wälder und Felder zu erinnern. Wann hatte ich die Waffe zuletzt bemerkt? Und da sich das Maultier angesichts der Bärin aufgebäumt hatte, bestand vielleicht die Möglichkeit, dass das Gewehr dort zu Boden gepoltert war? Wenn ich die Stelle aufsuchte, würde ich es finden? Und so sann ich, wie man es tut, auf eine Möglichkeit, dorthin zurückzukehren, ohne dass John Cole sich sorgte und ereiferte und ohne dass der arme Thomas, wie er befürchtet hatte, im Old Blockley landete.

Kein Teil von mir wollte in einem Kleid stecken, ich bestand auf Jungenkleidung, und Thomas war so freundlich, mir seine zweitbeste alte Armeehose hinzulegen. Die hatte einen ansprechenden gelben Streifen an den Beinen, denn es war eine echte Kavalleriehose, die den Kavalleristen vor dem Krieg den Spitznamen Yellowlegs eingetragen hatte. Es war die Hose, die ihm viele Jahre zuvor bei seinem ersten Waffengang in der Armee zugeteilt worden war, als er und John Cole, wie er mir erzählt hatte, nach Kalifornien entsandt wurden, um etwas gegen die Yurok zu unternehmen. Von diesem Etwas allerdings hatte er mir nicht erzählt, es war eher wie ein klaffendes Loch in seinem Mund, wie ein feuriger Schrecken in seinen Augen. Weiße verfügen über keine gescheite Geschichtserzählung, sie können nur finstere Geschichten erzählen, von denen sie sich wünschen, sie lauteten anders.

Gleich neben den Gedanken an Tennysons verlorenes Gewehr waren das Mädchen Peg und das gelbe Kleid angesiedelt. Rosalee hielt ihr Versprechen und wusch zwanzigmal das Blut aus; dann schlug sie die Lauge im Becken zu mächtigem Schaum und bearbeitete das Kleid mit einem hölzernen Schlägel, anschließend zog sie es tausendmal durch das Wasser des kleinen Bachs, und als sie mit ihrer Arbeit zufrieden war, zerdrückte sie einige getrocknete Giftpilze, die sie wegen ihres gelben Farbstoffs bevorzugte, und gab dem Leinen so sein Gelb zurück. In der frühsommerlichen Sonne ließ sie das Kleid trocknen, und ich fand, dass es so gut wie neu war und eine Prinzessin sich danach verzehrt hätte.

Aber tragen wollte ich es nicht, außerdem gehörte es Peg. Ich konnte mir nicht vorstellen, dass diese mir einen Höflichkeits- oder sonst einen Besuch abstatten würde, und tief in meinem Herzen wusste ich, dass ich zu ihr würde gehen müssen. Als ich diesen Gedanken zum ersten Mal fasste, kam er mir verrückt und verwegen vor, doch viele solcher Gedanken wirken weniger verrückt und verwegen, wenn man sie öfter denkt.

Was das Kleid betraf, so war Rosalee nicht recht glücklich, wo sie sich doch so große Mühe gegeben hatte, es wieder hinzubekommen. Außerdem fand sie, dass eine Yellowleg-Hose nicht gerade die passendste Mode für ein Mädchen war. Dann aber rückte sie, was ich ihr hoch anrechne, von ihrer Überzeugung ab und bat Lige Magan, fünfeinhalb Meter groben Stoff zu kaufen, damit sie eine Sommerhose für mich schneidern konnte, und es dauerte nicht lange, bis sie meine Maße nahm und ihren Plan ausführte. Nach dem Krieg war kostenlose Kleidung aus Boston in Paris eingetroffen, die als Spende unter den neuen Freigelassenen verteilt wurde, doch Rosalee duldete es ebenso wenig wie eine Indianerin, Kleider anzunehmen, die von wildfremden Menschen getragen worden waren. Man konnte sie nur verbrennen. Aber nichts davon spielte eine Rolle, denn sie war eine äußerst geschickte Näherin, und als die Motten in seinem Schlafzimmer die beiden Kleider von Thomas McNulty zerfraßen, schien sie nur einen Tag zu benötigen, um sie wieder in Ordnung zu bringen; dabei war eines davon ein Bühnenkleid aus Grand Rapids mit echter Massachusetts-Spitze. Nur dieses eine Mal sah ich, dass Rosalee von Thomas McNulty umarmt wurde; ob er jedoch für seine Gefühlsregung Worte fand, ist zu bezweifeln.

Ansonsten hatten wir jenes seltsame auf eine Katastrophe folgende Gefühl von Nachwehen, das seinerseits schon wieder von der Aussicht auf weitere Katastrophen durchzogen ist. So dass wir, als nichts geschah, als keine Reiter gegen uns ritten, törichterweise geradezu Enttäuschung empfanden, statt jubelnde Erleichterung zu empfinden.

Und da wir uns in einer Zeit unerwarteter Wunder befanden, kam Jas Jonski zu uns herausgeritten, um »sich zu erklären«. Das Folgende muss ich Ihnen mit einer inneren Festigkeit erzählen, die ich zum betreffenden Zeitpunkt nicht empfand und vielleicht auch jetzt noch nicht empfinde.

Wenn wir einen lebhaften Sinn für die Gefahr hatten, in der wir schwebten, dann gewiss auch Jas Jonski, der seine eigenen Gründe dafür hatte.

Was dachte ich über Jas Jonski? Inzwischen dachte ich, dass er derjenige war, der mir wehgetan hatte, wie nur ein Mann einer Frau wehtun kann – wenn er wie ein mörderischer Dieb in sie eindringt und ihrem Herzen eine tödliche Verletzung zufügt. Ich nahm Peg zu meiner Anwältin in dieser Angelegenheit. Ich hatte ihr die Geschichte erzählt, und sie hatte ihre Meinung geäußert. Weshalb sollte einem Mädchen, das so verloren war wie ich, so viel Autorität verliehen werden? Ich wusste es nicht. Aber ich hatte Frank Parkman geprüft und konnte ihn irgendwie nicht schuldig finden.

Andere Verdächtige, von denen ich wusste, gab es nicht. Meine Erinnerung war in Whiskey ertränkt, doch das Herz der Erinnerung lebte in mir fort. Es schlug in meinem Innern.

Da mittlerweile so viel Zeit vergangen war, beschlich mich allmählich das grausige Gefühl, das, was mir widerfahren war, könnte nichtig sein, ein Nichts, an einem Nichts verübt. Es war ein seltsam machtvoller Gedanke, der mich da beschlich, der zum Nest meiner besten Gedanken vordrang und dort zu wüten begann. Dieser Gedanke war bedrückend und niederschmetternd. Während er mich in seiner Gewalt hatte, glaubte ich, dass ich, selbst wenn ich jetzt klare Worte fände und den Männern anvertrauen würde, was Jas Jonski meiner

Meinung nach getan hatte, von ihrer Antwort überrascht und erstaunt wäre. Dass sie verlegen und unbeeindruckt dasitzen und sich fragen würden, weshalb ich mir die Sache so zu Herzen nahm. Eine belanglose Kleinigkeit im allgemeinen Weltenlauf, die jedes Mädchen zu ertragen hatte. Dass es ihnen nichts bedeuten würde und sie häufig das Wort »Nichts« im Munde führen und auf mich anwenden würden. Immer wieder ging ich an diesem Gedanken zugrunde. Ich fühlte mich so entsetzlich klein, dass ich erzitterte. Ich hörte, wie sie mich auslachten, sah, wie sie einander mit spöttischem Staunen anblickten, und stellte mir vor, wie sie sich von mir abkehrten und nie wieder auf dieselbe innig liebevolle Weise mit mir sprechen würden, für die sie sich in meinem Herzen einen Namen gemacht hatten. Dass sie mich, wie die Prediger es ausdrücken mochten, für entehrt halten würden, dass nicht einmal Rosalee mich wieder zusammennähen könnte und dass kein Frühling und kein Sommer diesen Winter wettmachen würden, der mich beschmutzt hatte. Dass ich ein wertloses Ding wäre, das billige Leinentuch einer Sklavin, und keine Nachtschwalbe mehr für mich schnarren würde. Dass mir weder Thomas McNulty seine mütterliche Güte noch John Cole seine väterliche Sorge zeigen würde. Dass sie mich auf der Straße liegen lassen würden wie einen Konföderiertendollar ohne jeden Wert, aufzulesen von jedem beliebigen Vagabunden, dass ich ein weggeworfenes Ding sein sollte und niemand sich bemühen würde, mich wiederzufinden. Dass Jas Jonski, indem er die winzige Tür in mein Ich aufbrach, das Haus dieses Ichs für immer den vier Winden geöffnet hatte, dem Heulen der Stürme und der Plünderung durch jeden vorüberziehenden Marodeur.

Dreizehntes Kapitel

So kam es zu einem der seltsamsten Gespräche, die ich je erlebt habe. Es trug mehr Dunkel in sich, als irgendein Tageslicht auflösen könnte.

Man kann durchaus sagen, dass Jas Jonski Mut bewies, als er zu Lige herausgeritten kam, wo er keinen Freund hatte, von dem er wusste. Wo er gezwungen war, vor vier feindseligen Männern und zwei finster dreinblickenden Frauen zu stehen, wo er nicht willkommen war. Willkommen war er ganz und gar nicht. Eher hatte er es mit sechs Menschen zu tun, die glücklich gewesen wären, seinen Balg an die Tür zu nageln. Er kam wie beim ersten Mal – das heißt, als er das erste Mal gekommen war, um seinen Fall darzulegen, nicht an den Tagen seiner zahlreichen Besuche als Verehrer. Ich hatte vermutlich geglaubt, das Geheimnis von Tennysons Angreifern sei mit der Person von Aurelius Littlefair und seinen Komplizen gelöst worden. Aber vielleicht hatte sich ja Wynkle King von Jas Jonskis Leidensgeschichte inspirieren lassen, und nicht einmal der Colonel wusste davon?

Mir kam das Leben wie ein Morast vor, wenn so vieles gesagt und so vieles nicht gesagt wurde, und dazwischen all die Dinge, die nur von Engeln gesagt werden konnten – die angeblich alles wissen.

Dies also war das kleine Aufgebot gegen ihn, die vier Männer, Rosalee und ich. Es war ein heller Frühsommerabend. Wir hatten ihn von weit her kommen sehen, aus nordöstlicher Richtung. Zu der Zeit hatte Rosalee Wache geschoben. Die Männer hatten drinnen Eintopf gegessen, und auf ihr Geheiß waren sie hinausgegangen, um dem rotgesichtigen Jungen entgegenzutreten.

Er war ein Mann mit einer Mission, hatte aber, als er versuchte, seine Stute an einen Pflock zu binden, abermals schreckliche Mühe mit ihrem Kopf.

»Verdammt«, sagte er.

Zwölf Augen beobachteten ihn ohne ein Wort oder einen Gruß.

Er schien es für seine oberste Pflicht zu halten, geradewegs auf Tennyson zuzugehen und ihm die Hand entgegenzustrecken.

»Es tut mir einfach nur leid, dass Sie Schläge einstecken mussten«, sagte er. »Ich meine es nicht böse mit Ihnen, Mr Bouguereau.«

Tennyson hielt ihm seine Hand nicht hin, aber das mochte ebenso gut Verwirrung wie Vorsicht oder Unfreundlichkeit sein.

»Ich denke, das sollte ich sagen«, sagte Jas Jonski. »Ich meine nur.«

Dann trat er wieder zurück und stand jetzt etwa fünf Schritte von den Männern entfernt. In diesem Augenblick kam ich von der Veranda, baute mich direkt neben John Cole auf und pflanzte mich mehr oder weniger in die Erde – vielleicht würde ich später Früchte tragen.

»Über das Bisherige hinaus möchte ich nur sagen, dass Winona zu mir gebracht wurde. Wegen ihrer Wunde war sie in großer Not. Ich hab sie nicht selbst geholt, nichts dergleichen. Wynkle King hat sie auf der Straße gefunden und zu meiner Unterkunft gebracht.«

Aber Dr. Tharpe hatte er etwas anderes erzählt, dachte ich. Hatte er nicht gesagt, dass mich die Männer des Colonels gefunden hätten, als sie vom Gefecht zurückkehrten? Doch, das hatte er. Und Wynkle King hatte keine Ahnung, wer ich war. Aber zunächst einmal schwieg ich, aus Respekt vor Jas Jonskis Auftreten, das an Sokrates vor dem Rat der Fünfhundert erinnerte.

»Ich hatte nie Gelegenheit, Ihnen davon zu erzählen, außerdem hat das ja schon Memucan Tharpe besorgt«, sagte er und fuhr – man könnte sagen, unbeeindruckt von meinen Gedankengängen – in seinem Redefluss fort. »Ich hab ihn kommen lassen, und für das Privileg, Winona zu behandeln, hat er zwei Dollar von mir erhalten. Und ich hab das sehr gern getan. Ich will damit nur sagen: Ich bin keiner, der sich an Mädchen vergreift, ich bin nichts weiter als der Mann, der sie heiraten will.«

Ich erinnere mich nur an eine Art Hmm-Laut von John Cole, der Missbilligung oder Ungläubigkeit ausdrücken mochte, vielleicht aber auch nicht.

»Du glaubst, sie immer noch heiraten zu können«, sagte Rosalee hinter uns, möglicherweise vor allem zu sich selbst. »Du hirnloser Narr.«

Von seiner Ansprache war Jas Jonski so aufgewühlt und von John Cole und den anderen, die da standen, so verängstigt, dass ich berichten muss, dass er zu weinen begann. Gleich einem Kind brach er in Schluchzen aus, und ich vermute, dass er nicht sonderlich froh darüber war. Aber Tränen steigen einem unaufgefordert in die Augen. Das wusste ich nur zu gut.

»Du hast hier mit niemandem was zu bereden außer mit mir«, sagte ich.

Ich bat meine Männer, wieder auf die Veranda zu gehen, damit ich mit dem Jungen alleine sprechen konnte. Sie hatten keine Einwände, denn sie waren ja in meiner Nähe und bis an die Zähne bewaffnet. Plötzlich aber erkannte ich den Nutzen, mit ihm zu reden, geschützt von ihrer Kraft. Gleichzeitig versetzte ich mich zurück und betete zu meiner Mutter um meine eigene Kraft. Ich wusste, mir war eine schwere Wunde zugefügt worden, und tatsächlich spürte ich, dass etwas in meinem Inneren zu verfaulen begann, wenigstens kam es mir so vor, und das machte mir große Angst. Wenn die Flut heranstürzt, muss man versuchen, den Damm zu befestigen. Und sei es mit bloßen Händen.

»Winona«, sagte er, »ich bin kein Bauernlümmel oder Tölpel. Ich weiß, du bist mir böse. So ein großer Narr bin ich nun auch wieder nicht. Als Wynkle King dich reingetragen hat und ich dich sah, glaubte ich zu sterben. Mein Mädchen mit 'ner Kugel im Leib.«

»Bin nicht dein Mädchen«, sagte ich.

»Bin schon mal hergeritten und hab gesagt, dass ich nich' weiß, wie's zu der früheren Verletzung gekommen is', und das is' noch immer die reine Wahrheit. Nachts lieg ich in meinem Bett und frag mich, wie das alles wieder in Ordnung gebracht werden kann. Ich hol meine Mutter, und die entpuppt sich als die größte Indianerhasserin, der ich je im Leben begegnet bin. Sie sagt: Ach, wie schön, James, dass du keine Rothaut heiraten wirst, ich kenne das und das Mädchen in Knoxville, und ich bring dich hin, dass du sie siehst, und ich sag, Mama, ich werd kein Mädchen aus Knoxville heiraten, ich werd nur Winona Cole heiraten. Du wirst keine Rothaut heiraten, ruft sie.«

»Nun, das wirst du auch nicht«, sagte ich. »Sie hat recht.«

»Was ist damals passiert, als du die Schläge und Platzwunden abbekommen hast? Winona, was ist damals passiert?«

Da hörte ich auf, so schnell zu antworten. Ich dachte nach. Ich versuchte, mich zu erinnern. Es war, als würde man versuchen, einen dunklen Nebel mit dem Licht von nur einer Laterne zu durchdringen. Es ist nicht möglich.

»Ich sag nur, dass es neblig in meinem Kopf ist«, sagte er. Auch er sprach also von Nebel. »Ja, sag ich zu Lige Magan, ich sage: Lige, ich weiß nicht, was passiert ist, ich tappe genauso im Dunkeln wie ihr alle – aber stimmt das denn? Ich hab's versucht, hab versucht nachzudenken. Nun, ich weiß, es war – es war verkehrt, dir Whiskey zu geben, verdammt, das weiß ich, und es war verkehrt, selber Whiskey zu trinken, der schmeckt mir ja nicht mal, und ich trinke nie welchen, aber wir haben ihn getrunken – kannst du dich daran erinnern, bei Frank auf dem Heuboden? Ich erinnere mich undeutlich. Ich möchte mich auch gar nicht *nicht* erinnern. Ich erinnere mich, wie süß und freundlich du warst, und wir haben uns geküsst ...«

»Nein, daran erinnere ich mich nicht. Und ich glaube nicht, dass ich jemals auf dem Heuboden an Frank Parkmans Arbeitsstelle war.«

»Doch. Und ich auch. Daran kann ich mich erinnern.«

Als Jas Jonski die Stimme hob, regten sich die Männer und Rosalee auf der Veranda. Er sah es sofort und dämpfte sie wieder.

»Ich schwöre beim Herrn, dass du da warst, du warst da, du und ich, und wir haben gelacht und uns geküsst, und dann schwöre ich bei demselben gütigen Herrn, dass ich keine Erinnerung habe, nicht die geringste, was als Nächstes passiert ist.«

»Ich kann's dir sagen, und Rosalee Bouguereau könnt's dir sagen, wenn sie nicht so schüchtern wär. Als ich mit Blutergüssen und Platzwunden im Gesicht und ohne jede Erinnerung nach Hause kam und mir vor lauter Angst das Herz in der Brust versagte, da blutete ich, weißt du, unten herum, und Jas, ich war aufgerissen, und jemand hat's getan, und ich sage, du warst's, denn wer sonst auf der Welt würde das tun, außer jemand, von dem ich mich hab küssen lassen? Wenn ein andrer versucht, mich zu küssen, und ist nicht mein Liebster, zieh ich mein Messer und ramm's ihm in den Bauch.«

Nun war *meine* Stimme hoch erhoben. Und jetzt musste *ich* sie dämpfen.

»Du sagst, jemand – hat dir wehgetan, unten herum?«, fragte er.

»Genau das sage ich. Das ist der Sinn der Sache. *Blackstone*, Sechzehntes Kapitel. Es ist ein Gewaltverbrechen, Jas Jonski – nur findet das Gesetz auf mich natürlich keine Anwendung. Ich bin keine Bürgerin. Deine Mutter hat recht, du kannst keine Rothaut heiraten, denn wir sind ja nicht mal Menschen. Wir haben nichts Menschliches. Wir sind Tiere, die man schlagen und verwüsten und verletzen kann, wie's einem passt.«

Dafür hatte ich nicht die Stimme erhoben. Es war nicht nötig. Noch nie hatte ich einen Jungen so erbleichen sehen. Er war zwar schon ein Weißer, aber jetzt war er ein noch weißerer Weißer.

»Du sagst ... jemand –?«

»Ja, Jas Jonski, ja, das sage ich – warum, glaubst du, stecken wir alle in diesem unseligen Morast?«

»Ich dachte, dass dich vielleicht ein niederträchtiger Lump niedergeschlagen hat oder dass dich dein Maultier abgeworfen hat oder, ich weiß nicht – aber niemals das, keine Sekunde lang hab ich das gedacht.«

»Du bist ein Narr Gottes, Jas Jonski, denn das, wovon ich rede, passiert am allerhäufigsten. Glaubst du wirklich, in den Kriegen haben all die tapferen Soldaten den Indianern Suppe gebracht? Und Thomas McNulty und Lige und John Cole sind alle anmutig durch die Prärie getanzt?«

»Wissen die, dass dir so wehgetan wurde?«, fragte er.

»Nein, das wissen sie nicht, weil ich's ihnen nicht sage. Wenn ich's ihnen sage, Jas, töten sie dich. Sie töten dich so, dass du toter nicht sein kannst. Und weißt du auch, warum?

Weil sie mich lieben wie eine Tochter. Aber Rosalee weiß es, denn die musste ein Tuch nehmen und das Blut abwischen.«

Da sprach Jas Jonski nicht mehr; er stand da mit all den Worten, die ihm durch den Kopf gingen, und dann versuchte er, sie zu ordnen und zu fassen.

»Und du glaubst, dass ich es war – dass ich das getan hab?«, fragte er schließlich.

»Wer sonst?«

»Du glaubst, dass ich das getan hab, und danach hab ich dich verprügelt und dir das Gesicht zerschlagen?«

»Ich denke schon.«

»Man sollte meinen, daran müsste ich mich erinnern«, sagte er schwitzend, mit leiser Stimme. Vielleicht, dachte ich, ist er ja doch eine halbwegs ehrliche Haut. Er sah so verängstigt aus. Starling Carlton hatte indianische Kinder gestohlen, um sie den Weißen zu deren Vergnügen zuzuführen. Soldaten hatte ich schon mit sechs Jahren erlebt, glaube ich jedenfalls. Es war nicht der Rede wert, einer indianischen Frau oder einem indianischen Mädchen etwas anzutun – oder auch einem Jungen. Es war nicht der Rede wert. Etwas, was Soldaten üblicherweise trieben. Aber Jas Jonski fand das nicht. O nein. Für einen Moment flog ihm mein Herz zu, doch dann fing ich es wieder ein, ich konnte nicht anders.

»Jetzt verstehe ich«, sagte er. »Ich hatte keine Ahnung. Jetzt ja. Hat es etwas Gutes zu bedeuten, dass ich mich nicht erinnere? Dass du dich nicht erinnerst? Ich glaube nicht. Ich denke, ich hab was Düsteres, was Finsteres getan. Im Whiskey hausen lebende Dämonen. Wieso nur hab ich den Whiskey getrunken? Ich hab ja nicht mal Lust auf Whiskey.«

Dann tippte er sich vor den Gesichtern auf der Veranda an den Hut.

»Ich sollte jetzt besser gehen«, sagte er. »Es tut mir von Herzen leid, Winona, das tut es. Ja, das tut es wirklich. Jetzt erzählst du den Männern, was du mir erzählt hast, und ich rechne damit, dass sie mir nachstellen werden. Ich würde genau das Gleiche tun. Meine Mutter versteht die Welt nicht. Die Welt ist nichts wert, es sei denn, man bleibt wahrhaftig. Es tut mir leid.«

Dann schwang er sich wieder auf seinen krummen Gaul und ritt davon.

Ich ging zurück zum Haus.

»Hören wir etwa Hochzeitsglocken?«, fragte Lige Magan.

»Nein«, antwortete ich.

»Du bist jetzt besser still«, sagte John Cole zu Lige.

»Hab nur gedacht, die reden doch ganz hübsch miteinander«, sagte Lige, der sich seiner Dummheit schämte.

»Lige Magan, ich hab noch nie ein Wort im Zorn zu dir gesprochen, aber wenn du jetzt nicht den Mund hältst, polier ich dir die Fresse«, sagte John Cole.

Ich weinte die ganze Nacht und hielt mich dabei an Rosalee fest wie am Steuerruder eines kleinen Schiffes, wusste aber nicht, weshalb – nicht, dass ich es hätte benennen können.

Vierzehntes Kapitel

Ein Mensch kann die ganze Nacht hindurch weinen und erst in den frühen Morgenstunden einschlafen und zu seiner Überraschung dann doch einigermaßen ausgeruht aufwachen. So also wachte ich auf. Vielleicht fühlte ich mich auch weniger verachtet, weniger verletzt als zuvor, denn etwas in Jas Jonskis Rede vom Vortag hatte mich getröstet, selbst wenn es der Trost eines bösen Mannes war. Ich ließ Jas Jonskis Worte Revue passieren. Über einige wunderte ich mich erneut und wusste nicht, was von ihnen zu halten war. Dann fiel mir etwas anderes ein, was er gesagt hatte, eine rätselhafte Bemerkung. Vielleicht konnte ich mich ja daran festhalten. Wynkle King habe mich auf der Straße gefunden und mich in meiner Not zu Jas gebracht. Wenn dem so war, könnte dann vielleicht Wynkle King wissen, wo der Spencer-Karabiner abgeblieben war?

Ich war entschlossen, es herauszufinden.

Ich zog meine neue Sommerhose an, dazu ein loses Arbeitshemd, auch dieses von Rosalee für mich genäht. Etwas an der schönen Sauberkeit des irischen Tuches und an den akkuraten Nähten bewirkte, dass auch ich mich sauberer fühlte. Ich fühlte mich adrett, und daraus erwuchs ein neuer Stolz. Dass etwas so Armseligem – fünfzig Cent für sieben Meter Stoff – eine solche Schönheit innewohnen konnte!

Ich traf Lige Magan auf dem Hof an. Zusammen mit Tennyson spannte er das Pferd vor den Wagen.

»Einen schönen guten Morgen«, sagte Lige. »Tut mir leid, dass ich mich gestern zum Narren gemacht hab. Von wegen Hochzeitsglocken.«

»Wo willst du hin?«, fragte ich.

»Unserem guten Freund, dem Anwalt Briscoe, helfen – in seiner Stunde der Not.«

»Nimmst du mich mit?«

»Du wirst ganz verrußt zurückkommen«, sagte er und musterte meine neue Kluft.

»Das macht nichts«, erwiderte ich.

»Dann hol dir 'n Hut, ich will nicht, dass du 'n Sonnenstich kriegst.«

Mein Hut hing an einem Haken im winzigen Hinterzimmer, und als ich durch das tiefe Dunkel des Hauses ging, musste ich an Tennysons beengtem Quartier vorbei. Ich wusste ja, dass er draußen war, und so warf ich wie ein Dieb einen Blick hinein. Da war nichts als ein eisernes Bett, ein Stuhl, ein kleiner Tisch und das, was Rosalee einen »Stummen Diener« nannte: drei zu einer Pyramide aneinandergelehnte Kanthölzer, auf denen man seine Kleidung ablegt. So dass es aussah, als stünde für immer Tennyson ohne Tennyson im Raum. Ich hatte ihn nie gefragt, wo er die fünfzig Dollar herhatte, die er für sein Gewehr bezahlt haben musste, doch als ich seine Besitztümer oder eher deren Fehlen betrachtete, gaben sie mir doch zu denken. Falls jemand *nichts* besitzen kann, so war er genau dieser Besitzer.

Doch jeder Zollbreit der Wände war mit seinen Zeichnungen bedeckt. Bilder von uns, wie man sie im Büro eines Sheriffs sehen konnte, aber ohne das Wort »Gesucht« und ohne die ausgesetzte Belohnung für unsere Ergreifung. Seltsam, uns alle dort versammelt zu sehen. Ich musste innehalten und hinschauen. Den Ehrenplatz nahm eine prächtige Zeichnung von Rosalee ein.

Tennysons neueste Arbeiten hatten alle denselben Gegenstand – Hasen. Wozu das?, dachte ich. An die zwanzig Zeichnungen von Hasen. Auch das war seltsam. Ein Hase war doch nur ein Wesen, das man abschießen durfte, da er gerne die Pflanzen wegfraß. Ein Hase ist gleich nach der Geburt wie eine Waise. Er zieht los und blickt nie mehr zurück. Er braucht keine Mama. Heißt es. Aber Tennyson musste eine hohe Meinung von diesem Tier gehabt haben. Er musste draußen auf den Feldern gewesen sein, um sie zu zeichnen, denn es gab einen Hasen, der hierhin und dorthin spähte, und es gab einen Hasen, der wie der Diener des Teufels Haken schlug. Einige der Zeichnungen waren mit jener roten Farbe bespritzt, die Tennyson aus Beeren gewann. Ich wusste nicht, ob sie den Sonnenuntergang oder womöglich einen Abschuss darstellen sollte. Tatsächlich war Rosalee ganz versessen auf den Hasenpfeffer, den sie zubereitete.

Sie kochte das Tier ganz, und wenn man den Deckel hob, sah es aus wie eine kleine Person in ihrem Sarg.

Von den Zeichnungen war ich so gefangen, dass ich wieder hinausging, ohne meinen Hut mitzunehmen, und von Lige aufgefordert wurde, gleich wieder hineinzugehen und das Versäumte nachzuholen.

Mein Herz hätte um den Anwalt Briscoe geweint, aber der war in einer so ausgelassenen Stimmung, dass man nur staunen konnte.

»Ich werde mich doch nicht von irgendwelchen üblen Banditen unterkriegen lassen.«

Er war verblüfft, dass Zach Petrie Männer geschickt hatte, um sein Haus anzuzünden. Etwas so Verrücktes war ihm noch nie untergekommen. Nur ein Narr greift das Gesetz direkt an, und Zach Petrie war kein Narr. Der Anwalt Briscoe sagte, was einen Mann zum Verbrecher mache, sei nur eine Winzigkeit. Die Entscheidung, die *Entscheidung*, das Falsche zu tun. Das Richtige zu sehen, sich aber für das Falsche zu entscheiden. Die Balken seines geliebten Hauses schwelten noch, doch schon hatte er Zimmerleute und Maurer kommen lassen, und beim gütigen Herrn Jesus, er werde das Haus neu errichten, sagte er – *instanter*, wie er gerne sagte, *subito, cito*. Dann zitierte er den römischen Schriftsteller Ovid, und an den Spruch kann ich mich noch erinnern, weil er an der Wand hinter seinem Schreibtisch hing – wo ihn ohne Zweifel das Feuer verschlungen hatte. *Video meliora proboque deteriora sequor*. Wenn der Anwalt Briscoe Lateinisch sprach, wusste man, dass er es ernst meinte.

Er fragte mich, ob ich so freundlich wäre, als Bauleiter für das Gebäude zu fungieren. Aufzuschreiben, was benötigt werde, alles anliefern zu lassen und über seine Ausgaben Buch zu führen. Lige Magan wirkte glücklich, denn seit dem Brand hatte er sich Sorgen gemacht, ich würde keinen Lohn mehr erhalten. Was ich verdiente, machte einen beträchtlichen Teil der Barschaft aus, über die wir verfügten. Der Anwalt Briscoe hatte alle seine geretteten Möbelstücke in die Scheune geschafft und Joe und Virg Sugrue gebeten, sein prachtvolles Bett dort aufzustellen, und noch während wir sprachen, sah ich, wie Lana Jane im weichen Dunkelbraun der großen Scheune ihren Weidenbesen schwang. Eine Scheune ist ein riesiger Staubbehälter, aber resolut, wie Lana Jane war, machte sie einen Anfang.

So sprach ich denn mit den Zimmerleuten und den Maurern. Sie erklärten mir, was sie brauchten, um mit der Arbeit zu beginnen, und die Zimmerleute sagten, das Bauholz, das sie für die Böden und das Dach benötigten, lasse sich am besten aus den Bergen von East Tennessee beziehen, wo die Bäume hoch und zahlreich wuchsen. Und es müsse, soweit möglich, auf Straßen und Flüssen transportiert werden, da es auf Gottes weiter Erde keine Eisenbahn gebe, die Hölzer dieser Größe befördern könne. Es überraschte mich, wie bereitwillig sie mit mir sprachen, sogar die Art, wie sie vor mir standen, so sanft und freundlich, wie man es sich nur wünschen konnte. Auf meinem linken Unterarm balancierte ich ein großes Hauptbuch, darin schrieb ich mit Tinte aus einem Fass, das mir Mr Otter, der Verputzer, hinhielt. Obwohl meine Wunde verheilt war, suchte ich sie noch immer zu schützen, so wie man es eben tut. Mr Otter war aus Hochachtung vor dem Anwalt Briscoe gekommen, obwohl er mit dem Verputz noch lange nicht würde beginnen können. Er hoffte auf den Herbst, wenn die Wände vorbereitet wären. Wegen seines starren Blicks und seiner Höckernase ähnelte Mr Otter eher einem Reiher als einem Otter.

Ich war eben dabei, mich mit meiner Arbeit anzufreunden, als mir einfiel, weswegen ich mich von Lige Magan hatte mitnehmen lassen. Ich wollte herausfinden, wo Wynkle King wohnte, und hoffte, es wäre irgendwo in der Nähe von Paris. Ich hätte Jas Jonski fragen können, aber *so* zufrieden war ich mit ihm nun auch wieder nicht. Nein. Sheriff Flynn zufolge würde ich ihn vielleicht in Zollicoffer's Saloon antreffen, aber ich war nicht darauf versessen, mich dorthin zu wagen, erst recht nicht, wenn er betrunken wäre. Dass er mit Zach Petrie im Bunde stand, machte ihn gefährlich, so viel wusste ich – zumal vor den qualmenden Haustrümmern des Anwalts Briscoe. Aber ich musste herausfinden, wo Tennysons Waffe abgeblieben war. Der Karabiner war sein ganzes Lebensglück, und wie ein altes Kamuffel hatte ich ihn verloren. Falls Wynkle King sein Quartier bei Zach Petrie hatte, musste ich es mir noch einmal überlegen. Aber ich hatte die Vorstellung im Kopf, dass er in Paris wohnte – man nimmt doch nicht die weite Strecke vom West Sandy Creek auf sich, um sich zu betrinken und um dann betrunken auf seinem Pferd zu sitzen und sich auf dem Rückweg womöglich von einem Berglöwen oder Bären fressen zu lassen!

Falls ich seinen Wohnsitz für ein großes Rätsel hielt, so irrte ich, denn als ich Mr Otter aufs Geratewohl fragte, ob er wüsste, wo ein gewisser Wynkle King wohnt, sagte er: »Aber ja, der hat Zimmer in der Blythe Street, über dem Geschäft, von dem ich mein Rosshaar beziehe.« Mr Otter sagte, seine Putzträger fertige er selber an, aus Grünholz, aber er sei verdammt, wenn er auch noch ein Pferd scheren müsse. Seine Auskunft überraschte mich. Für einen jungen Spund schien dieser Wynkle King recht bekannt zu sein.

Als meine Arbeit für den Anwalt Briscoe an jenem Vormittag getan war, sagte ich zu Lige Magan, ich würde gegen Abend zurückkommen, weil ich in die Stadt gehen wolle. Lige Magan hatte sich eine Schaufel besorgt und schaufelte mit zwanzig anderen Männern Asche und verbrannte Trümmerteile aus dem Haus, und zwanzig weitere kamen und gingen mit Schubkarren, um den Schutt zu entsorgen. Nach den Räumarbeiten wollten sie prüfen, was gerettet werden konnte und was nicht. So machte sich der Anwalt Briscoe etwa große Hoffnungen auf seine Treppe. Die schwankte zwar und war rußgeschwärzt, ansonsten aber mehr oder weniger die alte. Und vielleicht auf die beiden steinernen Schornsteinaufsätze, und bestimmt glaubte er, der Vorbau und die Veranda würden wie Phönixe aus der Asche aufsteigen, weil sie aus Gusseisen und in Philadelphia gefertigt worden waren – die Inschrift war sogar jetzt noch zu erkennen. Doch all diese wichtigen Überlegungen ließ ich hinter mir und machte mich auf den Weg in die Stadt. Zwar war es ein lauer Tag, aber zu dieser frühen Jahreszeit doch immer noch recht kühl, und eine leichte Brise streifte mein Hemd, als wolle sie Rosalees Nähte prüfen. Ich spürte, wie sich die Vögel in den Wäldern rührten und das ganze weite und geheime Reich jener Tiere, die es nicht mögen, dass der Mensch sie bei ihrem täglichen Treiben beobachtet. Ich musste an meine Bärin denken, die dort unterwegs war. Ob sie wohl an mich dachte? Vielleicht hatte sie mir ja im Austausch dafür, dass sie mich fast zu Tode erschreckt hatte, etwas von sich geschenkt? Dann fragte ich mich, wie viel an mir jetzt noch Lakota war. Und ich fragte mich, wie es wohl meinem Volk da draußen in der Prärie erging, falls es überhaupt noch dort war, denn ich hatte von all den endlosen Kriegen gehört, und in meinem tiefsten Herzen wusste ich, dass die Weißen ihnen ihren Widerstand niemals verzeihen würden. Und wenn *ich* das nicht dachte, dann tat es der *Paris Invigilator* für mich.

Und dann mein eigenes Treiben im Wald der Weißen, wenn man so will, und nicht in meinem eigenen. Tennyson, Rosalee, Lige, sogar Thomas McNulty und John Cole – das alles, dachte ich, war eine Geschichte, die sich nur deshalb ereignet hatte, weil jene Geschichte, die mir zu Beginn meines Lebens geschenkt worden war, sich niemals ereignen sollte. Niemals über einen bestimmten Punkt hinausgehen sollte und dazu verurteilt war, so nahe am Anfang zu enden, dass man nicht einmal einen Strohhalm in den Spalt stecken konnte.

Hätten sie meine Mutter und meine Schwester am Leben gelassen und wären nie in unser Land gekommen, wie stünde es dann jetzt um mich? Ich könnte kein Wort Englisch, hätte nicht einmal eine Vorstellung davon und würde glauben, wir seien die wichtigsten Menschen auf der Welt, und auf Erden wäre niemand zu finden, der uns an Güte und Erhabenheit gleichkäme. Und vermutlich müsste ich im Lager sämtliche häuslichen Pflichten erledigen, es sei denn, ich wäre wie meine Mutter und dürfte eine Kämpferin sein. Vielleicht wäre ich eine Kämpferin für mein Volk und würde, wie meine Mutter, großen Ruhm genießen.

Und dieser Gedankengang brachte mich wieder auf Tennysons Gewehr.

Die Blythe Street mochte für einen Verputzer ein guter Ort sein, um Rosshaar zu kaufen, jedoch hatte sie das kalte, nackte Aussehen eines Armeleuteviertels und war nach den winterlichen Regenfällen voller Schlaglöcher. Meine Haare waren etwas länger geworden, und so schob ich sie unter den Hut. Dann löste ich sie wieder, weil mir der Gedanke kam, dass Wynkle King mich als Mädchen in einem gelben Kleid gefunden hatte. Inzwischen war ich mir nicht mehr so sicher, was ich eigentlich bezweckte. Ich betrachtete mich im Schaufenster eines leeren Ladengeschäfts. Ein ziemlich schemenhafter kleiner Mensch. Eigenartig, dass jemand von früh bis spät all diese hohen Gedanken haben und doch so aussehen konnte wie ich. Man hätte nicht gewusst, was ich war, außer eben eine Lakota. Ein kleines, armes Mädchen, wie in einer alten Geschichte. Ich nickte mir zu, um zu sehen, ob sich mein Erscheinungsbild verbesserte. Plötzlich war ich überrascht, dass die Zimmerleute und Maurer überhaupt mit mir geredet hatten. Wie ein Bauleiter sah ich nun wirklich nicht aus, obwohl ich keine Ahnung hatte, wie ein solcher auszusehen hatte. Ich fand, dass ich aussah wie ein Mädchen in Jungenhosen und Jungenhemd. Warum sollte ein Mädchen so etwas tragen wollen? Und doch war ich durch sechs oder sieben Straßen gelaufen, um zu dieser Straße fast im Herzen der Stadt zu gelangen, und konnte mich nicht daran erinnern, dass irgendjemand eine Bemerkung über mich gemacht hätte. Oder mich auch nur angeschaut hätte.

Aber nun war ich hier, und so stieg ich die schmutzige Treppe zu der Etage über dem Geschäft hinauf.

An der Tür war ein kleines Messingschild angebracht, auf dem W. King stand. Ich war also am richtigen Ort. Allerdings hatte ich das Gefühl, die falsche Person am richtigen Ort zu sein. Vielleicht war Wynkle King Teil der Bande gewesen, die das Haus des Anwalts Briscoe in Brand gesteckt hatte? Wie konnten wir das wissen, da sie doch die von ihnen so hoch geschätzten Säcke getragen hatten, mit Löchern für die Augen darin? So oder so, er war einer von Zach Petries Gefolgsleuten. Dann dachte ich: Vielleicht bin ich verrückt, vielleicht wäre ich ein geeigneterer Kandidat für das Irrenhaus Old Blockley als Thomas McNulty. Tennyson war ein anderer geworden; wusste er überhaupt noch, wie er sein Gewehr abfeuern musste? Warum jagte ich hinter dem Spencer her? Schnüffelte ihm nach wie ein Hund? Welchen Zweck hatte es, dieses Gewehr wiederzufinden? Was zum Teufel bildete ich mir eigentlich ein, was ich da tat? In dem schmutzigen Mietshaus stand ich vor der schmutzigen Tür und stellte mir all diese Fragen. Vielleicht hatte mich nicht nur die Wunde in meinem Inneren verrückt gemacht, sondern auch ein Schlag auf den Kopf. So dass ich ganz nach Art einer richtigen Irren hätte durch die Straßen rennen und lauthals brüllen sollen, statt meinen Wahnsinn dadurch zu zeigen, dass ich mit mordenden Rebellen und betrunkenen Kumpeln von Jas Jonski redete. W. King. Für die Akten (wie der Anwalt Briscoe sagen würde): Auf dem Namensschild stand *Rev.* W. King. Rev. vermutlich für Reverend. Aber Wynkle King war ein Freund von Jas Jonski, und so konnte ich mir nicht vorstellen, dass er viel älter war als zwanzig, und ich glaubte nicht, dass ein Reverend so jung sein könne.

Ich klopfte.

Falls jemand zwanzig Jahre alt sein und doch wie tot wirken kann – Wynkle King erfüllte beide Kriterien. Ich hatte ihn noch nie aus der Nähe gesehen; vielleicht hatte ich ihn überhaupt noch nie gesehen, sondern nur Geschichten über ihn gehört, von Jas. Ich kannte nur den Namen, nicht den Namensträger. Dieser Aspekt war seltsam, denn auf der Straße musste er mich doch aufgehoben und was getan? – mich quer über sein Pferd gelegt haben. Ich wusste es einfach nicht. Und war das Maultier bei mir geblieben, als ich ohnmächtig wurde? Ich wusste, dass es ein zartfühlendes Maultier war, und so konnte ich es nur hoffen.

»Ich suche Wynkle King, wollte ihn was fragen«, sagte ich.

»Ich bin Wynkle.«

»Ich möchte die Gelegenheit nutzen, Sir, um Ihnen dafür zu danken, dass Sie mir das Leben gerettet haben.«

»Ich hab dir nicht das Leben gerettet«, sagte er und sah aus, als wollte er die Tür wieder schließen.

Er musterte mich von oben bis unten, als wollte er fragen: Wieso kleidest du dich wie ein bescheuerter Junge?

»Haben Sie mich denn nicht auf der Straße gefunden und zu Jas Jonski gebracht?«

»Nein.«

»Das war ich«, sagte eine Stimme aus dem Zimmer.

»Das waren Sie?«, fragte ich. »Wer?«

Ich spähte ins Innere. Auf der Vorderseite des Hauses gab es zwei Fenster, so dass viel Licht einfiel.

»Ich denke, das war ich«, sagte der Mann im Raum. »Bei der Gelegenheit hast du ein gelbes Kleid getragen.«

»Das stimmt«, sagte ich. »Dann – dann sind Sie also nicht Wynkle King?«

»Doch, ich bin Wynkle«, sagte er.

Fünfzehntes Kapitel

»Das ist mein Pa«, sagte der jüngere Wynkle mit seinem Totengesicht.

»Oh«, sagte ich verblüfft.

Dann, als wollte er den Ruhm seiner Blase bestätigen, verließ er eilends den Raum – ich hörte, wie die Pisse in einen versteckten Behälter plätscherte –, und ich zerbrach mir den Kopf.

Aber vielleicht hatte Jas Jonski nie gesagt, welcher Wynkle King mich zu ihm brachte, und wenn ich es mir recht überlegte, vielleicht hatte auch Colonel Purton nie gesagt, welcher Wynkle King ein Konföderierter war und ein Komplize von Zach Petrie. Beide Wynkle Kings, das kann ich bezeugen, lebten in demselben Ausmaß an Dreck und Verwahrlosung, denn in dem Zimmer fehlte die Hand einer Frau. Ein Bär hätte reinlicher darin gehaust.

»Woher haben Sie gewusst, dass Sie mich zu Jas Jonski bringen sollen?«, fragte ich, bevor ich mich eines Besseren besinnen konnte.

»Du hast's mir gesagt, du verdammte Närrin«, antwortete der Reverend.

»Ihnen gesagt? Daran kann ich mich nicht erinnern.«

»Du hast's mir gesagt. *Jas Jonski, Jas Jonski,* hast du gesagt, und ich hab mir gesagt, das ist Wynkles guter Freund, arbeitet bei Mr Hicks. Also hab ich dir den Gefallen getan. Du warst in einer schlimmen Verfassung, Missy.«

Der jüngere Wynkle kam zurück, verlegen und rot wie ein Herbstapfel.

»War mein Maultier in der Nähe?«, fragte ich.

»Ja.«

»Hat ein Spencer-Karabiner im Holster gesteckt?«

»Ja.«

»Und darf ich fragen, wo der jetzt sein könnte?«

»Hab ihn an mich genommen, als Gebühr.«

»Sie haben Tennysons Karabiner an sich genommen? Sind Sie nicht ein Reverend?«

»Meinst du Tennyson Bouguereau, der Tach Petrie erschossen haben soll?«

»Er hat Tach Petrie nicht erschossen.«

»Woher weißt du das?«

»Weil ich dabei war.«

»Dann hast du ihn vielleicht erschossen?« Er lachte über mein Schweigen. »Hätte ich gewusst, dass du mit denen unter einer Decke steckst, hätte ich dich ganz bestimmt nicht zu Jas Jonski gebracht.«

Oh, die Sache lief gar nicht gut – jedenfalls nicht in die Richtung, die ich mir erhofft hatte. Zunächst einmal gab es zwei Wynkles, was heikel genug war. Aber auch der Reverend hatte auf Tennysons Namen reagiert. Und falls es Aurelius Littlefair war, der Tennyson niedergeschlagen hatte – und nach Aussage ebendieses Zeugen war er es –, sei es, weil er von Jas Jonskis Demütigung wusste, sei es, um eine alte Rechnung zu begleichen, wo er ihn nun mal in seiner Hand hatte, oder einfach nur, weil Tennyson ein Freigelassener war, wie auch immer, hier hatte ich es mit einem Busenfreund von Aurelius Littlefair zu tun. Wie gefährlich die Sache war, spürte ich deutlich. Hatte ich wirklich geglaubt, ich könnte mich einfach vor die Tür stellen und das Gewehr zurückbekommen, mit einem Dankeschön und einem Abschiedsgruß? Es sah ganz danach aus. Besonders, weil ich erwartet hatte, dass es sich nur um einen schmächtigen Jungen handelt.

»Geben Sie mir die Waffe«, rief ich.

Wieder lachte er. »Sie ist nicht hier, Missy. Hab sie verkauft. An Zach. Ich verkauf alles.«

Und mit einer Geste seiner geöffneten rechten Hand und einem seitlichen Kopfnicken deutete er auf den völlig leeren Raum.

Der jüngere Wynkle blickte von seinem Vater zu mir und von mir zu seinem Vater.

»Was soll ich tun, Pa?«

»Pack sie, mein Sohn«, sagte der Reverend.

Oh, aber um Winona Cole zu packen, musste man flink sein. Ich sprang von der Tür zurück und schlitterte fast die Treppe hinab. Falls meine Füße sie berührten, spürte ich es nicht. Ich rannte hinaus auf die Straße und immer weiter. Ich wusste nicht, welcher Wynkle King dem Bier verfallen war, wie der Colonel gesagt hatte, aber ich dachte, es müssten wohl beide sein, denn keiner von ihnen jagte mir nach. Aber für alle Fälle rannte ich, bis mir der Atem ausging.

Im *Blackstone* des Anwalts Briscoe stand zu lesen, dass es kein Verbrechen ist, sich etwas Gestohlenes wiederzubeschaffen, solange man dabei gegen kein Gesetz verstößt. Ich wäre froh gewesen, gegen ein Gesetz zu verstoßen, um den beiden dürren Wynkles das Gewehr abzuluchsen – hätte sie mit Vergnügen erschossen, ihnen die Haut abgezogen. Aber vielleicht hatte mir der Reverend in seinem Zustand der Unschuld einen guten Dienst erwiesen. Allerdings sah es nicht danach aus, als würde er mir in absehbarer Zeit noch einmal behilflich sein. Als ich zur Unglücksstätte des Anwalts Briscoe zurückkehrte, stellte ich mir die Frage, wo genau das Gewehr sich befand. War ich vielleicht ganz in seiner Nähe gewesen? Würde ich mich in einer finsteren Nacht zurückschleichen müssen, wenn sich, hoffentlich, Vater und Sohn im Zollicoffer's mit Whiskey volllaufen ließen? Angesichts der Gefahr, die damit verbunden war, schauderte es mich. Ich konnte mir ausmalen, wie es ausgehen würde. Ich spürte fast, wie mich die feuchten Hände des Reverend ergriffen.

Allerdings hatte er behauptet, das Gewehr an Zach Petrie verkauft zu haben.

Als ich mit Lige Magan im Pferdewagen nach Hause fuhr, dachte ich, ich sollte ihm lieber von Wynkle King erzählen.

»Jeder kennt den Reverend«, sagte Lige. »'n lügnerischer, schurkischer, diebischer Maulheld. 'n Mann wie 'n Breiwickel. Du hattest Glück, dass er dich nich' gesiedet und gesotten hat.«

»Gesiedet und gesotten?«, fragte ich.

»Deshalb hamse ihm doch den Kragen abgenommen. Es heißt, er hätt seine Feinde gefressen. In den Indianerkriegen war er Feldgeistlicher. In der Armee kann man 'ne Menge Dinge tun, das weiß ich wohl, aber man kann doch keinen Indianer verspeisen!«

»Lige!«

»Doch, hat sich 'n junges Mädchen gegriffen und sie gefressen. Hat sie zuerst gargekocht. Mit 'n paar schönen Kräutern. Hat zehn Jahre dafür gebrummt.«

»Lige Magan, willst du die Tochter deines eigenen Freundes veräppeln?«

»Nun, ich – vielleicht 'n kleines bisschen.«

»Lige?«

»Ja?«

»Tatsache ist, dass ich Tennysons Gewehr verloren hab und es unbedingt wiederhaben will. Ich seh schon vor mir, wie ich zu ihm gehe, das Gewehr in den Armen, und wie sein Gesicht vor Freude leuchtet, wenn er's sieht.«

»Winona, der arme Mann hat kein solches Leuchten mehr in sich«, sagte Lige und schüttelte den Kopf.

»Nein?«

»Nein, der kann nich' mal Tennessee von Tallahassee unterscheiden.«

Wie von selbst winkelte sich mein rechter Arm ab, und meine Hand ballte sich zu einer kräftigen Faust. So heftig war die Bewegung, dass ich schon befürchtete, die Wunde in meiner Schulter könnte sich wieder öffnen. Es war eine Geste der Rache, der Rache an denen, die Tennyson in seinem bewundernswerten Leben so viele Unannehmlichkeiten bereitet hatten.

»Colonel Purton is' mit denen noch nich' durch, nein, is' er nich'«, sagte Lige Magan. »Er hat 'n tapferen Angriff auf diese Desperados durchgeführt. Als du weg warst, is' er vorbeigekommen und hat geredet. Sagt, er hätt drei Männer verloren, aber sieben von denen unschädlich gemacht – auch wenn 'ne Frau drunter war. Wie auch immer, die Frauen der Rebellen sind genauso mordlustig wie die Männer, merk ich. Is' mir aufgefallen. Nun, ich seh deine Wertschätzung für Tennyson, und ich teile sie. Hab immer gesagt, wenn er vor mir davongeht, werd ich sein Gewehr mit ihm begraben, als Andenken für die nächste Welt.«

Als könnte er's im Himmel für die Jagd gebrauchen, aber was würde man im Himmel schon jagen?

»Er macht immer noch gute Zeichnungen, hab sie gesehen«, sagte ich, allein schon, um mich selbst zu beruhigen.

»Mag sein, aber er kann nich' mal Tennessee von Tallahassee unterscheiden.«

»Ich will das Gewehr immer noch wiederbekommen. Stecken da nicht fünfzig Dollar drin?«

»Ich denke schon. Aber fünfzig Dollar hat er nich' dafür bezahlt.«

»Nein?«

»Nein, mein Vater seligen Angedenkens, Luther Magan, hat's ihm geschenkt, als der Krieg zu Ende war. Hat gesagt, er würd's brauchen. Schätze, er hatte recht. Hatte in den meisten Dingen recht.«

»Er war bestimmt ein guter Pa«, sagte ich, als ich merkte, dass sich für einen rührseligen Moment eine kleine Pforte in Lige öffnete. Aus einem mir unerklärlichen Grund wollte ich durch sie eintreten. Ansonsten war Lige Magan nämlich hart wie Feuerstein. Aber Tatsache war, dass wir ihn *liebten*. Und ich mochte es, ihn rührselig zu sehen, wenn auch nur dieses eine seltene Mal in seinem Leben.

»Mein Pa?«, fragte er, obwohl es mir vorkam, als sei dies keine Frage an mich, sondern an sich selbst. Ich wartete darauf, seine Antwort zu hören, aber er sagte nichts mehr.

Inzwischen war es Pfingstmontag, ein Tag, an dem Lige Magan uns immer freigab. An diesem Tag sollte sich kein Christenmensch für Arbeit hergeben. Lige stellte seinen selbstgebrannten Rotary auf den Tisch, damit jeder, der wollte, davon trinken konnte.

An Pfingsten hatte Thomas McNulty die Angewohnheit, ein Spanferkel zu schlachten, es aufzuhängen und das Blut langsam in einen Eimer fließen zu lassen. Dann, am heiligen Montag, trat die Zauberin Rosalee auf den Plan und machte Blutwurst. Und im Hof zündete Lige ein Holzfeuer an und durchbohrte das Ferkel mit einem langen Eisenspieß, und dann stand er da wie ein Wachposten und drehte den Spieß.

Schob Wache, damit das Fleisch nicht verkohlte.

Es war ein Freudentag, selbst für diejenigen, die keine Freude in sich hatten. Eine verpfändete Freude, die sich sogar traurige Menschen borgen konnten. Dann sah man, wie sich Lige Magan mit seiner Geige erhob, sah den schönen, stillen

Abschluss dieses sommerlichen Tages. Und das Holz, das in den Wäldern ringsum gesammelt worden war, brannte hell, und seine ersten Schatten waren wie im Hof umherspringende Kinder. Es war der Tag für einen Neubeginn, und obwohl er es nach seinem Aufenthalt in Fort Leavenworth nur selten anzog, warf sich Thomas McNulty am Pfingstmontag sein Kleid über. Denn Rosalee wollte unbedingt, dass er den alten Tanz vorführte, den er in Grand Rapids getanzt hatte, als er so hübsch und schön war, dass hartgesottene Bergleute um seine Hand anhielten.

Was ich mit eigenen Augen gesehen hatte. In Scharen waren sie zum Bühneneingang geströmt und hatten die schöne Frau gesucht, die sie so betört hatte. Und in der Männerkleidung, die er für den Heimweg anzog, ging Thomas, ein Lächeln auf den Lippen, an ihnen vorbei, ohne dass sie ihn auch nur eines Blickes würdigten.

In seinem jetzigen Alter hätte niemand mehr für ihn geschwärmt, wir aber verehrten ihn – hier bei seinen Freunden und dem Mann, der ihn so sehr liebte. Mit den Blicken folgten wir seinem einsamen Tanz. Wie früher wirkten seine Füße in den Lackschuhen schmal, und wie früher warfen die Pailletten auf seinem Kleid Lichter auf sein geschminktes Gesicht. Während ringsumher die Nacht hereinbrach, stand John Cole am Fenster. Jahre fielen von ihm ab, und vielleicht kam er sich wieder jung vor, und auch Thomas war jung, und sie standen wieder in der Blüte ihrer Hoffnung und ihrer Unternehmungslust.

Das Spanferkel wurde mit feierlicher Freude verzehrt, und Rosalee sang ein altes Lied in einer Sprache, die sie nicht verstand, die sie aber auf Großmutters Schoß gelernt hatte. Ach, die vornehme Rosalee. Und wenn Tennysons Beitrag nicht länger sein sagenumwobener Gesang war, so wohnte der Art und Weise, wie er seine Schwester ansah, doch so etwas wie ein Lied inne. Und als sich Lige aus seinem Krug ein paar Gläser Whiskey eingeschenkt hatte, wurde die Geige losgelassen. Und ich schüttelte meinen Kummer ab und zeigte in einem wilden Lakota-Tanz, was ich über die Welt wusste. Alles war Freiheit an diesem Pfingstmontag, als sich die Liebe zwischen uns mit Händen greifen ließ. Und die Art und Weise, wie John Cole Thomas' Rücken berührte, als die beiden in den langen Schatten des Monats Mai standen und zusahen.

Nun, dem Anwalt Briscoe schien die Katastrophe ein neues Leben geschenkt zu haben. Vielleicht genoss er die starke Strömung, gegen die er ankämpfen konnte. Jedenfalls sagte er, dieser jüngste Wahnsinn sei wahrscheinlich das Skalpell, um das Geschwür aufzuschneiden, und damit meinte er das verrückte Geschwür des Hasses, das sich damals im Henry County ausgebreitet hatte. Waren andere Leute sinkende Steine, so gab er den beschwingten Optimisten ab. Freude statt Verzweiflung. Es war eine Taktik des Krieges und der Tapferkeit, so wie wenn man nicht aufschreit, wenn der Feind einen foltert. Unter den Lakota gab es eine Gemeinschaft junger Männer, die es sich auferlegten, immer das Gegenteil von dem zu sagen, was sie meinten. Statt zu sagen: *Ich liebe dich*, sagten sie: *Ich hasse dich.* Sie gingen sogar rückwärts. Ihren Kopfschmuck banden sie sich an die Knöchel. Es war eine Art Magie, und der Anwalt Briscoe praktizierte seine Version davon. Er hatte sein Bett, seine Bibel und sein Buch über Rosen gerettet und war bereit, ganz von vorn anzufangen. So jedenfalls wirkte er.

Ein Mann, der von seiner vornehmen Frau verlassen wurde und seine Kinder nie zu sehen bekommt, der hat am Rocksaum des Ungemachs vielleicht etwas gelernt.

Ich beschrieb die Seiten meines Hauptbuchs, und Bestellungen wurden in alle Richtungen verschickt. Ein Bauleiter ist ein geplagtes Wesen. Ein Haus ist ein riesiges Netz von Zahlen, und ich staunte über die wahre Armee von Männern, die ausgehoben werden musste, damit es sich wieder in den Himmel erhob. Zahlen für dies, Zahlen für das.

Judah Mundy, der kleine Polier, schlug sich mit den abeitsunwilligen Tagelöhnern herum. Dann blähte er sich immer auf vor Zorn. Wie ein totes Schaf am Straßenrand in der Sonne. Vor Männern, die doppelt so groß waren wie er, pflanzte er sich auf und spuckte ihnen Gift und Galle ins Gesicht – oder zumindest in Richtung ihrer Gesichter. Seine Leidenschaftlichkeit verschlug ihnen den Atem.

»Wenn ihr für eine Arbeit fünfzig Cent am Tag kriegt, dann müsst ihr sie auch machen«, sagte er.

»Gottverdammte faule Söhne von Bergkatzen.«

»Gottverdammte faule Söhne von Bergkatzen«, fauchte er ein weiteres Mal die zitternden Weißen an. Die Freigelassenen brauchte er nicht anzufauchen; die waren einfach nur froh über die Arbeit.

»Der Polier erinnert sich an den Mann, der bis an seine Grenzen geht. So geht Ruhm und Reichtum des Arbeiters. Keiner liebt den Mann, der sich im Holzschuppen herumtreibt und die Arbeit scheut, denn seine Bummelei muss von den anderen wettgemacht werden.«

So lautete seine kleine Moralpredigt.

In wenigen Wochen wurde die Baustelle von allem befreit, was an Zach Petries Inferno erinnerte – Schlacke, verkohlte Hölzer, tausend von der Hitze verformte Gegenstände, schwankende Balken, versengte Wände, verrußte Möbel.

Ab und zu zögerte der Anwalt Briscoe. In der Küche betrachtete er die ruinierten Überreste der riesigen Anrichte.

»Fünfzig Dienstjahre«, sagte er mit belegter Stimme.

Die Regalbretter, auf denen wie Diebe des Lichts Sülzformen und Töpfe gestanden hatten und sonnenhelle Pfannen für große Fische und Braten, waren zu Kohle verbrannt, das Holz keksdünn. Lana Jane Sugrue stand leise weinend neben dem Anwalt Briscoe und rang flehentlich die kleinen Hände, als wäre sie eine Zeugin für die Angeklagte.

In seinem Herzen wog der Anwalt Briscoe die reiche Vergangenheit der Anrichte und die geschwärzte Katastrophe, die sie jetzt war, gegeneinander ab und befahl, sie auf den Rasen hinauszuschaffen. Schockiert über ihre plötzliche Bloßstellung, wankte sie hinaus, wurde von Äxten exekutiert und anschließend verbrannt.

Das ganze Gebäude bestand aus Zahlen. Zahlen wie kleine Lieder, wie kleine Vögel. Ein kleiner Himmel der Zahlen. Der Anwalt Briscoe vermittelte mir das Gefühl, die Lage werde sich verbessern, mein Herz werde heilen, und wir könnten auf das, was uns widerfahren war, mit innerer Stärke zurückblicken – und mit einem gewissen Maß an Hoffnung in die Zukunft schauen. Aber natürlich gab es keine Vergangenheit, Gegenwart und Zukunft, so wie meine Mutter sie kannte. Es gab nur einen Reifen, der sich wieder und wieder um sich selber drehte. Die Wahrheit lag in einer so tiefen Höhle verborgen, dass kein Junge einen Schacht hinabtreiben, in solcher Tiefe, dass kein Maultier mit einer Laterne am Kopf in ihre Hallen vordringen konnte.

Sechzehntes Kapitel

Während dieser Zeit nahm Tennyson Bouguereau alle Zeichnungen von den Wänden in seinem Zimmer und machte hinter dem Haus ein kleines Lagerfeuer für sie. Seine Schwester war außer sich.

»Komm und rede mit diesem dummen Mann«, sagte sie zu mir, »du bist der einzige Mensch, auf den er hört.«

»Er hört vor allem auf dich, Rosalee«, sagte ich.

»Vielleicht vor langer Zeit, vielleicht vor langer Zeit, aber jetzt, wo er ein Idiot ist, achtet er nur auf dich.«

Für einen Idioten hielt ich ihn nicht, äußerte mich aber nicht. Ich saß gerne mit ihm zusammen, sprach mit ihm und war mir sicher, dass er begriff, dass der Überfall auf Zach Petrie seinetwegen stattgefunden hatte. Nun, damit hatte ich auch nicht unbedingt recht.

In den folgenden Tagen fertigte er andere Zeichnungen an. Jetzt zeichnete er den großen Hasen, wie er etwas attackierte, das wie ein Mann aussah. Rosalee führte mich in sein Zimmer, damit ich die Zeichnungen betrachten konnte. Wieder hatte er sie an die Wände geheftet. Sie schüttelte den Kopf und war den Tränen nahe.

»Ich glaube, sein Kopf wird explodieren, und dann muss ich sein Gehirn vom Boden auflesen«, sagte sie.

An diesem Abend ruhten wir uns auf der Veranda aus, und Thomas McNulty erzählte Lige Magan Geschichten, die dieser bereits kannte und deshalb umso mehr auskostete – Geschichten aus ihrer gemeinsamen Zeit im Krieg. Ich ging zu Tennyson, der allein und abseits im Dunkeln saß. Ich erzählte ihm, dass es, als ich klein war, in Wyoming einen Mann gegeben hatte, der die sogenannte »Winterzählung«

zeichnete, eine Art Bildergeschichte von allem, was dem Stamm in dem betreffenden Jahr zugestoßen war. Ich erzählte ihm, dass die Lakota keine Schrift kannten, so dass zeichnerisches Geschick sehr wichtig war. Ich fragte ihn, ob sich in seinen Bildern von den Hasen und den Männern eine Geschichte verbarg. Hinter meinen Worten stand die Überzeugung, dass dieser versehrte Mann nicht verrückt war. Das wollte ich Rosalee beweisen und sie beruhigen.

Tennyson stand auf und gab mir ein Zeichen, ihm zu folgen. Er nahm eine Laterne, die an einem alten Haken hing, und ich begleitete ihn in sein Zimmer. Dort richtete er den Lichtschein auf seine Zeichnungen und sah mich dann an, als sei er der Meinung, jeder Narr könne lesen, was sie zu bedeuten hatten.

»Wieso greift der Hase den Mann an?«, fragte ich.

Als Antwort darauf spreizte er zwei Finger ab und legte sie auf die Oberlippe. Ich war so klug wie zuvor. Dann stürzte er wie ein ärgerliches Kind zu seinem Tisch, tunkte die andere Hand in seinen Vorrat an Rot und verrieb die Farbe auf einer Gesichtshälfte. Dann hob er die Fäuste und machte eine Geste heftiger Schläge. Als ich immer noch nichts begriff, stand er da wie ein Jagdhund, der so lange gerannt ist, bis er nicht mehr rennen kann. Plötzlich wirkte er so müde, als könnten ihn seine Beine kaum noch tragen.

Als ich in dieser Nacht im Bett lag, kuschelte sich Rosalee im Tiefschlaf an meinen Rücken. Ich konnte den Faden des Schlummers nicht finden. Immer wieder musste ich an Tennyson denken. Dann wurde ich langsam schläfrig. Ich musste lange an jenem seltsamen Tor zwischen Schlaf und Wachen verweilt haben. Plötzlich glaubte ich, verstanden zu haben. Hase = Hase. Hase + die beiden angehobenen Finger = Hasenscharte. Rote Farbe auf Tennysons Gesicht =

Feuermal. Hasenscharte + Feuermal = Colonel Purton. Wenn er mit dem Hasen Colonel Purton meinte, wer war dann der andere Mann?

Es war noch früh am Morgen, die Stunde der Eulen, aber von den Eingebungen und Enthüllungen war ich so aufgewühlt, dass ich aus Rosalees Bett kletterte und mich durch das stille Haus in Tennysons Zimmer stahl. Ich hatte keine Bedenken, einzutreten und ihn aufzuwecken, so aufgeregt war ich. Ich rüttelte an seiner Schulter, und mit einem heiteren Gesichtsausdruck wachte er auf. Das Licht des Mondes, der in dem kleinen Fenster stand, war von Vorteil: Tennyson wusste sogleich, dass ich weder Dieb noch Mörder war.

»Ist der Hase auf der Zeichnung ein Mann mit einer Hasenscharte und einem roten Fleck im Gesicht?«

Nun, zuerst gab er keine Antwort. Vielleicht musste er erst die letzten Schlafreste aus seinen Gedanken fegen. Dann kniff er die Augen zusammen und nickte.

»Und wer ist der andere Mann, Tennyson, wer ist das?«

Langsam nahm Tennyson eine Hand aus den Laken und Säcken, und langsam, überaus langsam hob er sie und zeigte schließlich auf sich selbst.

»Du?«, sagte ich. »Hat dich der Hase überfallen? Hat dir der Hase wehgetan?«

Und wieder nickte er. Dann drehte er sich um und schnarchte weiter.

Ich kehrte in mein eigenes Bett zurück, brütete und grübelte.

Wenn es Colonel Purton war, der Tennyson Bouguereau überfallen hatte, dann aus welchem Grund? Wenn es nicht Aurelius Littlefair war, der inzwischen als feuriger Dämon in meinen Gedanken lebte, warum hatten Sheriff Flynn oder Wynkle King es behauptet?

Im Wald hinter dem Haus setzten die Eulen ihre Rufe fort. Wenn eine Eule ruft, plustert sie ihren Bart auf, so dass sie aussieht wie ein kleiner Mann. Hin und wieder kreischte eine wie ein gefangenes Mädchen, verstummte und kreischte erneut.

Dann kam ein Sonntag, und die christliche Welt ruhte in ihren Betten. Ich faltete das gelbe Kleid zusammen, wickelte es in einen alten Papierbogen, den Rosalee aufbewahrt hatte, und band diesen mit Tabakschnur zu. Ich wollte kein neues Stück Schnur abschneiden, und so benutzte ich ein altes, das geschwärzt war von Tabak. Aber es war Pegs Kleid, sagte ich mir, und ich hatte keine Verwendung dafür. Und wenn ich es bis zu Petries Lager schaffte, sagte ich mir, wäre da irgendwo vielleicht auch Tennysons Spencer.

Das waren die Gründe für meinen Ritt, die ich vor mir selber anführte. Die wahren Gründe waren mir zweifellos verborgen.

Ich schätze, mein Lieblingsmaultier hatte mir verziehen, dass ich es im Stich gelassen hatte, denn klaglos akzeptierte es Sattel und Zaumzeug. Die Welt ist ihr eigener Herr, und so kümmerte sich der Tag um nichts anderes als darum, den Himmel zu erhellen. Mit jedem Strahl des zunehmenden Lichts verwandelte sich der weite alte Himmel von Tennessee in ein weiches Blau. Nicht eine Wolke wagte es, ihn zu beflecken. Ich spürte, wie sich im Sonnenschein die Härchen auf meinen Armen aufrichteten. Im Strauchwerk und in den kleinen Eichen schienen unsichtbare Flammen zu knistern. Etwas an dieser Reise stimmte mich glücklich. Aber mir fehlten die Worte, um zu sagen, was. Denn in Wahrheit war es eine gefahrvolle, eine törichte Reise. Mein Verstand wollte es sich nicht eingestehen. Das Päckchen hatte ich an den Sattelknauf gebunden. Es hüpfte auf und ab wie ein Brotlaib.

So erging es irgendwie auch meinem Mut. Ich dachte an das zusammengefaltete gelbe Kleid, das sauber und ordentlich im Nest des Päckchens lag.

Bald hatte ich das Anwesen des Anwalts Briscoe passiert und blickte auf die bisherigen Arbeiten für das neue Haus, alles still und sonderbar. Unter Sackleinen lagen Holzstapel in einer Anzahl, die ich genau kannte. Unmengen Kalk und Paletten mit Schindeln. Ich vermutete, dass der Anwalt Briscoe in der Scheune auf seinem schönen Bett schlief – dass der Hügel seines Bauches sich hob und senkte. Und dass sich Lana Jane, Virg und Joe irgendwo in neuen Nischen eingerichtet hatten. Ich hörte die Kirchenglocken, die in der wärmer werdenden Luft von Paris wetteiferten, damit die Bürgerschaft schneller in ihren Sonntagsstaat schlüpfte.

Ich ritt an der Stadt vorbei, gelangte auf die Straße nach Osten und suchte nach der Stelle im Wald, wo ich Peg zuletzt gesehen hatte.

Ich stahl mich den Pfad entlang, ohne irgendetwas im Wald aufzustören, und hoffte, das Maultier werde sich mein Schweigen zum Vorbild nehmen. Ich hätte einen schlafenden Bären passieren können, ohne seine Träume zu unterbrechen. Wie ich so dahinritt, kam es mir vor, als wären all die Veränderungen durch die eindringenden Weißen nie geschehen. Würde ich nicht mit den Chickasaw des Waldes verhandeln müssen? Die mochten mich ebenso schnell töten wie ein Weißer. Wenn ich jedoch so klug wie meine Mutter wäre und durch die enge Pforte der Freundschaft eintreten könnte, würde alles gut. Die Pforte ist schmal, doch wenn ich sie erst einmal durchschritten hätte, würde ich auf Großherzigkeit stoßen.

Inzwischen aber waren die Chickasaw nur noch Staubkörner in einem Augenwinkel.

Endlich sah ich die Stelle, wo der Erdboden leicht aufgewühlt war. Wochen zuvor war mein Maultier hier entlanggestapft, ich hatte verwundet im Sattel hin und her geschwankt. Diese Stelle war der Anfang von Pegs geheimem Weg, und ich hatte vor, mich dort entlangzuschlängeln. Das kleine Päckchen mit dem gelben Kleid sprach zu mir, ohne ein Wort zu sagen. Das leise Klirren des Metalls im Zaumzeug, das sanfte Knarren des Sattels unter mir. Ein Maultier ist ein wahrer König der Geschöpfe. Ein Kaiser und ein Freund. Dieses hier war versessen auf einen Fingerhutvoll Melasse oder einen süßen Apfel. Lige Magans verwilderter Obstgarten lieferte Hunderte süßer roter Äpfel, die er im Apfelraum hortete. Ein Apfel ist ein langlebiges Ding. Diesen Gedanken hing ich nach, doch alle paar Schritte dachte ich *Peg*, als wären Wort und Gedanke der Refrain eines alten Liedes. Die Vögel des Waldes freuten sich des Sommers – als der Morgen knospte und seine Kelche öffnete, schossen sie wie die sanftesten Bleikugeln durch das frische Laub. Grün vor Grün, ein halb wahrgenommenes Feuer aus Gefieder, eine lärmende Geschäftigkeit, die mich entzückte, als ich das Maultier im Schritt gehen ließ. Währenddessen griff der vogelblaue Himmel durch das Gezweig nach mir, und auf Metall und poliertem Leder ruhte das weiche Licht der Sonne. Die großen Maultierohren wie Zielfernrohre.

Obwohl ich mir denken konnte, dass er hier nicht lag, suchte ich jeden Zollbreit des Bodens nach Tennysons Spencer-Karabiner ab. Aber dann fiel mir ein, dass Lige Magan gesagt hatte, Wynkle King sei ein ausgemachter Lügner. Ich wollte unbedingt zu der Stelle, wo uns die Bärin ihre Überlegenheit demonstriert hatte. Ich glaubte die Spuren unserer Begegnung wiederzuerkennen und spürte abermals das Unvermutete und Befremdliche ihrer Nähe. Das Gewehr war nirgends zu sehen.

Zach Petries Lager lag bestimmt nicht mehr als ein oder zwei Meilen vor mir. Hatten sie diesmal Wachposten aufgestellt? Vielleicht waren sie in höchster Alarmbereitschaft? Jemand könnte mich erschießen, ohne mir vorher eine Warnung zuzurufen. Ich machte mich so klein wie möglich und versuchte, auch das Maultier zu einem winzigen zusammengeballten Etwas zu machen. Ich zog meine Damenpistole aus der Hose und hielt sie schussbereit, obwohl eine so kleine Waffe ziemlich lächerlich aussah. Hielt Peg mich für Freund oder Feind? Sie hatte mich die ganze Strecke bis zur Straße gebracht, aber weshalb? Weil ich sie vor dem Ertrinken gerettet hatte? Oder aus einem anderen Grund? Weil wir beide Indianerinnen waren? Weil? Ich wusste es nicht. Sie hatte sich nicht bemüht, mich wiederzusehen oder mir eine Nachricht zukommen zu lassen, wobei ich mich fragte, ob das überhaupt möglich gewesen wäre. Nun, ich wollte sie wiedersehen und ihr das Kleid zurückgeben. Ich musste daran denken, wie sie in Thomas McNultys ruinierter Hose umhergelaufen war und dabei ihren nackten Hintern gezeigt hatte. Bei der Vorstellung hätte ich beinahe gelacht, aber dann musste ich plötzlich die Zügel anziehen. Im Laub hatte sich etwas geregt, das kein flammenfarbener Vogel war. Irgendetwas – und dann stand wie aus heiterem Himmel plötzlich Peg auf dem Pfad. Sie trug ein grobes braunes Kleid, ihre Füße waren nackt.

»Was tust du hier unten im Land der Gesetzlosen?«, fragte sie. »Mit dieser albernen Pistole?«

»Ich – ich«, antwortete ich.

»Hast Glück, dass ich nicht einer von den Wachposten bin, Mädchen, sonst wärst du jetzt ’ne tote Rothaut.«

»Warum sollten die einen Jungen auf einem Maultier erschießen, bevor sie überhaupt wissen, was er will?«

»Sie würden dich erschießen«, sagte sie.

»Ich weiß«, sagte ich. »So ist es nun mal. Aber jetzt bist du ja hier.«

»Ja, ich bin hier. Das Mädchen, das du gerettet hast. Das Mädchen, das auf dich geschossen hat. Wie geht's der Schulter?«

»Die ist schnell und gut verheilt.«

»Hab gehört, dass irgendein Narr dich zu dem Jungen gebracht hat, der dir wehgetan hat?«

»Ich *glaube*, dass er mir wehgetan hat. Ich kann mich nicht erinnern.«

»Ich denke, das tust du doch.«

»Ich hab zwei Dinge zu erledigen«, sagte ich. »Ich hab dein gelbes Kleid dabei, das Blut ist rausgewaschen, und mein größter Wunsch ist es, das Gewehr wiederzubekommen, mit dem du mich gesehen hast. Es gehört nicht mir, es gehört Tennyson Bouguereau.«

»Du bist den ganzen weiten Weg wegen diesem abgerissenen alten Kleid gekommen?«

»Ich bin auch gekommen, um dich zu sehen und dir zu danken.«

»Wofür?«

»Dafür, dass du mich zur Straße gebracht hast.«

»Als ich in dem Busch lag und um ein Haar ertrunken wäre, hast du meine Hand ergriffen – in Sachen Dankesschuld sind wir quitt. Mein Leben, dein Leben. Du hättest nicht herzukommen brauchen, um mich zu sehen.«

»Ich bin gekommen, um dich zu sehen, weil – weil ich dich einfach sehen musste, das ist alles.«

»Es gab noch nie jemand, der mich sehen *musste*. Verdammt, noch nie. Vielleicht hast du vor, mich umzubringen, vielleicht will etwas in dir die Arbeit beenden, die du getan hast, als ich dich aufgehalten hab?«

»Das stimmt nicht. In Wirklichkeit weiß ich nicht, warum ich gekommen bin. Hast du noch nie etwas getan und nicht gewusst, warum du's getan hast?«

»Nun, was ist das Rätsel des Lebens? Ein Hin und Her, ein Dies und Das, ohne zu wissen, wozu in Teufels Namen wir das alles tun.«

Ich lachte, dort unter dem locker gewebten Tuch aus Himmel und Bäumen. Plötzlich fragte ich mich, wie viele Menschen in Amerika lebten? Tausende und Abertausende. Und wir, nur zwei davon, waren hier, und die eine wusste nicht, weshalb sie hierhergeritten war, und die andere nicht einmal, weshalb sie ein- und ausatmete. Aber etwas an jenem Rätsel mochte sich von ganz alleine lösen.

Ich starrte sie nur an. Was dachte, was fühlte ich? Fühlte ich und dachte ich nicht, dass sie eine Art Medizin war? Verrückte Gedanken. Aber allein ihr Blick. Kein Zweifel, Dr. Memucan Tharpe hatte Pastillen und Phiolen für viele Krankheiten und Leiden, wofür also war Peg die Tinktur, das Heilmittel? Ich muss ehrlich sein. Für mich war sie eine Art Erscheinung, die Erscheinung von etwas. Ich spürte die Hitze ihrer Haut unter dem groben Stoff. Dafür brauchte ich nicht einmal die Hand auszustrecken. Ihr kleiner Körper, die dunklen Beine, die dünnen Arme, das Gesicht, das sich mit dir darüber unterhalten wollte, weshalb die Menschen bei all ihrem Treiben in der Welt einander Schmerzen zufügen. Dinge sind nicht einfach nur blau und grün und rot, es gibt weiche Farbnuancen und Schattierungen, die sich jeder Beschreibung entziehen. Das waren ihre Farben. Ihre grünen Augen, ihre markanten braunen Wangen, das dichte, schwarze, hinter die Ohren geschobene Haar, der schöne Mund, wie von einem anmutigen Gott gemalt – sprach und dachte ich nicht heimlich wie ein Mann? Nun, glücklicherweise steckte ich in Männerkleidern.

Als könnte sie meine Gedanken lesen, sagte sie:

»Wie ich sehe, hast du dir 'ne zweite Hose besorgt. Ich kann nicht sagen, dass mir die letzte gefallen hat. Du hättest sehen sollen, wie ich ins Lager zurückgekehrt bin. Wie ein splitternacktes Kind. Die Leute haben gelacht, bis ihnen die Tränen kamen.«

Da musste auch ich wieder lachen. »Jedenfalls hab ich gehört, dass das Gewehr in euerm Lager ist.«

»Nun«, sagte sie, »komm mit, und wir kümmern uns darum.«

»Wirklich?«, sagte ich. »Es könnte sein, dass der alte Wynkle King es deinem Boss Mr Petrie verkauft hat. Ich weiß nicht, ob er's einfach so herausrücken wird.«

»Wie wolltest du's denn wiederbekommen?«

»Ich wollte es stehlen.«

»Na, das ist immer ein guter Plan«, sagte sie und brach jetzt selber in Gelächter aus.

Siebzehntes Kapitel

Als wir uns dem Lager näherten, stand alle hundert Meter ein Wachposten. Colonel Purtons Überfall hatte Petries Leute in den Kriegszustand versetzt.

»Whiskey«, rief Peg jedes Mal, wenn wir einem von ihnen nahe kamen, denn so lautete die Parole. Ich war abgestiegen und führte das müde Maultier am Zügel. Als wir zum Bach kamen, nahm es einen kräftigen Schluck Wasser. Bevor es nicht seinen Durst gelöscht hatte, gab es kein Fortkommen. Peg betrachtete es.

»Das ist vielleicht 'n durstiges Ding«, sagte sie ganz ungezwungen und streichelte seinen dunkelbraunen Hals, eine Geste, die das Maultier, danach zu urteilen, wie sein Fell erzitterte, zu schätzen wusste.

»Das beste Maultier, das wir je hatten«, sagte ich.

»Du hast es schon das letzte Mal geritten, als ich auf dich geschossen hab, stimmt's? Hätt ich gewusst, dass du's bist, hätt ich nicht auf dich geschossen, Winona Cole.«

»Ach ja? Nun, ich hätte auf dich geschossen, wenn ich's gekonnt hätte, es spielt also keine Rolle.«

Wir sahen uns an. Sahen uns einfach nur an. Dann warf ich einen halben Blick auf das Lager und seine fünf oder sechs groben Blockhütten. Unter den Bäumen waren viele Pferde angebunden. Vielleicht dachten sie: Hier kommen die Sommerfliegen. Sie schüttelten die schönen Mähnen und schlugen mit den Schweifen – regelmäßig wie der seltsame Mechanismus einer großen Uhr. Etwas an einem Pferd oder einem Maultier rührt das menschliche Herz. Ansehnliche Gottesgeschöpfe. Diesmal gab es keine Wäscherinnen, doch im Lager selbst herrschte munteres Treiben. Selbst Rebellen müssen Eintopf kochen. Wenn man es so betrachtete, lag ein Hauch von Paradies über allem. Vögel stehen weder mit der Union noch mit sonst wem im Bunde, und so flöteten und zwitscherten sie überschwänglich. Die Musik der Vögel. Ich schätze, darauf geht alles zurück: die Tänze einfacher Landbewohner, die alten Lieder, die die Herzen der Zuhörer heilen oder beschweren. Ich möchte sagen, was ich in diesem Augenblick empfand, denn ich glaube nicht, dass ich schon einmal so empfunden hatte. Ich wusste, wenn ich Thomas und John Cole anblickte, hatte ich ein starkes Gefühl von Geborgenheit und Respekt. Vor jedem Gericht, ob Gottes oder der Menschen, wäre ich für sie eingetreten. Auch vor dem Großen Geist. Punkt für Punkt hätte ich aufgezählt, was sie in meinem Namen alles unternommen hatten, so als wäre ich ihr eigen Fleisch und Blut. Ich war ein Fragment, ein abgerupftes Blatt, der Prärie entrissen. Alles, was wir gewesen waren, war vom Antlitz der Erde getilgt worden. Ohne Thomas und John hätte es vielleicht nur das gegeben, was der Anwalt Briscoe Verderben nannte – das jähe Ende nach der Verhängung der Todesstrafe. Womöglich wäre ich verhungert wie einer dieser ausgedörrten Präriehunde, die man zwischen Lupinen und Gräsern findet. Es muss also eine Art Liebe gewesen sein. Jas Jonski hatte ich nie mit viel Gefühl angeschaut, ich war nur sehr neugierig, herauszufinden, wie sein Kuss in meinem Mund schmeckte. Herausgefunden habe ich es, soweit ich weiß, nie. Doch als ich Peg anschaute, wurden meine Beine von Flammen versengt. Mir wurde warm im Bauch, und ich empfand dem Großen Geist gegenüber unendliche Dankbarkeit, dass Peg erschaffen und auf der Erde abgesetzt worden war, um zu leben. Neben ihr zu stehen fühlte sich an, als stünde man inmitten einer Flussströmung.

Am Bach band ich mein Maultier unter den Bäumen fest, da ich es nicht zu den unbekannten Pferden führen konnte; die Stuten oder Hengste dort hätten es verstören können. Ein Maultier wird niemals Vater oder Mutter sein, im Falle *meines* Maultiers ein Vater. Lige Magan erzählte immer eine Geschichte von einer Schimäre, die einem der Maultiere seines Großvaters geboren wurde, aber so etwas ereigne sich nur alle hundert Jahre, sagte er. Ein solches Tier gelte als Vorbote fabelhafter Ernten – »Vermutlich nur in unserm Fall nich'«, sagte Lige gelassen.

Jedenfalls ging ich zu Fuß die unebene Flusswiese zu den Häusern hinauf, Seite an Seite mit Peg.

Ich glaubte nicht, dass es gut enden könnte, doch was mich hierhergeführt hatte, konnte ich, auch wenn es noch immer ein Rätsel war, beinahe schon berühren und benennen. Ich hatte eine Art Witterung, so wie man hinter einem Felsen einen Löwen wittert. Etwas schwebte fast in Reichweite meiner Gedanken. Natürlich, das Gewehr, aber auch andere, weniger fassbare Dinge. Es war waghalsig, sich überhaupt dort aufzuhalten. Aber mit Peg zusammen zu sein rief kein Unbehagen hervor. Nie hatte ich mich weniger unwohl gefühlt, seit meine Mutter mich in den Arm genommen und mir ihre Geschichten erzählt hatte.

»Ich werde Aurelius fragen, wie wir das Gewehr wiederbekommen können. Ich weiß, es war dein Gewehr, weil ich's auf dem Maultier gesehen hab. Außerdem wolltest du mich damit erschießen.«

»Ist Aurelius Littlefair nicht – ?«, setzte ich an, unschlüssig, wie ich die Frage zu Ende bringen sollte.

»Was?«, sagte sie.

»Ist er nicht ein wilder Mensch?«

»Aurelius? Er ist, was er ist. Heute Morgen in aller Frühe ist Zach Petrie mit seinen Männern losgezogen, also kann ich ihn nicht fragen – es sei denn, du beherrschst die Geistersprache.«

»Tu ich nicht.«

»Hör zu, die Waffenkammer ist da oben hinter dem letzten Schuppen. Falls wir dein Gewehr haben, liegt's da auf einem Regal.«

»Wie gesagt, Peg, Geld hat den Besitzer gewechselt, ich weiß nicht ...«

»Willst du's versuchen oder nicht? Mir egal.«

»Ich hab Angst, mit ihm zu reden, ich hab gehört – Peg, ich hab gehört, dass er an den Straßen Freigelassene aufgeknüpft hat, ich hab sie gesehen, und ich weiß nicht – vielleicht wird er auch mich aufknüpfen.«

»Kind, er ist kein Dämon. Ich sag's dir. Zu mir war er immer gut. Im Krieg war mein Vater sein bester Späher. Sie waren ein Herz und eine Seele. Ich frag ihn einfach. Das kann nicht schaden. Hätt nicht gedacht, dass Winona Cole vor irgendwem oder irgendwas Angst hat.«

»Lebendige Wesen fürchte ich nicht.«

»Nun, er ist nicht tot, das kann ich dir sagen, er ist nicht tot.«

So gingen wir denn zu den ersten kleinen Blockhütten des Wohnbereichs. Hinter den Hütten waren Wäscheleinen mit Kniebundhosen, Baumwollhemden, Damenunterwäsche und dergleichen aufgespannt. Vermutlich hatten die Wäscherinnen unbeeindruckt von Überfällen oder weniger wichtigeren Angelegenheiten ihre Arbeit fortgesetzt. In einem riesigen schwarzen Topf kochte jemand einen Haferbrei, in diesem Augenblick kümmerte sich aber niemand darum. Für die Pferde, dachte ich. Es sei denn, auch Abtrünnige lieben Hafer.

»Du wartest hier, Winona, meine Freundin. Ich geh rein und trotze dem Dämon.«

Barfuß betrat sie die Veranda und verschwand im Dunkel der Hütte. Die Fenster waren klein, zu Verteidigungszwecken. Gerade mal so breit, dass man ein Gewehr hindurchschieben konnte. Obwohl es erst Sommeranfang war, hatte der Tag eine unerwartete Wendung genommen und wetteiferte, was die Wärme betraf, mit dem Feuer unter dem großen Topf. Ich spürte die Hitze auf meinem Kopf und wünschte, ich hätte daran gedacht, einen Hut aufzusetzen. Schon hatte ich Lige Magans mahnendes Gesicht vor Augen. »Nun, Winona, was hab ich dir gesagt, was hab ich dir gesagt?« Zu Recht zog er es vor, einen Hut zu tragen. Das Lager war in gelbes Licht getaucht. Der breite Fluss schien wie gemästet von der Temperatur. Glitzernd wälzte er sich voran und sang das Kieselsteinlied der Flüsse. Mein Hochgefühl hatte angehalten, jetzt aber, ohne Peg, wurde ich doch etwas unruhig und fragte mich, ob ich mich allein zur Waffenkammer wagen und mir das ehrwürdige Gewehr einfach schnappen sollte. Ob ich das tun konnte? Weshalb sollte Aurelius Littlefair, der böseste und bestechlichste Mensch in ganz Tennessee, Winona Cole ein Gewehr zurückgeben wollen? Hatte ich Peg gesagt, dass es Tennyson Bouguereau gehörte, einem Mann, den zu vernichten Aurelius Littlefair für nötig befunden hatte? Oder wusste ich inzwischen, dass er's gar nicht gewesen war, sondern Colonel Purton? Hatte Colonel Purton es vielleicht nur deswegen getan, um in das Nest stechen, um zusammen mit dem Anwalt Briscoe ein offizielles Dokument aufsetzen zu können, das einen Angriff rechtfertigen würde? Das mochte durchaus der Fall sein. Gerade beglückwünschte ich mich zu diesem Einfall, als Peg den Kopf aus der Tür steckte und mich eintreten hieß.

»Na, dann man zu, Soldat«, sagte sie.

So betrat ich denn die Halle des Bösen. Wenigstens schien es mir so. In den Erzählungen meiner Mutter kamen zahlreiche Teufel und düstere Geschöpfe vor – unter uns Kindern oft die beliebtesten Gestalten. Beliebt, weil wir uns vor Angst krümmten und wanden. Das Zimmer war kahl und sauber; eigentümlicherweise ähnelte es einem der gepflegten Räume des Anwalts Briscoe – bevor die Petrie-Bande sie niederbrannte. Eine Atmosphäre der Milde und der Ordnung. Auf einem Regal Bücher in Reih und Glied. Der Tisch voller Papierstapel, alle säuberlich auf Kante gelegt. Es gab Bilder und Karten – in der Tat machte sich dieser Aurelius Littlefair, benannt nach einem Philosophenkaiser, an einer der Karten gerade mit einem Rotstift zu schaffen. Er zog eine Linie, wozu, konnte ich nicht sagen. Wie die Männer, die mit einem Bleistiftstrich eine Eisenbahnstrecke quer durch die Schildkröteninsel führten. Er blickte nicht sofort auf. Statt eines feurigen Geschöpfes mit Hörnern war er eine Art Miniaturgeneral. Er trug eine hellgraue Jacke, sein Bart war gekämmt, sein Schnurrbart sorgfältig getrimmt – ich konnte mir vorstellen, wie er verfuhr, wie er in einen trüben Spiegel blickte und sich die Haare stutzte. Vielleicht dabei sang. Jedenfalls war er auffallend gepflegt. Sein graues Haar hing ihm in das sonnengebräunte Gesicht, seine Augen waren grau. Als er jetzt lächelnd aufsah, war sein einziger Makel ein Mund voll schlechter Zähne. Dann richtete er den Blick wieder auf seine Arbeit und fuhr fort, die Karte zu markieren.

»Und wie heißen Sie?«, fragte er.

Ich konnte kaum schnell genug denken; beinahe hätte ich Winona gesagt.

»Bill, Sir.«

»'n Busenfreund von meiner Peg?«

»Jawohl, Sir.«

»Wie in aller Welt seid ihr euch begegnet? Vielleicht ist das eins der großen Geheimnisse. Wie Menschen sich überhaupt begegnen. Nirgends auch nur die geringste Chance, sich zu begegnen, aber ihr sagt, ihr seid euch begegnet.«

Er zeichnete weiter und befeuchtete die rote Mine mit seinem bleichen Mund, markierte, umkringelte. Dann schien er mit dieser Aufgabe fertig zu sein, schob sich und seinen Stuhl vom Tisch zurück, kippte den Stuhl auf die Hinterbeine und balancierte darauf. Jetzt konnte ich sehen, dass er hohe schwarze Stiefel trug, die so poliert waren, dass das Zimmer in ihnen nisten wollte, Fensterlicht und Schatten.

»Meine Peg, die sagt, wir haben ein Gewehr, das Ihnen gehört. Finde ich zwar seltsam, aber ich geb's Ihnen gern zurück. Ich mag die Vorstellung nicht, dass meine Männer Dinge an sich nehmen, die ihnen nicht gehören, es sei denn, nach dem Kriegsrecht. Die Kriegsbeute gebührt dem Soldaten und dem Zenturio, das ist eine lange Tradition, Mr Bill. Zehntausend Jahre menschlicher Angelegenheiten widersprechen dem nicht. Ich wäre Ihnen dankbar, wenn Sie mir verraten, wie Sie darauf kommen, dass wir versehentlich in den Besitz dieses Gewehrs gelangt sein könnten?«

»Ich bin mir nicht ganz sicher, Sir«, antwortete ich. »Von einem Mann namens Reverend Wynkle King hab ich gehört, dass er mein Gewehr gefunden und an Mr Petrie verkauft hat.«

»An Mr Petrie verkauft hat? Man stelle sich vor. Ich bin mit dem Reverend bekannt, obwohl ich nicht glaube, dass es in Amerika auch nur einen Bischof gibt, der dem Mann in diesen Zeiten seinen Titel gestatten würde. Dann wollen wir mal zur Waffenkammer gehen und nach dem Gewehr suchen.«

Peg strahlte vor Freude und schien glauben zu wollen, dass alles bestens verlief. Ich rechnete noch immer damit, dass sich das Gespräch jederzeit in die falsche Richtung entwickeln, dass es zu Tumult und Fausthieben kommen könnte. Aber nichts dergleichen geschah, und nun erhob sich dieser elegante kleine Mann, den selbst Lana Jane Sugrue wegen seiner makellosen *couture* hätte loben können, von seinem Stuhl. Seine Sporen schlugen eine gedämpfte Melodie auf dem Lehmboden, der flachgestampft und mit Sägemehl bestreut war, vielleicht gegen Spucke.

Die Waffenkammer war nicht verschlossen, ja nicht einmal von einem Posten bewacht, ein kleines Gebäude, genau wie die Blockhütten zum Schlafen. Allerdings hatte man auf irgendeine Weise uralte Waffenschränke hingeschafft, deren Glas und Holz glänzte. Ich hatte das Gefühl, dass sie irgendwo *gefunden* worden waren oder als legitime Kriegsbeute angesehen wurden. Jedenfalls waren die Schränke mit Vorderladern der Armee, Repetiergewehren wie dem Spencer-Karabiner und anderen, älteren Waffen gefüllt. Es gab Töpfe mit Waffenöl und säuberlich gestapelte Reinigungstücher.

Der kleine General suchte die Reihen ab.

»Ich glaube, ich kenne unseren gesamten Waffenbesitz. Nun, Mr Bill, viele dieser Gewehre haben eine Geschichte – einige sind sogar legendenumrankt. Sehen Sie das hier?«, sagte er und zeigte auf ein Gewehr mit langem Lauf, dessen Verschlussstück mit wunderschönen Drachen verziert war. »Das kam in der Schlacht bei Sharpsburg unter Lee zum Einsatz, als er Generalmajor McClellan ausstach, obwohl uns dieser Narr zahlenmäßig überlegen war. McClellans Problem war, dass er nicht zählen konnte, Mr Bill. Ich hoffe, Sie kennen sich mit Zahlen aus?«

»Das tue ich«, sagte ich. Fast hätte ich verraten, dass ich für den Anwalt Briscoe arbeitete; zum Glück konnte ich mich gerade noch bremsen.

»Ich bedauere, dass Peg ein Kind der Wildnis ist. Nicht, weil ich, sondern weil die Geschichte selbst so entschieden hat. Sobald wir unserem Anliegen zum Sieg verholfen haben, werde ich alle Kinder zur Schule schicken. Denn Bildung ist das Gleiche wie Erlösung. Ohne Bildung keine Bürger und kein Land. Sehen Sie Ihr Gewehr?«

Ich ging an den Waffenschränken entlang. Es gab Dutzende und Aberdutzende von Gewehren. Aber ein Spencer-Karabiner ist ein besonderes Ding und von beträchtlicher Schönheit. Plötzlich sah ich ihn, und mein Herz schlug höher vor Freude, als hätte ich etwas Lebendiges gefunden, von dem ich lange getrennt war. *Lange nach etwas* zu suchen und es dann zu finden – mir schien, dass es im Leben nur selten dazu kommt. Aber da war er. Sein altes glänzendes Selbst. Ich öffnete die Schranktür, die sich mit einem Quietschen gegen die Störung wehrte, nahm das Gewehr heraus und drehte den Verschluss um, um nach dem Namen zu sehen. Da stand er, *Luther*, eingraviert von einem richtigen Silberschmied, voller Schnörkel und Verzierungen.

»Hast du's gefunden?«, fragte Peg freudestrahlend.

»Hab ich. Hätt ich nicht gedacht«, sagte ich, das vertraute Gewicht des Gewehrs in den Händen.

»Das ist ein alter Spencer-Karabiner«, sagte Aurelius Littlefair. »Hat schon bessere Tage gesehen.«

Ich war überrascht, als er das sagte. Vielleicht hatte er recht. Vielleicht war der Karabiner gar nicht so glänzend und neu, wie ich ihn in Erinnerung hatte. Ich hatte ihn für neu gehalten, weil Tennyson so stolz darauf war.

»Nun, ich bin froh, dass wir Ihnen Ihr Eigentum zurückgeben konnten. Da bin ich froh, wirklich froh«, sagte Mr Littlefair. »Ist das Ihr Name, der da eingraviert ist?«

»Nein, nicht meiner«, sagte ich und zeigte ihm den Namen.

»Ist das der Luther, der seine 95 Thesen an die Tür der Schlosskirche zu Wittenberg genagelt hat?«, fragte Mr Littlefair.

»Ich glaube nicht. Luther steht für Luther Magan.«

Kaum war meinem Mund der Name Magan entschlüpft wie eine Ratte ihrem Schlupfloch, bereute ich es auch schon. Aurelius Littlefair reagierte nicht sofort. Er blickte einen Moment zu Peg und nickte, dann tippte er mit dem Finger auf den Namen. Ich hielt noch immer den Karabiner in der Hand, als hätte ein unbekannter Sergeant »Präsentiert das Gewehr!« gerufen. Vielleicht umklammerte ich ihn noch fester.

»Soso, Magan. Peg, bist du jetzt etwa mit 'nem Jungen befreundet, der die Magans kennt?«

»Wieso, Aurelius?«, fragte Peg, die keine Ahnung hatte, worauf er hinauswollte.

»Luther Magan, Vater von Elijah – Kavallerist, genau wie die anderen, die bei ihm sind. Alles Verräter. Mal sehen, ist das nicht John Cole? Ist das nicht Soundso – Soundso McNulty, eine irische Memme? Dann bist du also der junge Indianer, der bei ihnen wohnt? Ich glaube schon. Aber bist du nicht ein Mädchen? Bei der Seele Tach Petries, Gott hab ihn selig, ich glaube schon.«

»Ist sie nicht«, rief Peg.

»Doch, ist er«, sagte Aurelius Littlefair ziemlich empört.

Es war kein Gespräch, das mir behagte. Ich hatte keine klare Vorstellung, was ich tun sollte, aber das Blut schoss mir ins Gesicht, und ich errötete wie jemand mit Hitzschlag. Ich drehte mich um, und natürlich nahm ich das Gewehr mit. Dann stürzte ich mehr oder weniger aus der Waffenkammer, sprang die wenigen Stufen hinab und rannte zum Wasser. Ich wusste, dass es kein großartiger Plan war, aus einer Siedlung bis an die Zähne bewaffneter Abtrünniger einfach weggaloppieren zu wollen, aber einen anderen Einfall hatte ich nicht. Ich war ein Mädchen mit einem Gewehr, und ich rannte, und bald würde ich mich auf das Maultier schwingen. Das war mein glorreicher Plan. Ich hörte, wie jemand hinter mir herlief, und hatte das Gefühl, dass sie mich gleich überwältigen würden. Ich machte mich auf einen Angriff gefasst. Die Erwartung ließ mir einen Schauder über den Rücken laufen. O Jesus. Ich war mir sicher, dass Aurelius Littlefair, diese dünne Schlange, ein Dämon von einem Läufer war, und dass er mich fangen und filetieren würde. Er würde mir die Haut vom Gesicht abziehen und sie vor meinen Augen kochen, und meine Augen würden in ihren Höhlen rollen. Schon spürte ich seine Berührung, spürte seine Berührung.

Aber es war nicht Aurelius Littlefair, es war Peg. Ich erreichte das arme Maultier. Angesichts meiner besorgniserregenden Eile bäumte es sich auf.

»Lass mich gehen, lass mich gehen«, sagte ich. »Du kannst mich jetzt nicht fangen. Ich bin nicht bereit, mich fangen zu lassen.«

»Ich renne nicht hinter dir her, ich renne mit dir mit«, sagte Peg. Sie starrte mir ins Gesicht und nickte. »Ich komme mit.«

Hätte ich die Wahl gehabt, was geschehen würde, so wäre ihr Entschluss mitzukommen die Rosette gewesen, die Medaille, der Hauptpreis. Kein Zweifel. Oben am Hang wimmelte das Lager, das so still und leer gewirkt hatte, jetzt von Gesichtern und Stimmen. Aurelius Littlefair brüllte Befehle, mich aufzuhalten. Peg brüllte er zu, genau dies zu tun. Er wusste, dass mich, wenn ich erst einmal im Schutz der Bäume war, nur ein Waldbrand ausfindig machen konnte. Ich sprang auf den Rücken des Maultiers, und Peg kletterte hinter mich.

»Geh, geh«, befahl ich dem Maultier und trat ihm heftig in die Flanken, es stolperte durch die Furt und schäumte große Mengen Wasser auf, und als es das andere Ufer erreichte, galoppierte es den Hang hinauf wie ein Rennpferd. Ein Maultier ist ein Wesen mit einer großen Seele, es wird stets versuchen, dir zu dienen, und wenn es tot umfällt. Ob uns Kugeln hinterherflogen, weiß ich nicht und höre sie auch in meiner Erinnerung nicht – aber ich nehme an, auf die seltene Schönheit Peg würde selbst ein Aurelius Littlefair, Mörder von Männern und Henker von Freigelassenen, nicht schießen.

Achtzehntes Kapitel

Als ich aufgebrochen war, hatte ich das alte Holster ans Maultier gebunden, in der vagen Hoffnung, es würde das Gewehr nach Hause tragen. Nun, da es so war, durchdrang mich ein solches Glücksgefühl! Die Umherwandernden, die uns auf der Straße entgegenkamen, sahen hungrig und hager aus wie eh und je. Selbst Berittene schienen nicht zu begreifen, welch eine Wonne es war, am Leben zu sein. Es war mein größter Traum gewesen, den Spencer-Karabiner zu finden, und da war er nun und schwankte in seinem Holster.

Bei all meinen Glücksgefühlen nagte in meinem Hinterkopf allerdings die Befürchtung, es könnte gefährlich sein, Peg zu Liges Farm mitzunehmen. Falls sie denselben Gedanken hatte, so erwähnte sie ihn nicht. Sie ließ sich von meiner Stimmung anstecken, und es kam uns vor, dass selbst die Vögel des Waldes in unser Glücksgefühl einstimmten.

Wie lange schon war ich so niedergedrückt gewesen, dass ich diese Leichtigkeit des Herzens vergessen hatte? War ich überhaupt schon achtzehn? Ein Indianer zählt in Monden, nicht in Jahren, ich wusste es wirklich nicht. Geboren im Hirschmond. Nun, da Peg hinter mir saß, hatte ich das Gefühl, nicht nur an jenen Zufluchtsort zurückzukehren, der Lige Magans Farm für mich darstellte, sondern an einen entfernteren Ort der Sicherheit. Irgendwo dort draußen in den Prärien eines Gebiets, von dem wir nicht wussten, ob es Nebraska-Territorium oder Wyoming-Territorium hieß, von dem wir aber glaubten, dass es unser Herzland und unsere Heimat war und uns niemals verloren gehen würde. Wo ich als kleines Kind in Geborgenheit bei meiner Mutter und meiner Schwester gesessen hatte, umhüllt von einem Tipi mit all den magischen Schutzsymbolen, die drinnen und draußen angebracht waren. Mit der Prärie, die sich in alle vier Himmelsrichtungen erstreckte, bald mit dem lauten Donner vorüberjagender Büffel, bald mit dem stummen Donner der Lupinen mit ihren Trauben blauer und purpurner Flammen. Natürlich kehrte ich nicht körperlich dorthin zurück. Eher könnte man sagen, dass das Gefühl von Freiheit über das bewirtschaftete und das wilde Terrain, das zwischen mir und Wyoming lag, zu mir zurückkehrte. Weil das Schicksal es mir vergönnt hatte, Tennysons Spencer zu finden.

Inzwischen wurde es Abend, alle Farben wurden schlicht, und die verschiedenen Brauntöne verschwanden, bis nur noch ein dunkles Braun übrig blieb und all das Blau. Es war, als hätte ich Tennessee noch nie richtig wahrgenommen. Für Pegs Volk war es *sein* Wyoming gewesen. Vielleicht konnte man die verbliebenen Chickasaw an den Fingern einer Hand abzählen. Aber Peg schien eine ganze Nation zu verkörpern. Ihre Schönheit war Legion.

Wie konnte ich Thomas und John Cole auch nur etwas davon erzählen? Ich wusste es nicht.

Ich wusste, dass sie jetzt, obwohl es Sonntag war, mit der Egge auf den Feldern waren, um das Unkraut zwischen den Tabakreihen zu jäten. Den Blicken der Prediger und Priester entzogen. In Tennessee durfte man sich am Tag des Herrn nicht die Haare schneiden lassen, doch Unkraut und Tabakschwärmer heiligten den Feiertag nicht. Das Gotteshaus der Tabakschwärmerraupen ist das wohlschmeckende Sandblatt. Vielleicht köpfte Lige Magan gerade die Blüten und band die Stauden fest, womit er eine Strafe in Höhe von zwei Dollar fünfzig Cent riskierte. Vielleicht klaubten Tennyson und Rosalee geduldig die Raupen auf, um ihn in seiner Schande nicht allein zu lassen. Vielleicht begriffen die ungesehen am Feldrain vorbeiziehenden wilden Tiere die dringenden Gebote von Nutzpflanzen, und vielleicht schien die Sonne inzwischen so schwach, dass sie die dunkelnden Wälder grau färbte und die Feldgrillen hervorlockte. Mit ihren zerbrochenen Geigen, wie Thomas McNulty einmal sagte. Ich wusste es nicht. Ich wusste es nicht. Es war ein Glück, von nichts etwas zu wissen, außer vom Traben des Maultiers und von Pegs Händen, die sich so fest um meine Taille klammerten, dass ich glaubte, sie werde mir das Hemd zerreißen. Die Wärme ihres Körpers, der mich hin und wieder berührte, war so willkommen, dass ich glaubte, es werde mir das Herz zerreißen. Es zerreißen und im selben Atemzug heilen.

Sonntag konnte ein guter Tag für Wunder sein oder auch nicht. In unserem kindlichen Jubel steckten die kleinen Samenkörner der Sorge. Als wir uns den vertrauten Wäldern und Feldern näherten, schien selbst das Maultier zu schlurfen, wie ein armer Mann, der seinen Gang zum Galgen vielleicht ganz lebhaft angetreten hat. Der mutig sein wollte, da Todesangst ihm nicht guttat. Hatte ich ein töchterliches Verbrechen begangen, indem ich mich erneut in die Gefahr von Petries Lager begeben hatte? Wie sollte ich ihnen erklären, wer Peg war, ohne mich selbst zu bezichtigen? Und weshalb war ich so ängstlich darauf versessen gewesen, das Gewehr wiederzubekommen? Ein ganzes Fuhrwerk von Gedanken, das sich ganz von selbst bewegte, ich selbst nur der unglückliche Kutscher. Der Verlust mache Tennyson nichts aus, hatte Lige Magan gesagt. Und all das Unheil, das ich über uns bringen mochte! Nun, ich hatte Peg nicht gestohlen, sie hatte sich selbst gestohlen. Sie hatte sich fortgestohlen. Und man hätte meinen können, dass mich das ängstigte und ich keine Ahnung hatte, was ich als Nächstes mit ihr anstellen sollte. Doch es beunruhigte mich keinen Augenblick. Eine Strömung erreicht eine andere, und die beiden vermischen ihre Wasser auf ganz natürliche Weise, so kam es mir vor. Das Mädchen, das hinter mir auf dem Maultier saß, hatte nichts, wovor ich mich fürchtete.

Über den Bergen in der Ferne sahen wir brodelnde Sturmwolken. Doch hier auf Liges Feldern hatte die Sonne wieder einmal versucht, helle Grüntöne zu Weiß zu bleichen. Die Anstrengungen des Tages waren noch in unserer Erleichterung zu spüren. Von wegen zur Ruhe kommen. Das kümmerliche Land vor dem Haus, ein Hektar flacher Erdkrume, nicht tief genug zum Pflügen, Land, das nur dazu taugte, ein altes Maultier darauf weiden zu lassen, war genau der Ort, auf dem Tach Petrie vor langer Zeit versucht hatte, seine Männer gegen uns zu führen. Und hätten wir ihn nicht getötet, hätte er uns alle getötet. So viel stand fest. Im Haus hörte ich abendliche Stimmen. Also hatte die Entweihung des Sonntags ein Ende.

Tennyson Bouguereau saß in seiner gewohnten Ecke auf der Veranda. Der Judasbaum, den jemand vor Jahren gepflanzt hatte, war weder zu dicht noch zu dürftig. Reglos brannte die große Flamme seiner Blüten. Plötzlich hörte ich Rosalee laut reden, laut lachen. Ein regelrechtes Wunder, all das Gerede, das im Leben vor sich geht und kaum je bedacht oder erinnert wird. Kaum je von echten Gedanken ausgelöst, aber das macht nichts. Es ist nur barmherziger Vogelgesang, was immer für Vögel wir sind.

Ich wusste nicht, wie viel Notiz er von mir und Peg nahm, als wir im schwerfälligen Schritt des Maultiers ankamen. Nur das leise Klackern der Hufe auf dem harten Erdboden. In einem seltsamen Zustand der Erregung, der die Notwendigkeit beinhaltete, ihm nichts zuzurufen, stieg ich ab, band das Maultier an, half Peg herunter, griff nach dem schweren Karabiner im Holster und zog ihn heraus. In diesem Moment blickte ich auf Tennyson und sah, dass er sich erhoben hatte. Das Gewehr auf dem rechten Arm, ging ich auf die Veranda zu. Tennyson gab seinen Lieblingsplatz auf und schritt die ganze Länge der Veranda entlang. Er ließ sich nicht anmerken, was er dachte. Er stieg die ausgedorrten alten Holzstufen herab und hielt wortlos auf mich zu. Im selben Augenblick blieben wir dicht voreinander stehen. Ich nickte und hielt ihm das Gewehr hin. Ohne zu zögern, nahm er es in seinen Besitz. Er betrachtete es mit der Klugheit des Kaisers Aurelius und berührte das Wort *Luther* auf dem Verschluss.

»Ich danke dir, Winona«, sagte er.

Der Sommer verging, und Thomas McNulty erklärte Peg zur besten Pflückerin von Tabakschwärmerraupen in der Geschichte von Tennessee. Sie brauchte nur einen Tag, um mit Thomas vertraut zu werden. Mit John Cole gestaltete es sich schwieriger.

Die Lage entwickelte sich nach ihren eigenen gespenstischen Regeln. Der neue Gouverneur vollführte eine regelrechte Kehrtwende.

»Als wär der Krieg nie ausgefochten worden«, sagte Thomas McNulty.

Wir hatten auf Liges Farm nie ganz unbesorgt gelebt und rechneten nicht damit, dass es jemals anders sein könnte.

Wir hörten, Zach Petries Lager am West Sandy Creek sei aufgelöst worden, er selbst mit seinen Anhängern wieder auf seine große Farm westlich von Paris gezogen. Es hieß, die Farm liege in Trümmern und es bedürfe eines großen Arbeitsaufwands, um sie wieder instand zu setzen.

»Wen könnt' er für die Arbeit rekrutieren? Niemand. 'n vernünftiger Freigelassener würd ihn nich' mal mit 'ner Zange anfassen.«

Später im Sommer wurde Aurelius Littlefair zum Richter von Henry County ernannt. Der Anwalt Briscoe schüttelte das angegraute Haupt.

»Ich soll jemanden vor einem Henker vertreten?«, fragte er.

So wurde in seinem provisorischen Quartier geredet.

Jetzt fragten wir uns nicht nur, was mit uns geschehen würde, sondern auch, was mit Leuten wie Colonel Purton geschehen würde. Es ging das Gerücht, die Miliz solle aufgelöst werden.

Dann wurde in der Stadt ein Freigelassener namens Imre Grimm verhaftet, den Rosalee kannte, weil sie ihn in einer Sitzung des Freedmen's Bureau hatte sprechen hören. Angeblich war er über die hübsche Frau eines Carpetbaggers hergefallen. Aurelius Littlefair hatte nicht einmal Gelegenheit, sich die Richterrobe überzuziehen. Ein Mob zerrte Imre Grimm aus dem Gefängnis. John Perry wurde angewiesen, seine Feldschmiede herbeizuschaffen. Sie schürten ein Feuer und hängten Imre Grimm an einer langen Kette über der Esse auf. Sie schnitten ihm die Finger ab, damit er nicht wegklettern konnte. Sie schnitten ihm andere Körperteile ab. Die ganze Stadt kam, um dem Schauspiel beizuwohnen. Auch Kinder. Als er endlich tot war, zerstückelte man seinen geschwärzten Leichnam und bewahrte die Teile als Souvenirs auf.

»Jetzt sind wir wahrhaftig Bürger im Land des Teufels«, sagte der Anwalt Briscoe.

Kurz darauf kamen uns weitere Neuigkeiten zu Ohren: Sheriff Flynn habe seine Arbeit als Sheriff hingeworfen und sei mit seiner Frau nach Jacksonville in Florida gezogen. Wie sich herausstellte, waren die mysteriösen »Probleme«, mit denen er zu kämpfen hatte, die Krankheit seiner Frau. Sie war schon seit langem schwindsüchtig, und jetzt hatte der Arzt gesagt, noch ein Winter in Tennessee, und sie werde sterben. Dass Sheriff Flynn so einfach aus meiner Geschichte heraustrat, kam mir sonderbar vor, gleichzeitig aber war ich froh, dass er seine Frau hinreichend liebte, um es zu tun. Doch der Sturzflut von Littlefair und seinesgleichen stemmte sich jetzt ein Mensch weniger entgegen. Der Anwalt Briscoe sagte, außerdem sei Sheriff Flynn angedroht worden, man werde ihn umbringen, wenn er nicht eine andere Tonart anschlage. Die Morddrohungen seien in Gestalt einer Reihe anonymer Briefe erfolgt. Der Anwalt Briscoe sagte, seiner Ansicht nach könne es nur jemand gewesen sein, der im Sold von Littlefair stehe.

»Ein *homo sacer* will ich meinen«, sagte der Anwalt Briscoe. »Den kann jetzt jeder ungestraft um die Ecke bringen. Und Richter ist ausgerechnet Littlefair!«

Wenn er so etwas sagte, befiel mich immer Sorge um Peg. Sie war ein Kind all dieses Chaos gewesen.

Als Nächstes hörten wir, Frank Parkman sei zum Sheriff gewählt worden; dabei war dieser, wie Lige Magan sagte, kaum mehr als ein Junge. John Cole fand den Vorgang seltsam, denn Frank Parkman war so oft mit Sheriff Flynn ausgeritten, und man hätte denken können, er habe mit ihm unter einer Decke gesteckt. Offenbar doch nicht. Aber zu jener Zeit war kein Herz rein, keine Seele geprüft.

»Sofern wir nicht Schwarze versklaven und den Krieg in Schranken halten, ist es mit der Wirtschaft von Tennessee nicht weit her«, sagte der Anwalt Briscoe, aber er sagte es zu niemand Bestimmtem.

In dieser merkwürdigen Zeit war es vielleicht nur Peg, die uns vor schwerem Schaden bewahrte. Sie konnte nicht schreiben, und so unternahm ich es, in ihrem Auftrag eine

Notiz an Zach Petrie abzufassen, die besagte, sie sei wohlauf und habe die Hoffnung, ihn bald besuchen zu können. Aus welchem Grund auch immer – und da es keinen Sinn hatte, gaben wir uns keine Mühe, allzu tief nachzudenken, um einen zu finden – machte sich entgegen unseren Erwartungen kein Trupp des neuen Sheriffs in gewalttätiger Absicht zu uns auf den Weg. Es war schon eigenartig, einen Brief zu schreiben, der mit *Sehr geehrter Herr Petrie* begann.

Wir schufteten auf den Feldern, und der Anwalt Briscoe war nunmehr doppelt entschlossen, sein Haus wiederaufzubauen.

Auch auf etwas anderes war er versessen. An einem Sommertag, der sich von seiner besten Seite zeigte, kam er herausgefahren, um mit Lige zu sprechen. Wir saßen mit ihm auf der Veranda, wo es gnädigen Schatten gab. Peg war misstrauisch gegenüber dem Anwalt Briscoe und beschloss, ihm aus dem Weg zu gehen – als sie ihn kommen sah, war sie mit einem Gewehr in den Wald aufgebrochen, vielleicht um uns etwas zum Abendessen zu schießen. Der Anwalt Briscoe sagte, er habe an die Fisk Free Colored School in Nashville geschrieben, denn er wisse ganz sicher, dass sich dort Freigelassene jeden Alters einschreiben könnten. Er sagte, das College habe ein Ensemble von schwarzen Sängern und Sängerinnen gegründet, die im Land umherreisten, um Gelder zu sammeln, und seiner Meinung nach verfüge Tennyson über einen so großen Fundus an alten Liedern, dass er dort sehr willkommen wäre. Mit aufgerissenen Augen hörte Rosalee ihm zu.

»Das kann mein Bruder nicht, er hat eine Verletzung«, sagte sie leise. Tennyson hielt sich irgendwo draußen auf, aber sie wusste nicht genau, wo. Jedenfalls war sein alter Stuhl am Ende der Veranda leer.

»Ich denke, in dieser Angelegenheit kann er für sich selbst sprechen«, sagte der Anwalt Briscoe mit seiner brüchigsten Stimme.

»Er kann schwerlich für sich selbst sprechen, also spreche ich für ihn«, sagte Rosalee und warf ihm den Ball zurück.

Doch Tennyson wurde von Tag zu Tag kräftiger. Bei der Arbeit hatten wir ihn alle wieder singen hören. Es gab so viele Lieder, die er kannte, nicht nur die schönen alten Arbeitslieder, sondern auch andere, und ich liebte es, wenn er *The Famous Flower of Serving Men* sang. Entgegen der Behauptung seiner Schwester sprach er fast genauso viel wie früher. Für Lige hörte sich der Vorschlag des Anwalts Briscoe wie etwas aus dem Reich der Wunder an, aber natürlich benötigte er Tennyson dringend, um mit ihm und den anderen die Farm zu bewirtschaften. Es waren auch so schon lange Stunden der Mühe. Lohnender Mühe, aber doch der Mühe.

»Ich kann nich' sagen, dass ich mich freue, Sie das sagen zu hören«, meinte Lige zweifelnd.

»Wir müssen ihn in Sicherheit bringen«, entgegnete der Anwalt Briscoe. »Hier im Henry County ist er nicht sicher. Ist er ganz gewiss nicht.«

Das Gesicht des Anwalts Briscoe war noch röter als sonst. Es war, als hätte die große Feuersbrunst auch ihn dauerhaft gerötet. Die letzten Worte hatte er in einem Anfall von rechtschaffenem Zorn geäußert, den ich, wenn ihm widersprochen wurde, so gut an ihm kannte. Aber er konnte seine Wut auch links liegen lassen als das, was sie war: eine zahnlose Schlange im Gras.

»Ich kann nichts daran ändern, dass Sie schlechter dran sein werden als zuvor, aber der Mann muss weg von hier, so viel kann ich sagen.«

»Keiner von uns is' jetzt noch sicher«, sagte Lige mit der leisen Stimme der Wahrheit.

»Wenn ich etwas sagen darf«, sagte ich, weil ich fand, dass es an der Zeit sei, es zu sagen: »Ich habe gehört, dass es Colonel Purton war, der Tennyson niedergeschlagen hat, nicht die Petries.«

»Wo hast du das denn gehört, Winona?«, fragte Thomas McNulty.

Sogar John Cole lachte, als hätte ich das Verrückteste überhaupt gesagt.

»Tut mir leid, Winona«, sagte er, »aber darauf war ich nicht vorbereitet.«

»Vielleicht hat sie ja richtig gehört?«, sagte Thomas McNulty, der sich über John Cole empörte.

»Das kann nicht sein«, sagte der Anwalt Briscoe.

In diesem Augenblick bog Peg ums Haus, zwei Kaninchen auf dem Rücken. Mit ihrem langen schwarzen Haar, ihrem Gewehr und den leblosen Tieren, die an ihr herabbaumelten, sah sie ziemlich verwegen aus. Der Anwalt Briscoe nickte ihr zu. Er verlor kein Wort über sie. Aber er sah sie doch mit jenem schiefgelegten Kopf an, der typisch für ihn war.

»Ich sollte lieber gehen. Gott stehe einem alten Mann bei in dieser Hitze«, sagte er.

Dann ging er zu seinem Buggy und ließ die vom Sonnenlicht betäubten Pferde antraben.

Rosalee auf ihrem Stuhl weinte stumm.

Neunzehntes Kapitel

Als wäre die Bedrohung, Tennyson zu verlieren, für Lige nicht genug gewesen, litt John Cole wieder einmal unter jener Krankheit, die ihn dann und wann befiel. Als er von den Feldern zurückkehrte, brach er plötzlich mitten im Schritt zusammen. Wie einen verwundeten Krieger trugen ihn Thomas McNulty und Tennyson in sein Zimmer. Sein Gesicht war weiß wie eine Lilie, sein ganzes langes, dünnes Selbst schlaff wie ein Paar Hosen. Sie hievten ihn ins Bett. Sie wussten, dass sie nur abwarten und ihn pflegen konnten.

Wir waren bereits dabei, die Sandblätter zu ernten. Peg und ich schnitten die reifen Blätter mit großen Messern ab, und Lige und Thomas schleppten sie zum Wagen. Sandblätter sind mitunter ziemlich schwer, und bei ihrer Ernte gibt es viel Gezerre und Gefluche. Ihrem Körpergewicht nach mochte Peg nur wie ein halbes Mädchen wirken, aber kräftig war sie, das kann ich bezeugen. Sie hätte einen Berglöwen niederringen können, so dass er wünschte, er wäre lieber auf seinem Berg geblieben.

Wenn du einen Menschen sehr schätzt, bereitet es große Freude, ihn einfach nur anzuschauen, zuzusehen, wie er sich im Alltag bewegt, zu bemerken, dass er diese oder jene Gewohnheit hat, etwa wie er die Hand umdreht oder wie er, dieser Mensch, den du verehrst, das Kinn reckt oder die Arme hebt, um sich eine Schleife ins Haar zu binden. Selbst seine Wut kann ein sonderbares Elixier sein. Seine Kraft ist wie etwas Gutes, das die Leute sagen.

So wie ich einen Brief für Peg geschrieben hatte, schrieb ein Prediger namens Jodocus Troutfetter einen Brief für Jas

Jonski; dabei war dieser doch, soweit ich wusste, in Nashville zur Schule gegangen. In Mr Hicks' Laden musste er immer lange Bestelllisten für dieses und jenes erstellen. Aber vielleicht war das nicht das Gleiche, wie sein Herz sprechen zu lassen. Sein Herz sprechen zu lassen ist ein teuflisch schwieriges Geschäft. Für Peg hatte es gereicht, geradeheraus zu reden, aber so war der Reverend nicht veranlagt. Ich habe den Brief behalten, weil etwas darin mich in Todesangst versetzte – vielleicht verstand ich ihn zuerst nicht recht, doch dann tat ich es:

Meine liebe Winona Cole,

dieses Schreiben ist auf ausdrückliche Anweisung von Mr Jas Jonski Esq. aus Paris, TN, ursprünglich aus der Stadt Nashville, von Rev. J. Troutfetter verfasst. Obwohl ich lesen und schreiben kann, befürchte ich, dass ich die Wahrheit nicht mit eigenen Mitteln ausdrücken kann. Liebe Winona, gemäß der Liebe, die ich für Dich empfinde, und in Bezug auf unseren kürzlichen Wunsch nach einer würdigen Verlobung in der methodistischen Kirche von Paris, TN, erkläre ich Dir hiermit, dass mein Wunsch und meine Liebe intakt bleiben und dass, sollte es Vorfälle gegeben haben, die einem Menschenherzen Reue entlocken, ich mich zu dieser Reue bekenne und mit aller Fülle & Größe des Geistes mein Gelübde, Dich zu lieben und Dich vor der versammelten Gemeinde der Ältesten, der Pfarrer, Prediger und Mitglieder obengenannter Kirche zu ehelichen, WIEDERHOLE und BEKRÄFTIGE.

»Denn ein Mensch mag sündigen und wird doch zum Guten geführt.«

Wieder und wieder versichere ich Dir, dass ich für jedes Leid, von dem Du glaubst, dass man es Dir zugefügt hat, nichts als REUE empfinde und diesem Leid hiermit ein Gefühl der

BUSSE & BETRÜBNIS zuteile, und ich hoffe, dass Du es für richtig hältst, mich wieder IN DEINE ARME ZU SCHLIESSEN und Dich vollständig zu VEREINEN mit dem liebenden und reumütigen Unterzeichneten,

JAMES HENRYK JONSKI

Dann hatte er den Brief unterschrieben und etwas hingekritzelt, das nach seiner eigenen Handschrift aussah: *Bitte, Winona, ich liebe dich doch.* Vielleicht hielt er dies für das entscheidende Argument. Vielleicht meinte er aber auch alles, was er sagte.

Er hatte mir den Brief an meinen Arbeitsplatz geschickt, nämlich zum Anwalt Briscoe. Ich las ihn an meinem kleinen Tisch, der inzwischen in der Scheune aufgestellt worden war. Als ich von den Seiten aufblickte, legte der Anwalt Briscoe den Kopf schief und sah mich an. Er sagte nichts, er fragte auch nicht nach dem Brief, was er wohl getan hätte, wenn er angenommen hätte, es gehe um etwas Geschäftliches. Falls man verbergen kann, dass einen gerade ein schneidender Wind durchweht, dann tat ich genau das. Ich fühlte mich klein wie ein Zaunkönig. Ich hatte das Gefühl, dass die Welt ein einziger großer Felsblock war, der auf meinem Körper lastete. Ebenso gut konnte ich ihm nachgeben, mich von ihm zerquetschen lassen, dachte ich. Das religiöse Kauderwelsch war eine Messerklinge, mich zu töten. Einen Moment lang hatte ich das Gefühl, ihn heiraten zu müssen, nicht etwa, weil ein winziger Teil von mir dies gewünscht hätte, sondern wegen des Amtsjargons, in dem ich angesprochen worden war, wie bei einem Vertragsdokument zwischen Washington und den Sioux.

Auf dem Heimweg gab ich den Brief Lige und fragte ihn, was er davon halte. Er ließ die Zügel auf dem Rücken der

Stute ruhen und las ihn an Ort und Stelle. Das Tier, das nach Hause wollte, erschauerte.

»Reverend Troutfetter? Glaube nicht, dass ich den Burschen kenne«, sagte er, faltete den Brief zusammen und steckte ihn wieder in den Umschlag. »Lies ihn John Cole vor. Der wird wissen, was zu tun ist.«

Das Land versuchte, sich von der ungeheuren Sommerhitze zu befreien. Die Stute trottete weiter. Als wir uns dem Haus auf hundert Meter genähert hatten, sprang ich vom Wagen und rannte den Weg entlang.

John Cole war in düsterer Stimmung, als ich ihn fragte, ob ich ihm den Brief vorlesen dürfe. Er war so schwach, dass er nicht einmal den Kopf heben konnte. Thomas McNulty schob ihm einen alten Armeerock unters Kissen, und dann war John Cole bereit, mir beizustehen.

Ich hatte Angst, auch Thomas zuhören zu lassen, denn der war körperlich gesund, und die Vorstellung, er könnte sich voller Wut auf den Weg zur Stadt machen, erschreckte mich. Thomas McNultys Wut war ganz einfach. Sie äußerte sich nur selten, doch wenn sie es tat, glich sie dem gerechten Zorn der Engel. Thomas wusste, wie ungeheuer bedrohlich die Welt war. Er wusste, sie war ein mit dem Bösen verwobener Ort, und das Gute konnte immer nur hoffen, ein paar winzige Fädchen daraus zu lösen. Aber er war ein Mann, der an die Möglichkeit eines unerwartet guten Ausgangs der Dinge und an dessen befreiende Wirkung glaubte. Dafür hätte er sein Leben gegeben. Tatsächlich fühlte er sich verpflichtet, sein Leben dafür zu geben, und hatte es viele Male beinahe getan. Meine Sicherheit war der zweite Glaubensartikel seiner Religion. Der erste war der Zustand von John Cole, dem er Suppen und die ersten Herbstbeeren ans Bett brachte sowie warmes Wasser, um ihn zu waschen. Schließlich hätte er ohne John Cole im Leben keinen Sinn gesehen. Viele Male waren sie in bitterer Not durch Ruin und Zerstörung gegangen. Bei Lige Magan, ihrem alten Kampfgefährten, hatten sie einen Zufluchtsort gefunden. Es war alles eins. Wo John Cole seine Wohnung hatte, dort war auch Thomas mit seinem schlichten Herzen zu finden. Ihre Liebe war das erste Gebot *meiner* Welt – Du sollst hoffen, so zu lieben wie sie. Auf unserem Lebensweg begegnen wir vielen Seelen und Herzen – wir können gar nicht anders –, und wir müssen darum beten, auf dieser Reise wenigstens ein oder zwei Thomas und John Coles zu begegnen. Dann können wir sagen, dass das Leben lebenswert war und die Liebe das Wagnis gelohnt hat.

Thomas hatte nichts dagegen, mich mit John Cole allein zu lassen. Wie er sagte, war er sogar der Meinung, dass ich mit ihm allein sein *sollte*.

»Ich geh mal eben und füttere die verdammten Maultiere«, sagte er. »Ich füttere sie mit gutem Hafer, damit sie morgen tüchtig arbeiten können.«

Er schickte sich zum Gehen an, dann aber schien er zu hoffen, ich würde mich anders besinnen und ihn bitten, nicht zu gehen, und erst, als ich es nicht tat, ging er.

So las ich denn John den Brief vor. Die ganze Zeit über nickte er. Er lauschte aufmerksam. Als ich fertig war, betrachtete ich sein ruhiges Gesicht und dachte wieder einmal, dass er für einen rauen Burschen, der als Kind aus Neuengland ausgewandert war, der der Urenkel einer Indianerin war und so arm wie nur irgendeiner, wirklich gut aussah. Hätte ihn jemand dazu aufgefordert, er hätte ein ganzes Land führen können. Seinem Kopf fehlte jener Zollbreit, den man vielleicht normalerweise bei einem Männerkopf erwartet – er war schmal, wie ein schmaler Spalt zwischen Häusern. Er war ein

Schattenmensch – ein Ort der Schatten. Mir gegenüber sanft wie ein Kind, in der Schlacht grimmig wie ein Büffel. John Cole, der Kiel meines Bootes. Thomas die Ruder und die Segel.

»Ich weiß, wie mir das vorkommt«, sagte er, und seine Worte waren so düster wie sein Gesicht. Ich konnte das seltsam Feuchte seiner Krankheit hören, die versuchte, die Worte in seiner Kehle zu ersticken. Eine ganze Weile hatte er nichts gesagt. Er hatte Mühe, aus seinem tiefen, tiefen Teich der Bedrängnis aufzutauchen. Dann erhellte sich seine Miene wie ein Fleckchen im Wald, das plötzlich von einem einzigen Sonnenstrahl beleuchtet wird.

»Es kommt mir vor wie ein Bekenntnis«, sagte er schließlich.

Wochen vergingen, und dann traf Colonel Purton in all seinem militärischen Glanz auf der Farm ein. Ich hätte schwören können, dass er seiner Uniform noch mehr Litzen und Silber hinzugefügt hatte, als wollte er der großen Angst, die er empfand, Nachdruck verleihen, einer Angst, die sich deutlich in seinem seltsamen dunklen Gesicht abzeichnete. Er glich einem Mann, der eben aus dem Schlaf gerissen worden war. Seine Worte waren schwerfälliger und langsamer. Ich fragte mich, ob er so etwas wie einen Schlaganfall erlitten hatte. Tatsächlich wirkte sein linker Arm unbrauchbar, und beim Reiten hielt er beide Zügel auf merkwürdige Weise in der Rechten. Er war noch nie zur Farm herausgekommen, aber natürlich kannte ihn Lige recht gut. Lige zog es vor, die Leute zu kennen, die mit ihm reden wollten. Der Colonel kam in Begleitung von zwanzig Milizionären zum Haus, die hintereinanderweg ritten, eine schwarze Schlange. Bei all den Wendungen, die die Ereignisse in jüngster Zeit genommen hatten, hielt Lige Magan es für angebracht, ein Gewehr aufs Verandageländer zu legen, als ruhe es dort immer. Es war kurz vor Mittag, und die Sonne stand im Zenit. Obwohl das Jahr schon fortgeschritten war, legte sich eine wahre Lichtglut auf den zerklüfteten Acker. Die Männer waren auf eine Mahlzeit aus und vertilgten unterschiedslos alles auch nur annähernd Essbare, das Rosalee ihnen vorsetzte. Wir waren mitten in der Haupternte, und es gab viel zu tun, eine Tatsache, die sich auch in unseren Gesichtern zeigte und uns das betäubte, idiotische Aussehen von Schnittern bescherte.

In der Nacht zuvor war Tennyson bei Dunkelheit in Richtung Paris aufgebrochen. Lige Magan hatte ihm eines der Maultiere gegeben, obwohl er ein Maultier dringender benötigte als einen Mann. Aber Tennyson hatte sich verpflichtet, das Maultier von einem Jungen zurückbringen zu lassen, für zwanzig Cent. O ja, ein gutes Maultier war Gold wert. Jedenfalls hatten wir ihn bis zur Landstraße begleitet. Die Satteltaschen mit seinen Habseligkeiten hingen quer über dem Rumpf des Maultiers, sein Spencer-Karabiner war unter einem Tuch verborgen. Wir wussten nicht, was ein College davon hielt, wenn ein neuer Student so ausgestattet eintraf, aber was sein musste, musste sein in dieser grausamen Zeit.

Ich brauche nicht eigens die Trauer anzuführen, die Rosalee über den Verlust ihres Bruder empfand, auch wenn Lige Magan meinte: »Nashville hamse nich' allzu weit von Paris erbaut.« Für Rosalee war dies ein schwacher Trost. Obwohl sie ein Mensch mit unerschöpflichen Gefühlen war, versuchte sie ihr Bestes, diese Gefühle in ihrer Brust zurückzuhalten, bis sie fast platzte. Sie hatte akzeptiert, dass es klug war, wenn Tennyson das »Fisk« ausprobierte. Ohne Zweifel war er ein wunderbarer Sänger. Und als Menschen, die in tiefer Vergangenheit ihren Lebensunterhalt im Saal von Grand Rapids verdient hatten, empfanden wir, Thomas McNulty, John Cole und ich, einen seltsamen Neid auf Tennysons

Abenteuer. *Hier* war ein Ort, wo die sirrenden Klingen unserer Geschichte ihn in Stücke schneiden mochten. *Dort* aber, im unbekannten Nashville, mochte er blühen und gedeihen. Er war gewisslich eine Rose unter den Menschen. Gleichwohl kehrten wir schweigend ins Haus zurück.

Jetzt hatten wir also einen guten Mann zu wenig, den besten Arbeiter, den Lige hatte, und Lige wollte wieder auf die Tabakfelder.

Trotzdem hatte Lige das Gefühl, den Colonel und seine Männer nicht länger in der heißen Mittagssonne schmoren lassen zu können, und so marschierten alle ins Wohnzimmer, wo sie sich von Wand zu Wand zusammendrängten. Rosalee fragte Colonel Purton, ob er etwas trinken wolle, und der Colonel bat sie um Wasser für sich und seine Männer.

Als sie in die Küche ging, um der Bitte nachzukommen, hörte ich sie vor sich hinmurmeln: »Was für ein schrecklicher Männergestank.«

»Wir sind wie Kätzchen, die in einem Feuer verbrennen«, sagte der Colonel.

Wie ein Kätzchen sah er nun wirklich nicht aus, jedenfalls nicht wie ein von einer Katze geworfenes.

»Zu unserem Bedauern haben wir vernommen, dass Sheriff Flynn nach Jacksonville zieht«, sagte Lige.

»Soweit ich sehe, bin ich die einzig wahre Autorität, die in diesem gottverlassenen Land übrig geblieben ist«, sagte der Colonel, »es sei denn, man nimmt seine Befehle von Renegaten und Rebellen entgegen.«

»Dann hat Frank Parkman Ihre Stimme also nich' bekommen?«, fragte Lige Magan.

»Frank Parkman? Nicht, wenn er als Hilfssheriff den jungen Wynkle King einstellt; wenn er das tut, ganz bestimmt nicht.«

»Nun, das klingt nicht gerade nach Schutz vor den Übeln der Welt«, sagte John Cole, der, wie Rosalee es ausdrückte, kürzlich zwar »von den Toten auferstanden«, aber noch immer schwach war.

»Was wird das Ergebnis von alledem sein?«, fragte Lige. »Haben Sie eine Vorstellung?«

»Das Ergebnis ist, dass ich weder vom Gouverneur noch von sonst wem eine Absichtserklärung erhalten kann. Das Ergebnis ist, dass Aurelius Littlefair gottverdammter Richter an einem US-Distriktgericht geworden ist. Das Ergebnis ist, dass jeder Freigelassene aufpassen sollte, was hinter seinem Rücken vorgeht«, sagte er und nahm von Rosalee einen Becher Quellwasser entgegen, »erst recht je*de* Freigelassene. Das ist das Ergebnis.«

»Ist Tennessee nicht schon lange Teil der Union, und das alles ist beigelegt?«, fragte Thomas McNulty in seinem ernstesten Tonfall.

Der Colonel lehnte sich auf seinem Stuhl zurück, soweit er es in einem so überfüllten Raum vermochte.

»Nein«, antwortete er.

Einige der Milizionäre lachten, nicht weil die Antwort humorvoll gedacht war, sondern wegen der Unverblümtheit des Colonels.

»Wie auch immer«, sagte der Colonel, »ich komme in einer anderen wichtigen Angelegenheit. Dieser junge Mann, Jas Jonski, ist ermordet worden.«

Zwanzigstes Kapitel

Da zitterte ich. Als wäre die ganze Geschichte mit Jas Jonski ein Zitteraal, der mir Stromschläge versetzte.

Empfand ich einen Augenblick lang Trauer um ihn? Ja. Vielleicht sogar mehrere Augenblicke. Aber dann fragte ich mich, weshalb Colonel Purton die Mühe auf sich genommen hatte, zu uns herauszureiten, um uns diese Mitteilung zu machen? In jede Spalte meines Körpers strömte Angst. Sofort trat Peg näher an mich heran. Ich spürte ihren angespannten Körper dicht an meinem. Es war, als hätte mir jemand eine Tasse Gift in den Mund geschüttet. Ich schob mich zwischen den Männern hindurch, denn ich merkte, wie mein Magen revoltierte. Draußen auf dem welken Gras erbrach ich mein Essen. Ich beugte mich vor wie ein Bogen und übergab mich. Ich keuchte wie ein abgehetztes Maultier.

»Du bist ja weiß wie 'ne Weiße«, sagte Peg, die neben mir stand und mir behutsam die Hand auf den heißen Rücken legte.

»Ich kann nicht – reden«, stieß ich hervor und musste mich abermals übergeben.

Sich zu erbrechen hat nichts Elegantes, das steht fest.

Colonel Purton kam hinter uns her, als wäre er der Meinung, es sei besser, das Kaninchen, wenn er es schon einmal in der Nähe hatte, auch in der Nähe zu *behalten*. In Wahrheit hatte ich keine Ahnung, was in seinem Kopf vorging. Seine Sache war der Schatten, das Dunkel. Auf schattenreichen Wegen leise heranzukriechen. Zu Peg sagte er, er wäre sehr dankbar, wenn er ein paar Worte mit mir allein wechseln könnte. Mit einem Blick fragte mich Peg, ob das in Ordnung sei, und ich bejahte wortlos. Ich setzte mich auf einen verkümmerten alten Baumstumpf und versuchte, mir so gut ich konnte das Erbrochene aus dem Gesicht zu wischen. Meine Haare waren noch immer kurz, so trieften wenigstens sie nicht von dem Zeug.

Der Colonel überraschte mich, indem er neben mir niederkniete – als beabsichtige er einen Heiratsantrag. Das hatte er natürlich nicht im Sinn. Sein Kopf war jetzt auf gleicher Höhe mit meinem. Vielleicht wollte er harmlos erscheinen. Ich kann nicht behaupten, dass es ihm gelang.

»Du trägst gerne Hosen«, sagte der Colonel, »ich erinnere mich. Aber ich weiß, dass du ein Mädchen bist. Du bist Winona Cole, John Coles Tochter. Ich habe mit dem Anwalt Briscoe gesprochen, und er hat mir von dir erzählt. Ach, er hütet sich, zu viel preiszugeben, denn er ist verschwiegen, wie Anwälte halt so sind.«

Er verlagerte sein Gewicht. Ich schätze, der Boden war ein wenig zu hart und zu heiß für ihn, und seine Knie waren nicht mehr die jüngsten.

»Jas Jonski ist gegen Mitternacht umgebracht worden. Jemand hat einfach ein Messer in ihn gerammt. Vielleicht zwanzigmal ein Messer in ihn gerammt. Natürlich war er über und über mit Blut bespritzt. Wie auch immer, Dr. Tharpe meint, dass er vielleicht schon am ersten Messerstich gestorben ist, er weiß es nicht, aber er vermutet es. Jedenfalls eine lange, dünne Klinge ins Herz, das war einer der Messerstiche. Du verstehst, Missy, sehr präzise – geradezu fachmännisch, könnte man sagen.«

Die ganze Zeit über blickte er mich an, um zu sehen, wie ich reagiere. Ich lächelte zwar nicht gerade, aber ich lächelte auch nicht *nicht*. Ich dachte: Winona, du musst ruhig und vernünftig bleiben. Du musst dich darauf besinnen, wie gefährlich die Welt ist und dass dir eine mächtige Gefahr droht, die musst du durchstehen. Sei klug, Winona, und steh sie durch. Unannehmlichkeiten gibt es immer, und es nützt nichts, sich zu wünschen, es gäbe sie nicht. Es kommt darauf an, sie durchzustehen – und auf der anderen Seite herauszukommen. Falls es eine andere Seite gibt.

»Jemand hat mir verraten, dass du gern ein Messer bei dir trägst? Vielleicht tun das ja viele Indianerinnen. Trägst du eins bei dir?«

Ich beugte mich zu meinem rechten Stiefel, zog mein Messer heraus und hielt es ihm hin.

»Das ist eine lange, dünne Klinge, stimmt«, sagte er. »Darf ich sie mir genauer ansehen? Du hast doch nichts dagegen?«

Ich nickte, und er nahm das scharfe Ding, hielt es sich dichter vor die Augen und blinzelte. Vermutlich glaubte er, etwas zu sehen.

»Siehst du das, Missy – das verschmierte Rot entlang der Klinge? Siehst du das? Ist nur schwer zu erkennen.«

»Das ist Blut«, sagte ich.

»Stimmt, das ist Blut, aber wessen Blut?«, fragte er. »Wessen Blut?«, fragte er gleich noch einmal. Er hörte sich wie eine der uns vertrauten Eulen an.

»Das war ich – ich hab für Rosalee Kaninchen gehäutet. Sie bringt sie rein, und dann zieh ich ihnen die Haut ab. Peg mag sie nicht häuten, sie hat den Dreh nicht raus.«

»Aber du? Mit Messern kennst du dich aus?«

»Ein bisschen.«

»Und du glaubst nicht, dass es sich um das Blut dieses Jungen Jas Jonski handelt?«

Er stellte die Frage ganz lässig, als gehe es nur um ein müßiges Geplänkel.

»Nein, das glaube ich nicht. Weil es das nicht ist. Vielleicht liegt mir nicht viel an Jas Jonski, aber ich bin auch nicht darauf aus, ihn zu töten. Ich hab noch nie jemanden getötet.«

»Du hast den berüchtigten Fat Man getötet, der für Tach Petrie gearbeitet hat. Hab gehört, dass du das warst. Hast ihn mit deiner kleinen Damenpistole getötet.«

»Das war in einem Gefecht. Im Kampf.«

»Glaubst du etwa, die Liebe wäre kein Kampf? Meiner Erfahrung nach, meine Liebe, ist die Liebe der größte Kampf, den's gibt.«

Dann schien er sich von dem Gedanken wieder abzuwenden.

»Ich würde dir ja gern glauben, Missy, aber in meiner Branche ist Glaube nicht viel wert. Der Anwalt Briscoe sagt, du wärst ein gescheiter Mensch, das will ich dir zugute halten. Seinen besten Assistenten, hat er dich genannt – obwohl du ein Mädchen bist.«

Dann stieß Colonel Purton ein seltsam metallisches Lachen aus.

»Der Anwalt Briscoe kennt mich so gut wie nur irgendeiner.«

»O ja, er bürgt für dich. Und ich sage dir, ich mag den Mann. Er ist so geradlinig wie die Lotschnur eines Maurers. Kein Zweifel. Also, Missy, angenommen, du bist unschuldig, dann lass uns folgende Frage stellen, ja? Wenn's kein aufgewecktes, gescheites Indianermädchen in Jungenhosen war, wer war's dann? Hier sind ein paar Namen. Nun, du bist mit all den Leuten hier befreundet«, und er machte eine Geste zum Haus hin, »und ich erwarte nicht, dass du gegen irgendwen aussagst. Ich werde dir die Namen nennen, und ich werde in deine hübschen braunen Augen schauen, und mit einer kleinen Bewegung deiner Augen wirst du mir verraten, was du denkst. Bist du so weit?«

»Ich weiß nicht, wer's getan haben könnte.«

»Schon gut, schon gut. Jetzt also – Tennyson Bouguereau. Was ist mit dem? Er wurde gestern Abend in der Stadt gesichtet.«

»Das liegt daran, dass er bei einem Freund übernachtet hat, bevor er am frühen Morgen den Zug nach Nashville genommen hat.«

»Er hat den Zug nach Nashville genommen?«

»Ja. Er wird da auf ein großes College gehen. Hat der Anwalt Briscoe eingefädelt. Er wird wohl kaum jemanden umbringen, kurz bevor er einen Zug besteigt.«

»Der Anwalt Briscoe, wie?«

»Ja, ein Junge hat das Maultier heute Morgen zurückgebracht. Er hat ihm zwanzig Cent dafür gezahlt.«

»Ich denke halt, wenn ich herausfinden kann, wer Jas Jonski getötet hat, finde ich vielleicht auch heraus, wer andere Leute getötet hat oder wer in Zukunft andere Leute töten könnte. So meine Überlegung. Hoffe, du hast nichts dagegen, dass ich so offen zu dir bin. Wie es um Frieden und Tod im Allgemeinen bestellt ist, ist eine Angelegenheit der Miliz. Sheriff Parkman, wenn ich ihn so nennen darf, ist derjenige, der mir gesagt hat, wie gut du mit einem Messer umgehen kannst.«

»Mir ist schleierhaft, woher er das wissen will«, sagte ich.

»Er hat gesagt, du hättest ihm einmal gedroht, ihn abzustechen – vielleicht mit diesem Messer?«, sagte er und gab es mir zurück. Ich steckte es gleich wieder in meinen Stiefel. »Stimmt das etwa nicht?«

»Das stimmt nicht mal ein kleines bisschen«, sagte ich. »Ich hab gesagt –« Aber es schien mir zu kompliziert, zu wiederholen, was ich damals im Mietstall gesagt hatte und warum, hatte es doch mit dem Angebot eines Kusses zu tun.

»Wie auch immer – na schön – lass uns ein paar andere Namen ausprobieren. Ich werde dir in die Augen schauen, wenn ich sie jetzt nenne. Lige Magan. Lige Magan höchstpersönlich. Was denkst du über Lige?«

Er beobachtete meine Augen wie ein schwebender Falke.

»Nicht viel«, sagte ich.

»Hör zu, ich weiß, wenn du befürchtest, dass ich der Wahrheit nahekomme, werden deine Augen hüpfen. Hüpfen wie ein Kaninchen, wie eins dieser Kaninchen, von denen du geredet hast. Häuten, hast du gesagt. Mit deinem kleinen Messer. Nun, außerhalb der Stadt muss man Kaninchen häuten, das weiß ich. Dann werde ich eben dieses Kaninchen häuten. Also gut – lass mich den Namen des Alten im Haus nennen, ich kenne ihn nicht, aber er war ein Schwerverbrecher, das weiß ich, und ich habe noch andere Dinge über ihn gehört und weiß nicht, was ich dazu sagen soll. Thomas McNulty.«

Er starrte mich an. Ich zuckte nicht mit den Augen, das kann ich Ihnen versichern.

»Wie denkst du über – nun, ich sollte zuerst Rosalee Bouguereau nennen, aber wenn bei der deine Augen hüpfen, dann werde ich, ich weiß nicht – aber ich denke, dann werde ich Weihnachten ausfallen lassen. Wie auch immer, wie denkst du über John Cole? John Cole? Was, deine Augen hüpfen nicht? Ich finde, das sollten sie aber. Vielleicht verhalten sich die Augen von 'ner Rothaut ja einfach anders als die Augen von 'nem Weißen. Ich weiß es nicht.«

Er erhob sich knarrend und rieb sich das Knie unter dem schwarzen Stoff.

»Wie auch immer, war schön, mit dir zu reden. Kann sehen, wie gescheit du bist. Nehme an, zum Tod deines Verlobten ist mein Beileid angebracht.«

»Er war nicht mein Verlobter. Er war's, aber dann auch wieder nicht.«

»Nun, ich muss dir sagen, Missy, dass Sheriff Parkman dich für die Hauptverdächtige hält. Aber ich weiß nicht, ob auch ich das tue.«

Dann ging er zu der Stelle neben dem Haus, wo sich Peg im Gebüsch versteckt hielt – wie sie meinte, außer Sichtweite. Er unterhielt sich mit ihr, aber ich konnte nicht hören, was sie sagten. Allerdings merkte ich, dass das Gespräch nicht so freundlich verlief wie das mit mir. Auf hässliche Weise stand er über ihr und drohte ihr mit der Faust. Dann ging er zurück zum Haus, rief seine Männer herbei, und in einer grauen Staubwolke ritten sie davon.

Ich fragte Peg, was er zu ihr gesagt habe.

»Er hat gesagt, dass er weiß, wer ich bin, und dass er Lust hat, mich zu schlagen, aber es wär so verdammt heiß, hat er gesagt.«

»Vielleicht glaubt er, dass du Jas Jonski getötet hast.«

»Vielleicht hab ich das ja. Dann hat er gefragt, ob Winona Cole – das bist du – gestern Abend in die Stadt geritten ist, und ich hab ihm geantwortet, dass du kurz nach Einbruch der Dunkelheit eingeschlafen bist«, sagte Peg, »was ja auch fast stimmt.«

»Stimmt«, sagte ich. »Du hast neben mir im Bett gelegen.«

»In der Tat, aber wir haben nicht die ganze Zeit geschlafen.«

»Nein, das stimmt.«

»Ja, ja, er hat uns allen dieselben Fragen gestellt: Wo waren Sie dann und dann, und diese Horde von stummen Milizionäre, die uns nicht aus den Augen gelassen haben, verdammt noch mal, die uns einfach nicht aus den Augen gelassen haben«, sagte Thomas McNulty. Er sah bedrückt aus, so verängstigt wie ein Huhn, wenn die hungrige Stallarbeiterin sich heranschleicht, um es zu erdrosseln.

John Cole, obwohl noch nicht voll genesen, ging im Wohnzimmer auf und ab, als wollte er seinem Schatten nachjagen.

Ich wusste, weshalb sie so bestürzt waren. Zehn Jahre lang hatten sie mich umsorgt und behütet. Selbst als Starling Carlton mich für seine eigenen Zwecke entführt hatte, setzte Thomas ihm nach, den ganzen Weg von Tennessee nach Wyoming. Wir legten etwa vierzig Meilen am Tag zurück; Thomas war etwas langsamer, außerdem war er später aufgebrochen. Erst in Wyoming hatte er mich gefunden. Ich fragte mich, wie sehr er wohl gelitten hatte – diese weite Strecke auf sich zu nehmen, ohne zu wissen, ob er mich jemals wiederfinden würde. Bei der Vorstellung, er könnte scheitern, musste sein Herz zehnmal am Tag einen Satz gemacht haben. Und auf Liges Farm wartete John Cole. Womöglich dachte der, Thomas werde ihn verlassen – dieser Gedanke plagte Thomas, und das Schlangengift dieses Gedankens vergiftete sein Blut. Es ist schwer, eine so weite Reise zu unternehmen und nie seine Liebe in Frage zu stellen. So war Thomas McNulty nun einmal beschaffen. Aber man kann auf seine Kinder nicht ewig aufpassen. Es kommt der Tag, da ein Kind auf sich selbst aufpassen muss. Ich wusste sehr wohl, dieses Stadium hatte ich schon vor geraumer Zeit erreicht. Ganz gewiss. Jetzt aber konnte ich nur die Qual in Thomas' Gesicht sehen und das Zwanghafte in John Coles Auf- und Abgehen. Für mich ein schrecklicher Anblick. Aber sie wussten, dass ich tief in Schwierigkeiten steckte. Sie wussten es. Auch ihnen hatte Colonel Purton gesagt, Sheriff Parkman sei der festen Überzeugung, dass ich es war, die Jas getötet hatte. Das hatte er, als er sie verhörte, immer wieder gesagt, zu jedem von ihnen. »Ich selbst denke ja vielleicht nicht so, er aber schon«, hatte der Colonel immer wieder gesagt. Er, der wahrscheinlich Tennyson niedergeschlagen hat, nur um sich ein unterschriebenes Dokument zu verschaffen, das es ihm erlaubte, Zach Petrie zu fassen. Mehr als wahrscheinlich. Schade, dass Tennyson ihn nicht zu Gesicht bekommen hatte und es bezeugen konnte. Schätze, Colonel Purton hatte einfach Glück gehabt.

Hier nun war der große Moment, der Moment, da ich die Sache selbst in Ordnung bringen würde. Aber hier war auch Peg, meine ansehnliche, geschmeidige, vollkommene Peg, die in die Gleichung einbezogen werden musste. Ich sah den Schrecken und die Angst derer, die ich liebte und verehrte, und mein Herz zitterte in meiner Brust. Ich schaute hinüber zu meiner Peg, sanft und hart zugleich, und ich wunderte mich über die Torheit Gottes: Wollte Er, dass mir diese Dinge widerfahren, wo es doch einfacher gewesen wäre, mich zu übergehen und sich dem nächsten Mädchen zuzuwenden, ja mich aufzugeben und mich letzten Endes der Hölle eines Weißen zu überantworten. Ich wäre fast glücklich gewesen, mich in diese Hölle zu begeben, wenn es dazu diente, Thomas und John zu beruhigen, und Peg nicht das Herz brechen würde. Aber es gibt Dinge, bei denen nur eine Handvoll Ergebnisse möglich ist, und keines davon ist gut. So fühlte es sich an. Die tiefe Angst der Büffelkuh, wenn sie eingeholt wird, wenn der Jäger, kurz bevor der Gewehrlauf tödliches Feuer speit, so nah ist wie ein Gedanke. Dieser seltsam schwebende Moment vor dem Tod. Vor Schrecken und Wut treten die Augen hervor. So fühlte es sich an, in diesem Moment. Vielleicht hat die Büffelkuh jetzt ihren schönsten Moment, einen Moment hellster Klarheit, in dem ihr alles, was sie liebt, ganz deutlich wird: die Prärie, die Lupinen, die harten Gräser, der lange Atem des Winters und die jähe Fülle des Frühlings. Ganz deutlich wird in ebender Sekunde, bevor sie dies alles verliert.

»Ihr seid die Menschen, an denen ich in dieser Welt am meisten hänge«, sagte ich schließlich, »aber jetzt bitte ich euch, setzt euch an diesen Tisch, und ich werde versuchen, euch zu erklären, was ich tun werde.«

Einundzwanzigstes Kapitel

Der merkwürdige Teil dieser Nacht war der große Sturm, der aus dem Nichts hereinbrach und über unsere Farm hinwegfegte. Große Wasserseen, die in der Luft hingen, wurden auf die trockene Erde losgelassen. Heftig wirbelnde Windstöße fuhren in die Wälder, und die Wälder heulten protestierend auf in ihrer Pein. Wir hatten Angst, der Mais könnte niedergedrückt werden, und empfanden es als Segen, dass die Tabakernte fast vollständig eingebracht war, Blatt für Blatt. Die meisten Blätter hingen bereits an Schnüren in der Scheune. Die Scheune war besser abgedichtet als das Haus, wo nun, da Colonel Purton fortgeritten war und das Land beschlossen hatte, sich einen mächtigen Regenguss zu verordnen, um den Staub zu binden, den Colonel Purtons Pferde aufgewirbelt hatten, der Regen jeden kleinsten Spalt und jeden Riss im Dach fand, denn in der Sommerhitze hatten sich die Schindeln verzogen. Nun also das Tropf-Tropf-Tropf des Regens im Wohnzimmer, auf Thomas' und John Coles Köpfen, auf Liges staubigen Stiefeln, auf Rosalees Wildpastete, die sie auf den Esstisch gestellt hatte. Tapfer versuchte sie, alles wie eh und je in Ordnung zu halten. Eine Frau, die so von Vorgefühlen und Vorahnungen heimgesucht wurde, fand es dreifach schmerzlich, derartig eindeutige Katastrophenmomente durchleben zu müssen. Ich dachte, dass sie in letzter Zeit genug, wahrhaftig genug davon durchgemacht hatte. Niemand erwähnte den Wolkenbruch auch nur mit einem Wort.

Als sich Thomas Jahre zuvor dem Gesetz ergab und nach Leavenworth gebracht wurde, wo man ihn wegen Fahnenflucht vor Gericht stellte, hatte er dies getan, weil er keine Waffen, keine Gesetzlosen und keine Gesetzeshüter mehr in meiner Nähe wollte. Damals war ich noch ein Kind. Bis dahin war Thomas' und John Coles oberstes Gebot die Flucht gewesen. Ihr Lebtag lang waren sie vor Gefahren geflohen, und wenn sie erneut in Gefahr gerieten, taten sie ihr Bestes, sich daraus zu befreien und abermals zu fliehen. Doch dann war ich in ihrer Obhut, und sie sahen Liges Farm vor allem als Refugium an. In einer Zeit, in der überall Gefahr herrschte, war es gleichgültig, wohin man floh; besser war's, mit einigen engen Freunden und ein paar Gewehren die Stellung zu halten. Auf der Flucht zu sein ist ohnehin ein Spiel für junge Männer. Obwohl John Cole nicht eben alt an Jahren war, wusste ich, dass seine Müdigkeit der Pflege durch Rosalee und Thomas bedurfte – selbst Lige hatte ihm zuweilen die Stirn abgetupft. Etwas an Thomas sprach vom Alter, auch wenn es ihm nicht ins Gesicht geschrieben stand. Männer, die einen schweren Anfang hinter sich haben, zahlen viele Cent für ihre Schulden; am Ende belaufen sich diese auf Dollar. Obwohl er in seiner Jugend als Schönheit galt, war er jetzt eine mit einer Hypothek belastete Schönheit. Aus dem Dunkel beäugten ihn die Ratten des Alters. Insofern war es nicht die Zeit für eine weitere Flucht; die würde ihnen nur weiteres Verderben bescheren.

Mit meiner strengsten Stimme wies ich sie an, meinetwegen nichts zu unternehmen. Das sollten sie mir überlassen. Als Thomas die Hand hob, um Einspruch einzulegen, hob ich mein schärfstes Schwert aus Worten. Peg lachte über meinen Ausbruch, aber auch sie verwies ich an ihren Platz. Neben meinem war kein Fall heikler als der ihre. Tatsächlich war sie das Kind eines abtrünnigen Volkes.

Könnte man Honig in der Luft schweben lassen, dann wäre das Peg. Könnte man einen Abschnitt des wildesten Flusses nehmen und ihn in einen Menschen verwandeln, dann wäre das Peg. Könnte man seine Lippen auf einen pulsierenden Stern drücken, dann wäre das Peg. Ihr langer, weicher, süßer, wilder, tanzender, durchdringender, geküsster Körper. Mit all seiner Süße im Zentrum und mit seinen Gliedmaßen, die wie das Licht ebendieses Sterns ausstrahlen. Ihr Antlitz wie das schönste Ebenbild einer Göttin, aber auch wie das Antlitz des meistbegehrten Menschen der Weltgeschichte. So dass ich, wenn ich sie betrachtete und begehrte, dahinschmolz und für all die langen Nachtstunden nicht länger wirklich Winona und eigentlich gar nicht mehr war.

Ich wusste, es war an der Zeit, mit dem Anwalt Briscoe auf eine Weise zu sprechen, die mir früher versagt gewesen war. In jeder Geschichte, würde er sagen, gibt es einen guten Menschen. Die Gnade des Anwalts Briscoe bestand darin, dass er der gute Mensch in seiner Geschichte war.

Als ich nach dem Sturm losritt, um ihn aufzusuchen – halb Tennessee war über die verschlammte Straße verstreut, im Boden tiefe Wagenfurchen, da sich wie üblich Karren und Fuhrwerke vorgekämpft hatten –, wäre ich meinem Entschluss zum Trotz am liebsten weggelaufen. Es war Morgen, doch der Tag selbst schien sich nur schleppend und widerstrebend einfinden zu wollen. Ich fragte mich, wie es wohl wäre, noch einmal die alte Reise nach Wyoming anzutreten und Lakota wie mich zu suchen, die mich willkommen heißen würden – vielleicht ja auch Peg. Ich dachte an die Reise, die ich mit Starling Carlton unternommen hatte, daran, wie er die Pferde angetrieben hatte, bis sie fast tot umgefallen waren, und als wir schließlich Fort Laramie erreichten, war sein eigenes Pferd so erschöpft und zuschanden geritten, dass er es erschoss. Inzwischen gab es Eisenbahnen, und wenn man reich war, konnte man von Paris sogar bis nach St. Louis fahren und dann durch die sonderbare Majestät und Weite der Prärien bis zu den Hochebenen. Peg und ich müssten auf Liges schlechtesten Pferden reiten, mit Pegasus und Bukephalos könnten wir nicht rechnen. Ein dreiwöchiger Ritt, und auf dem Weg müssten wir Tiere schießen, um etwas zu essen zu haben. Das Jahr schritt schon voran, in den höheren Lagen würde es womöglich schneien und jener tödlich scharfe Wind über die Prärie weht. Nachts finsterste Dunkelheit, und vom Himmel starren unfreundliche Monde herab. Und vielleicht war das Volk der Lakota ja gar nicht so froh, eine Chickasaw zu sehen, noch dazu eine, die nur Englisch sprach und von der Arbeit in einem Lager nichts verstand. Vielleicht würde ihnen gefallen, dass sie so geschickt mit der Waffe umgehen konnte, mag sein. Aber gab es überhaupt noch jemanden, der mich kannte? Ich konnte es nicht glauben. So viele Jahre, so viele Schlachten, alles seinem angestammten Ort entrissen und all der Hunger und Frevel und Schrecken dieses Lebens.

Die letzte Bö des Sturms fegte über den Weg, und ein Sonnenstrahl durchstach das ausdünnende Dunkel.

Vielleicht hatte der Anwalt Briscoe mich ja halb erwartet. Vielleicht aus einem Instinkt heraus, der sich aus dem, was er über mich und sein eigenes anwaltliches Ich wusste, gebildet hatte. Er ließ mich Platz nehmen. Er bat Lana Jane Sugrue, uns Kaffee zu bringen. Draußen vor dem Scheunentor konnten wir Joe und Virg hören, wie sie die Äxte schwangen, um die Sturmschäden zu beseitigen. Das neue Haus war bereits gedeckt. Ein alter Baum war umgestürzt, hatte aus Respekt vor all der getanen Arbeit das Haus jedoch verschont. *Tschok*

tschok, ein fester brüderlicher Rhythmus. Lächelnd kam Lane Jane Sugrue mit den Tassen zurück und stellte sie ab.

»Hier, meine Liebe«, sagte sie zu mir und ging wieder. Als sie durch das riesige Scheunentor hinausging, sah sie aus wie eine Maus, die durch ein Loch in der Wandtäfelung huscht.

Ich sagte, wie sehr es mich freue, dass das Haus fast fertig sei. Er dankte mir für die Arbeit, die ich für ihn geleistet hatte. Er habe Glück gehabt, einen so tüchtigen Bauleiter einstellen zu können. Ich bedankte mich meinerseits. Dem kurzen Gespräch war anzumerken, dass es sich einem anderen Gegenstand zuwenden würde.

»Colonel Purton sagt, er hat mit Ihnen geredet«, sagte ich.

»Er hat vorbeigeschaut«, sagte der Anwalt Briscoe.

»Dann werden Sie wissen, dass Jas Jonski tot ist.«

»Das hat er erwähnt.«

»Und dass Sheriff Parkman denkt, ich hätte es getan.«

Darauf gab der Anwalt Briscoe keine Antwort.

»Mr Briscoe, ist es eine schreckliche Vorstellung für Sie, dass ich als alte Bekannte ...«

»Alte Bekannte, Winona? Du bist eine Freundin.«

»Eine Freundin?«

»Das will ich doch hoffen.«

Die plötzliche Verwendung dieses Wortes verblüffte mich.

»Die Umstände haben mich sehr unglücklich gemacht«, setzte ich an und klang in meinen eigenen Ohren wie jemand aus weiter, weiter Ferne, sagen wir, aus einem englischen Roman. »Bis jetzt habe ich außer Rosalee Bouguereau niemandem etwas davon erzählt. Aber ich habe Angst, dass Frank Parkman kommt und mich festnimmt.«

»Das könnte wohl sein«, sagte der Anwalt Briscoe. Er ließ seine Tasse Kaffee stehen, erhob sich, ging zu seiner berühmten Vitrine, die den Brand glücklich überlebt hatte, holte seinen besten Whiskey hervor und schenkte sich ein Glas ein. »Weißt du«, sagte er, »in letzter Zeit sind meine Nerven nicht die besten. Sehr beunruhigt von den Umständen, genau wie du sagst.« Er nahm einen großen Schluck von der glänzenden gelben Flüssigkeit. »So«, sagte er. »Deine Geschichte.«

»Sie wissen, dass Jas Jonski einst mein – ich meine, ich sollte ihn heiraten.«

»Das könnte ich gewusst haben«, sagte er, »sicherlich.«

»Aber dann wollte ich ihn nicht heiraten, und kürzlich hat er mir geschrieben und mich noch einmal gefragt, und John Cole hat gesagt, der Brief beinhalte mehr, als was Jas beabsichtigt habe.«

»Nämlich?«

»Ein Bekenntnis.«

»Was für ein Bekenntnis?«

Ich saß da und wollte meine Mutter in meinen Körper zwingen, wollte sie dazu zwingen, von mir Besitz zu ergreifen und mir ihren berühmten Mut zu verleihen. Aber ich konnte nur weinen. Es war kein eigentliches Weinen, es war, als würde mir Feuchtigkeit aus den Augen getrieben. Statt sich nach vorn zu lehnen, um mich zu trösten, lehnte sich der Anwalt Briscoe ersatzweise zurück. Es hattte dieselbe Wirkung. Allmählich hörten meine dummen Augen auf, Tränen zu pumpen. Allmählich beruhigte ich mich. Und dann ergriff etwas anderes Besitz von mir, eine Art wilder Befehl. Plötzlich fühlte ich mich so frei wie eine Freigelassene – fühlte mich frei, in dieser neugewonnenen Freiheit alles sagen zu können. Meine Mutter, dachte ich, meine Mutter.

»In den Tagen, als er noch mein Verehrer war, hat er mir wehgetan«, sagte ich langsam und versuchte, die richtigen Worte zu finden. »Er hat mich geschlagen und mein Gesicht verunstaltet.«

»Das weiß ich, falls du dich erinnerst«, sagte der Anwalt Briscoe. »Das war furchtbar. So etwas zieht, wenn stichhaltig nachgewiesen, eine Strafe von zwei Jahren Zwangsarbeit nach sich. Ich hatte zu Zurückhaltung geraten. Vielleicht war ich im Unrecht. Ja, heute denke ich, dass ich im Unrecht war.«

»Zu dem Vorfall gehört aber noch etwas viel Schlimmeres, oder etwas, das mir viel schlimmer vorkommt, und deswegen fühle ich mich ...«

»Sehr unglücklich«, sagte er.

»Ja.«

»Winona, falls wir uns hier auf etwas beziehen, von dem ich vermute, dass wir uns darauf beziehen, so können wir dem *Blackstone* entnehmen, dass die Angelsachsen dieses Verbrechen mit dem Tod geahndet haben. Spätere Zeitalter waren da nachsichtiger. Der betreffende Abschnitt im *Blackstone* bietet eine recht kuriose Lektüre. Einige werden sagen, dass *raptus mulierum* in der Ehe nicht auftreten kann, und allgemein wird angenommen, dass er auch einer Verlobten nicht zustoßen kann; vielmehr falle ein solcher Umstand möglicherweise in den Bereich des Betrugs, der als geringeres Verbrechen gilt, allerdings gleichfalls mit Zwangsarbeit geahndet wird. Aber eine Strafverfolgung dieser Art habe ich bisher nicht erlebt. Andererseits bist du als eine Sioux strenggenommen Kriegsgefangene der neuen Reservate von Wyoming und Montana, und als Indianerin, die sich frei bewegen kann, könntest du als außerhalb des Zivilrechts stehend oder als Gesetzlose betrachtet werden. Daher ist es ganz und gar eine Frage der Einstellung, der Rechtsauffassung und des in einem Distrikt geltenden Gewohnheitsrechts, welches Gewicht dem Verbrechen an dir beigemessen wird. Viele werden sagen, es kann keine Vergewaltigung gewesen sein.«

Dann nahm er einen weiteren Schluck von seinem Whiskey. Er hatte sich für den Gedankengang, an dem er mich teilhaben ließ, sichtlich erwärmt. So hatte ich ihn häufig einem Klienten gegenüber reden hören.

»Allerdings«, sagte er, »führt uns das alles nicht weiter, denn tatsächlich bin ich der Meinung, dass es sich um eine Vergewaltigung handelt. Ich glaube, es handelt sich um eine schwere und schreckliche Vergewaltigung, Winona, und so, wie ich dich kenne, um einen frappierenden Anschlag auf deine vorzügliche und außergewöhnliche Natur. Und wenn ich davon gewusst hätte, hätte ich Jas Jonski womöglich guten Gewissens selbst umgebracht.«

Nachdem er diese leidenschaftliche Rede hervorgestoßen hatte, verstummte er und begann selber zu weinen. Ich hatte den Anwalt Briscoe noch nie weinen sehen, nicht einmal, als sein Haus niederbrannte. Ich saß vor ihm und sah, wie die Tränen über sein gerötetes Gesicht flossen. Dann unternahm er wie jemand, der bei starkem Gegenwind ein Scheunentor zu schließen versucht, eine gewaltige Anstrengung und fuhr sich mit der Hand durch das weiße Haar.

»Nun«, sagte er.

Ich konnte kaum sprechen, aber ich hatte noch mehr zu sagen, und so versuchte ich es denn.

»Bei einer anderen Gelegenheit wurde Frank Parkman gesagt, ich hätte ein Messer – ich selbst war's, der's ihm gesagt hat –, und da die Tatwaffe bei Jas Jonski ein Messer war und Frank Parkman sein guter Freund, denke ich, dass er deshalb mich für die Täterin hält.«

Ich rechnete mit der Frage: Und, bist du's? Doch er stellte sie nicht.

»Obwohl er's mir nicht persönlich gesagt hat, sondern nur Colonel Purton. Ich weiß, dass Colonel Purton Ihr Freund ist, Mr Briscoe, ein Mann, dem Sie, wenn er Sie besucht, Ihren besten Whiskey vorsetzen, aber er ist ein Mann, dem ich nicht so vertraue, wie ich sollte.«

»Kein Mann ist völlig vertrauenswürdig«, sagte der Anwalt Briscoe mit der Stimme eines Weisen. »Kein einziger, leider.« Und mir schien, als schweiften seine Gedanken für einen Moment zurück in andere Zeiten. Dann verbannte er sie und war wieder präsent.

»Falls Sheriff Parkman Anklage erhebt«, sagte er, »falls er dich festnimmt und ins Gefängnis bringt und falls du vor Gericht gestellt wirst, werde ich dich mit jedem Atom meines Wesens verteidigen. Mit jedem Atom.«

Wieder erhob er sich und schenkte sich von seinem kostbarsten Whiskey nach. Dann sagte er eher zur Vitrine als zu mir: »Das werde ich ganz gewiss. Ganz gewiss.«

Inzwischen war der umgestürzte Baum weggeschafft worden, und die Arbeiter machten sich längst wieder im neuen Haus zu schaffen, das zu einem riesigen Instrument des Pochens und Klopfens und gegenseitiger Zurufe geworden war. Da es noch allerhand zu tun gab, nahm ich die Wochenlöhne in Angriff, heftete dringende Bestellungen an die Wand und sandte die drei Burschen, die nach der Arbeit des Tages aufräumen mussten, in alle Himmelsrichtungen aus, um verspätete oder abhandengekommene Materialien zu lokalisieren. Tätigkeit dieser Art vertreibt fast jeden anderen Gedanken, und trotz allem fand ich wie immer einen sonderbaren Trost in meinen Zahlen.

Ich flehte den Anwalt Briscoe an, mich an diesem Abend nicht nach Hause zu schicken. Er erbot sich, in Paris so viel herauszufinden, wie er könne, und ging fort. Bei Einbruch der Dunkelheit war er noch immer nicht zurückgekehrt.

Lana Jane Sugrue war einer dieser altmodischen Menschen, die mangels einer Kerze oder Leuchte im Morgengrauen aufstehen und in der Abenddämmerung zu Bett gehen. Zwar herrschte inzwischen kein Mangel an Kerzen oder Leuchten mehr, doch die Gewohnheit war ihr geblieben. Bereitwillig trat sie mir eine Ecke ihres Bettes ab. In Wahrheit nahm sie ohnehin nicht viel Platz ein, sondern steckte gerade mal einen Meter unter den Bettdecken, wie ein Kind. Nach meinem langen Gespräch mit dem Anwalt Briscoe fühlte ich mich innerlich so hohl wie ein Schilfrohr. Ich war froh, zu ihr ins Bett kriechen zu können, und ergab mich dem Schlummer.

Am nächsten Morgen sagte der Anwalt Briscoe, offenbar sei Sheriff Parkman in Geschäften nach Nashville gefahren – in was für Geschäften, wusste er nicht. Jas Jonskis Mutter habe ihren Sohn längst beerdigt. Der Anwalt Briscoe hatte mit Hilfssheriff Wynkle King gesprochen, und dieser hatte gesagt, in jener Nacht sei ich – »das kleine Indianermädchen, in das der arme Jas so vernarrt war«, so nannre er mich – in Paris gesehen worden und bereits zum Stadtgespräch geworden. Anscheinend hatte Sheriff Parkman seine Messertheorie an jedem ausprobiert, der die Angelegenheit erörtern wollte.

»Der Pony-Express des Getratsches galoppiert immer weiter«, sagte der Anwalt Briscoe. »Aber Getratsche ist nicht das Gesetz, und Getratsche ist kein Beweis. Sie haben dich hübsch eingewickelt, und bald wirst du in dein Verderben geschickt – soweit es sie betrifft. Wir werden sehen, sagte die blinde Ratte.«

Zweiundzwanzigstes Kapitel

So hatte meine Seele jetzt zwei Tage Zeit, in jenen Abgrund zu stürzen, in den Seelen stürzen, wenn sie zutiefst verängstigt sind. Selbst meine Träume wurden von bösen Geschehnissen heimgesucht. Der Sturm zog weiter westlich nach Arkansas, zog auf alten und neuen Wegen dahin, vielleicht sogar bis zu meinem verlorenen Land, zu den Schatten meiner Mutter und meiner Schwester. Ich sehnte mich nach einem fröhlichen Gedanken. Die Luft wurde wagemutiger, und im Sonnenschein schienen seltsame Goldfäden zu wehen. In meiner Stimmung aus Angst und Schrecken wirkte der Himmel wie mit irrigen Prophezeiungen befrachtet, jener weite, hohe Himmel aus Narrengold, der sich hinter dem neuen Haus des Anwalts Briscoe dehnte. Ich verzehrte mich nach Thomas und John Cole, ich verzehrte mich nach Peg, nach Rosalee. Ich verzehrte mich nach dem heiligen Stumpfsinn gewöhnlichen Lebens. Was die Hirschkuh in der Sekunde empfindet, da sie den Jäger mit seiner Flinte erspäht, schien ich über lange Stunden und Tage zu empfinden. Wie jede Kreatur war ich bereit zur Flucht, doch wohin ich fliehen sollte, das wusste ich nicht.

Erhabene Ideen sind kein rechter Trost. Es kommt die Zeit, da du bist, was du bist, ohne alles Beiwerk. Du spürst es selbst. Siebzehn, achtzehn Jahre alt, mit einer Menge Hirngespinsten über dich selbst – aber wie mühelos, wie schnell war all das hinweggefegt worden. Ich dachte an den Whiskey, den ich getrunken hatte, dachte an Dinge, die ich nicht vor mir sehen konnte, an Ereignisse, die im Dunkeln lagen. Stolperte durch eine verworrene Dunkelheit. Manchmal ein flüchtiger Eindruck von Gesichtern, manchmal das Licht einer vereinzelten Fackel, das auf Gliedmaßen und Kleidungsstücke fällt, auf ein Zimmer, auf eine Straße – dann schließt sich das Dunkel wieder. Schwarze, schwarze Dunkelheit. Aber wie elend, wie allein, wie mutterseelenallein in meinen Überlegungen. Und mittendrin der schmerzvolle Gedanke, ich selbst sei die Ursache all dessen, was mir widerfahren war. Thomas und John Cole hatten mich in die Höhe gehoben, jetzt aber war ich auf das zurückgeworfen, was ich wirklich war. Und was ich wirklich war, verfügte nicht einmal über einen Mundvoll Worte, um sich über seine Natur klarzuwerden. Ein zerlumptes Ding, Angehörige eines unerwünschten Volkes. Ich saß allein im Haus des Anwalts Briscoe und fragte mich: Wenn ich weiter zusammenschrumpfe, werde ich dann ganz verschwinden? Ein Ding, so gering und wertlos, dass die leiseste Brise es forttragen konnte, dieser seltsam leichte Hauch, der ein frisches Blatt erfasst, so dass es herabfällt und in den Straßengraben trudelt.

Dann kam Peg.

Zu zweit saßen wir in Lana Jane Sugrues provisorischem Quartier. Obwohl nur ein Notbehelf, hatte sie es, so gut es ging, verschönert. Es war nur ein Winkel in einem Winkel der Scheune. Ihre Brüder hatten einige alte Stücke Leinen aufgehängt, um eine Art Raum abzuteilen, und so herrschte eine Atmosphäre wie in einem Tipi. Obwohl Peg bedrückt wirkte, lächelte sie, als sie es sah. Wie ein Kind klatschte sie in die Hände und lachte. Das Glücksgefühl, mit ihr zusammen zu sein, durchbohrte mich wie Pfeile. Wie Messer. Es war ein schmerzhaftes Glücksgefühl, denn in meinem tiefsten Innern wusste ich, dass meine Beine in einem Schlammloch steckten und mich niemand wieder herausziehen würde.

»Es ist wahr, was ich vor zwei Tagen gesagt hab«, begann Peg. »Du hast den Schlaf der Unschuldigen geschlafen, aber ich selbst konnte nicht schlafen, und so bin ich etwa zwei Stunden vor Mitternacht aufgestanden und zu den Ställen gegangen, hab mir ein Maultier genommen und bin so leise wie möglich nach Paris geritten, um den Jungen zu bestrafen.«

»Jas Jonski?«

»Ich kann's nicht sagen. Nur, wenn ich's jetzt nicht sage, werd ich nie wieder schlafen können, werd ich kaum je wieder atmen können«, sagte sie.

»Ich bin nach Paris geritten, um den Jungen zu bestrafen. Ich hab dich leiden sehen. Was mich antrieb, war Wut. Ein Wunsch, dem ich mich nicht widersetzen konnte: Gerechtigkeit für das Mädchen, das ich liebe, Gerechtigkeit für Winona.«

»Ich bin doch Winona, hier vor dir.«

»Ich weiß«, sagte sie.

Dann holte sie tief Luft.

»Also, ich reite in diese elende Stadt und schleiche mich durch die Straßen, aber ich weiß den Weg, weil du gesagt hast, er wohnt hinter dem Laden von Mr Hicks, also frag ich ein paar dumme Jungen, wo das sein könnte, und dann steh ich im Dunkeln vor dem Haus und seh das kleine Licht in seinem Fenster und schleich mich durch den kleinen Rosengarten, den Mr Hicks da wohl hat, und die ganze Zeit pieksen mich die Rosen, und ich schaue ins Fenster. Hab nicht mal 'ne Pistole, hab nicht mal mein Messer, und dann denk ich, was für 'ne verdammte Närrin ich bin, nichts, womit ich kämpfen kann, und bin im Begriff, zu meinem Maultier zurückzugehen, das ich natürlich im letzten Waldstück angebunden hatte, und bin im Begriff, mich auf dem Absatz umzudrehen und zur Farm zurückzureiten und wieder in unser Bett zu kriechen und mich an deinen Rücken zu schmiegen, wie das nur Engel können, und deinen süßen, warmen Körper an meinem zu spüren, doch dann – was seh ich? Ich seh einen Körper, aber der ist nicht warm oder süß, sondern es ist Jas Jonski, der quer auf seinem feuchten kleinen Bett liegt, und beim Himmel!, überall Blut, und die kalte Szene von einer Kerze beleuchtet, die auf dem Tisch flackert und flimmert, und ich denke, jemand hat die Tat getan, jemand hat die Arbeit getan, die getan werden musste. Da hab ich mich zurückgeschlichen durch die Stadt, hab versucht, nicht gesehen zu werden, und war froh, dass der Junge tot ist. Und bin zu dir zurückgeritten, und du hattest dich nicht von der Stelle gerührt, und selbst als ich zu dir geschlüpft bin, hast du dich nicht geregt, nur einen winzigen Laut von dir gegeben. Und das ist meine Geschichte, ungeschönt erzählt, und der Beweis, dass du niemand getötet hast, und die nackte Wahrheit, und die kann jedem erzählt werden.«

»Peg, meine Peg, diese Geschichte darf niemandem erzählt werden, keinem. Wenn du die Geschichte erzählst, ersetzt du nur mich durch dich, aber die Schlinge des Henkers bleibt dieselbe, und das wäre dasselbe für mich. Dich verlieren heißt mich verlieren. Peg, du darfst niemandem erzählen, was du mir erzählt hast. Niemals.«

»Ich hab gehört, wie du John Cole den Brief vorgelesen hast, und ich hab gehört, was er gesagt hat, und ich hab gedacht, weil wir ohne Bedeutung sind in dieser Welt, wär's am besten, wenn ich die alleinige Richterin bin und das Richtige tue, und das Richtige ist das, was die Liebe gebietet.«

»Peg, glaubst du, wir haben genug darüber gesprochen? Ich meine, glaubst du, wir haben alles klar genug ausgedrückt? Manchmal sagen wir Liebe, und manchmal sagen wir Zuneigung, aber wir sind zusammen, als hätten wir uns beide ohne jedes Wort dafür entschieden, und wenn ich die eine Hälfte von mir bin, so bist du die andere Hälfte. Weißt du, was es mir bedeutet, dass du im tiefen Dunkel der Nacht losreitest, um mir Gerechtigkeit zu verschaffen? Weißt du, wie mich das heilt und mein Herz erwärmt und mir mehr Mut macht, als die Bärin hatte, die uns reißen wollte, damals im Wald? Weißt du, wie sehr mein Herz schwillt, wenn ich dich jetzt betrachte, vor Stolz oder vor einem so übermächtigen Gefühl, das nichts ihm gleichkommt?«

»Ich glaube, wir haben einander gefunden«, flüsterte sie, ihr Gesicht dicht vor meinem. »Dabei hatten wir einander nicht mal gesucht, als wir uns fanden. Ist das nicht eigenartig?«

Nun, Peg musste zurück zu Liges Farm; wir konnten das Haus des Anwalts Briscoe ja nicht gut in ein Hotel verwandeln. Ich händigte ihr meine Damenpistole und mein Messer aus, denn etwas sagte mir, dass es besser wäre, ohne Waffen auszukommen. In mir brannte eine stärkere Kraft. Ich war klarer, ich war im Gleichgewicht, so wie Thomas McNulty, wenn er tanzte, wirbelte und steppte in den verlorenen Tagen im Rampenlicht von Grand Rapids.

Aber ich fragte mich, ob ich noch wie meine Mutter im Reifen der Zeit leben konnte. Musste ich meinen Fuß jetzt auf die schnurgerade Linie des weißen Mannes setzen? Denn ich wollte nicht, dass alles wiederkehrte. In früheren Zeiten, im Schutz meiner Mutter, da hatte ich es gewollt, denn damals lebte ich in einem Kleid aus Federn, Perlen und Lebensglück. Aber was konnte ich in einem schwarzen Trauerkostüm tun?

Dann natürlich, wie konnte es anders sein, suchte Frank Parkman – Sheriff Parkman – den Anwalt Briscoe auf. Er kam allein, ohne Hilfssheriffs, er brauchte sie nicht, so sicher fühlte er sich auf dem Boden des Rechts, auf dem er stand. Er zeigte dem Anwalt Briscoe ein Papier, und der Anwalt Briscoe las es durch und gab es ihm zurück. Das alles auf der Freifläche vor dem neuen Haus, und vom Dach blickten die Arbeiter auf sie herab, die an diesem Tag gerade Schornsteinaufsätze anbrachten. Hübsche neue Schornsteinaufsätze aus Neuengland; zwei Wochen hatte es gedauert, bis sie in Tennessee eintrafen. Der Anwalt Briscoe hoffte, dass sie für immer stolz dort oben sitzen würden. Keine Brandanschläge mehr auf so unschuldige Dinger wie Schornsteinaufsätze. Währenddessen das Stück Papier, auf dem dieses und jenes stand und dann mein Name.

Der Anwalt Briscoe sagte, höchstwahrscheinlich würde ich Sheriff Parkman begleiten müssen. Nun, ich hatte kein Pferd und kein Maultier, und so wurde Virg Sugrue beauftragt, mich mit dem Buggy zu kutschieren. In Ausübung seiner Tätigkeit hatte der Anwalt Briscoe ohnehin nicht vor, mich allein ziehen zu lassen, obwohl Sheriff Parkman unermüdlich auf ihn einredete, ebendies zu gestatten.

»Es ist genug Zeit, um sie zu ihrem Recht kommen zu lassen«, sagte er. »Im Augenblick braucht sie keinen Anwalt. Ich will sie nur auf einen Verdacht hin befragen. Ich nehme sie ja nicht fest, falls sie sich nicht sträubt. Falls sie allerdings nicht mitkommen will, muss ich ihr wohl oder übel Handschellen anlegen und sie zwingen, und dann wird sie Beleidigungen gegen mich ausstoßen.«

Sheriff Parkman war seinem Tabak so ergeben wie eh und je. Er hatte seine kleine Tonpfeife hervorgeholt und sie gestopft, und jetzt zündete er sie mit einem flammenden Streichholz an. Was an ihm auch noch seltsam war, dachte ich, war, dass er über alles lachte – als wäre er nicht recht bei Trost. Vielleicht erwartete er, dass ich Angst hätte und zusammenklappte, aber das tat ich nicht. Auf Drängen von

Rosalee hatte Peg mir saubere Unterwäsche mitgebracht, und ich war dankbar für die gestärkten Kleidungsstücke. Und Peg hatte mir ein sauberes Kleid mitgebracht, zufälligerweise das berühmte gelbe Kleid, ein Kleid, das Peg entbehren konnte, weil sie so wenig davon hielt. Mit einem ironischen Lachen hatte ich es entgegengenommen. Außerdem hatte ich meinen Armeemantel, sprich: Thomas McNultys alten Mantel, und ich hatte zwei Jacken, die Rosalee aus demselben weißen Stoff genäht hatte wie meine Hosen und meine Hemden. Liebend gern hätte ich Hose und Hemd getragen. Warum tat ich es nicht?

»Du musst jetzt eine Weile ein Mädchen sein«, sagte sie. »Das hat Lige Magan gesagt. Hast du Lige jemals wütend erlebt? Thomas McNulty hat gefragt, warum zum Teufel du ein Mädchen sein musst, aber Lige Magan hat darauf bestanden, drum hab ich das verdammte Kleid mitgebracht. Sie haben unentwegt gestritten. John Cole ist rumgestolpert und hat gesagt, der Tod wär vorzuziehen. Rosalee hat geweint und von Gott Gerechtigkeit gefordert. Nichts als Boote sind sie, losgerissen von der Flut, und in den Stromschnellen werden sie bald in Stücke brechen.«

Und dann streichelte ich sie, so gut ich konnte, und dann war sie fort.

Nun war ich also auf eine Weise gekleidet, wie ich es beschrieben habe, und ich weiß nicht, welche Götter oder welcher Gott mir die Gnade dieses Augenblicks geschenkt hatten, doch Angst hatte ich keine.

Dreiundzwanzigstes Kapitel

Im Büro des Sheriffs umarmte mich der Anwalt Briscoe. Er hatte mich zuvor noch nie umarmt, und die Umarmung war schneller zu Ende als der Niederschlag einer Vogelschwinge. Ich hatte Zeit zu bemerken, dass sein Wanst verschwunden war – der Hausbau hatte den armen Mann von seinem Fett befreit, so wie der Winter den Bären von seinem. Sheriff Parkman hatte keine Lust, die Abschiedszeremonie zu verlängern, und der Anwalt Briscoe musste mich loslassen.

»Schicken Sie einen Jungen vorbei, sobald ich gebraucht werde«, sagte er zum Sheriff. »Nicht vergessen!«

»Mr Briscoe«, sagte Frank Parkman ausdruckslos. Mir fiel auf, dass er sein zu Späßen aufgelegtes Selbst dem Anwalt Briscoe gegenüber nicht so sehr zur Geltung brachte.

Dann wurde ich nach unten abgeführt, in die eigentliche Gefängniszelle. Der junge Wynkle King, ausgestattet mit Mopp und Eimer, musste sie putzen, weil sich jemand übergeben hatte. Ansonsten kein Lebenszeichen. Während er aufwischte, ruhte sein Revolver einsam im Holster.

»Dann hast du sie also festgenommen?«, fragte er. Mit mir redete er nicht.

»Hab ich wohl«, sagte Frank Parkman.

Er sagte mir, ich solle mich auf die Bank setzen, dann entfernte sich Wynkle King mit seinem klappernden Eimer, und dann trat Sheriff Parkman hinaus auf den Korridor, holte einen Schemel, setzte sich neben mich und hantierte mit seiner verdammten Pfeife. Auch er war bewaffnet, und einen Moment lang überlegte ich, ob ich ihm die Waffe entreißen und ihn kurzerhand erschießen sollte. Aber was würde das nützen? Er wäre tot und ich eine Mörderin.

»Wirst schon sehen, wir werden dich rasch vor Gericht stellen. Hat keinen Sinn, die Sache rauszuzögern. Schätze, du wirst hängen, das war's dann. Nächste Woche wird Richter Littlefair eine Sitzung abhalten– sehr praktisch für dich. Das hier ist kein Ort, um lange zu warten. Nein.«

Prärieschnee fiel in Paris zu keiner Jahreszeit, aber in der feuchten Zelle war es trotzdem mächtig kalt. Zweimal hörte ich die Stimme von Thomas McNulty, der im Büro tobte – beide Male folgte Gelächter. Ich denke, Sheriff Parkman wollte nicht, dass ich außer dem Anwalt Briscoe sonst noch jemanden sah. Rosalee Bouguereau schickte mir Köstlichkeiten, und aus irgendeinem Grund war Sheriff Parkman damit einverstanden. Die wichtigste war ihr Kanincheneintopf. Ich wusste nicht, wer mich sonst mit Essen hätte versorgen sollen. Offenbar war das Aufwischen Wynkle Kings einzige häusliche Fähigkeit, und Sheriff Parkman glaubte, Eier würden in der Pfanne gelegt.

Der Anwalt Briscoe war damit beschäftigt, seine Argumente zu sortieren und Zeugen aufzutreiben. Würde ich sagen, dass er im Verlauf dieser Arbeit immer bedrückter zu werden schien, so verstieße ich gegen das Versprechen, das ich mir selbst gegeben habe: voller Hoffnung zu sein und darauf zu setzen, dass die Sache einen guten Ausgang nahm. Was Richter Littlefair betraf, so überlegte ich hin und her. Gewiss, ich hatte vor seinen Augen Tennysons Gewehr entwendet, aber Peg war meine Verbündete gewesen. Würde er Pegs Freundin wirklich hängen wollen? Ich wusste es nicht.

Der Tag der Gerichtsverhandlung nahte mit schnellen, eisigen Schritten. Schließlich wurde ich zum Gerichtsgebäude geführt, an dem Jas Jonski und ich viele Male müßig vorbeigegangen waren. Sheriff Parkman machte mir das

Kompliment, mich in Ketten zu legen. Die Stadtbewohner schienen hocherfreut, sich versammeln und dem Spektakel beiwohnen zu dürfen.

Im Gerichtssaal herrschte Geschrei und Gejohle und ein ständiges Kommen und Gehen. Wie eine tote Seele wurde ich aus der unterirdischen Zelle nach oben gebracht. Ich sah die vielen Gesichter und die leuchtenden Augen, die mich anstarrten. Dann trat aus einer Tür hinten im Saal der Richter Aurelius Littlefair in seinem schwarzen Beerdigungsanzug ein, die Gesichtshaare gesträubt wie die Borsten des Wildschweins, das ich in Form einer Pastete gegessen hatte. Der Gerichtssaal war kalt und schweißtreibend zugleich, die Zuschauer eingemummt in schwere Mäntel. Für mich nur das gelbe Kleid, aber mir war nicht kalt, ich weiß nicht, warum. Die ganze Atmosphäre – die eifrigen Gesichter, das aufgeregte Geschnatter – erinnerte mich an die Tage von Grand Rapids, als ich, noch ein kleines Mädchen, in der Seitenkulisse stand, ins Publikum blickte und dem seltsamen Meeresrauschen lauschte, das es veranstaltete, als wäre es eine riesige Muschel, die an mein Ohr gehalten wurde.

Ich wusste, dass Jas Jonski sehr beliebt war und mich außer denen, die jetzt meine Feinde zu sein schienen, in der Stadt kaum jemand kannte. Nun kamen die Geschworenen hereinmarschiert und sahen mich an, als schämten sie sich, aber natürlich schämten sie sich nicht – sie warfen mir verstohlene Blicke zu, wie es angehende Liebespaare tun. Doch Liebe war wohl eher unwahrscheinlich, dachte ich. Innerlich nahm ich mir vor, nicht das zu sein, was sie in mir sahen: eine schmächtige Indianerin in einem zerlumpten Kleid.

Auf den Sitzplätzen, die mir am nächsten waren, saßen mein reizender Thomas McNulty, John Cole, Lige und Rosalee nebeneinander aufgereiht. Thomas ließ es sich nicht nehmen, mir zuzuwinken. Ich konnte sehen, dass John Cole, noch immer ausgemergelt wie ein Zuchthäusler, an sich halten musste, um nicht nach vorn zu stürzen. Die Wand zur Linken wurde von sechs Milizionären gesäumt, die Gerichtsdiener waren mit Revolvern und Gewehren bewaffnet. Sie sahen furchterregend aus, als stünden sie kurz vor einer gewaltigen Schlacht. Ich wusste, dass der arme Thomas sich arg gefürchtet haben musste, in die Nähe eines solchen Ortes zu kommen. Nach seiner eigenen Kerkerhaft schleppte er für immer die gebrandmarkte Seele eines Schwerverbrechers mit sich herum. Rosalee hatte die drei Männer sauber geschrubbt, und alle waren rasiert, bis auf Lige, der, ich sah es geradezu vor mir, für seinen Schnurrbart um Gnade gebettelt hatte. Thomas McNulty sah jung aus, sein altes, verloren gegangenes Selbst aus Schönheit und Jugend durch Rosalees Rasur und das Dunkel des Gerichtssaals teils wiederhergestellt, die Wangen bleich wie ein Mond, das lange graue Haar, das dank der Pomade dunkler wirkte, zurückgekämmt. John Cole und sein schmales Indianergesicht so ruhig, so still, zweifellos eine Tarnung für die Strudel, die in seinem Kopf schäumten.

Die Geschworenen eine Mischung aus Schlägertypen und Gutsituierten – ältere Männer in älteren Mänteln und junge Männer, die der Mode von Knoxville, Memphis und Nashville folgten. Kavalleriehosen ohne den gelben Streifen. Die grimmigen Haarschnitte des deutschen Barbiers unten auf dem Platz.

Nun sprach Aurelius Littlefair mit den Geschworenen, als würden sie sehnlichst darauf warten, dass er sie an seinen Gedanken teilhaben ließ. Achtungs- und erwartungsvoll blickten die Geschworenen ihn an, sie wollten verstehen, was er ihnen zu sagen hatte. Richter Littlefair fragte den Anwalt Briscoe, ob ich mich im Sinne der Anklage – vorsätzlicher Mord – schuldig bekannte, und der Anwalt Briscoe antwortete: nicht schuldig. Der Saal wogte vor unterdrückten Reaktionen, und der Gerichtsschreiber schwang seine unsichtbare Peitsche, um die Zuschauer zum Verstummen zu bringen. Die Anklageschrift wurde verlesen und die Natur der Straftat erläutert; den Geschworenen wurden die möglichen Ergebnisse und Entscheidungen sowie ihre Pflichten auseinandergesetzt. Dann hielt der Staatsanwalt, ein hochgewachsener, aber gebeugter Mann mit einer goldenen Krawattennadel, Lackschuhen und einem schönen, weichen Gesicht, seine Rede. Er erklärte uns, was er zu beweisen beabsichtige und wen er aufrufen werde; er habe keinen Zweifel, dass die Schuldige hier im Gericht sitze. Ich bereute, dass ich genau in diesem Augenblick in Thomas' Gesicht blickte, denn es war das errötende Gesicht des Leidens.

Als der Anwalt Briscoe sprach, schienen seine Worte über den Fußboden zu schrammen und die Geschworenen nur noch entkräftet und blass zu erreichen, aber das mochte nur meine verrückte Einbildung gewesen sein. Er redete gut von mir, bestritt die Anklage und sagte, er werde Zeugen aufrufen, die seine Ausführungen untermauern würden. Zweifellos werde sich der Fall damit von selbst erledigen, und sie würden begreifen, dass ich das Verbrechen unter keinen Umständen hätte begehen können, vielmehr müsse die Schuld einem derzeit noch unbekannten Täter zugeschrieben werden. Ich hatte den Anwalt Briscoe noch nie vor Gericht auftreten sehen. Er führte sich geradezu wie ein Schauspieler auf; Mr Noone in Grand Rapids wäre mit ihm sehr zufrieden gewesen. Mit seinen wohlklingenden Phrasen und seinen ernsten Blicken. Ich fand, dass ihm der flache Bauch gut stand; allerdings trug er noch immer die schwarze Samtweste, die dazu gedacht war, seinen Wanst zu verhüllen, und so hing sie wie eine zusätzliche Haut an ihm herab.

Vielleicht hätte alles gut ausgehen können, ich wusste es nicht. Ich war nur ein Mädchen in Feindesgebiet, so fühlte es sich an. Als der gutaussehende Staatsanwalt seine Stimme gegen mich erhob, klang er so selbstsicher, dass sogar ich auf meinem Platz zitterte, als wühle die Urheberin einer so bösen Tat wie ein Rüsselkäfer in meiner Seele. Dann wurde John Cole aufgerufen, zu meinen Gunsten zu sprechen, und das tat er ganz reizend. Er hätte alles, was er zu sagen hatte, nach Art John Coles sagen können, aber er wusste, dass er seine sonst so aufs Wesentliche beschränkten Gedanken ausmalen musste. So hielt er es denn auch, als er nach meiner kurzen Lebensgeschichte gefragt wurde – wer ich sei und dass er hoffe, mich eines Tages aufs Dartmouth College zu schicken, wo eine Indianerin »etwas Ungewöhnliches lernen« könne, wie er sich ausdrückte.

Dann wurde Peg aufgerufen. Sie hatte wohl im Korridor warten müssen. Die Gerichtsdiener öffneten die große Flügeltür, knarrend ging sie auf, und Peg trat ein, klein und verängstigt. Sie trug ein auffälliges Schürzenkleid, das ihr besonders gefiel, warum, wusste ich nicht. Und ich war schockiert, sie zu sehen, nicht nur, weil ich um sie fürchtete, sondern auch, weil es mir schwerfiel, sie überhaupt jemals ohne ein Gefühl des Schocks zu betrachten. Zugleich beobachtete ich das Gesicht von Aurelius Littlefair, um zu sehen, wie er reagierte. Er begnügte sich mit der Andeutung einer Grimasse, blieb ansonsten aber streng und unnahbar.

Der Anwalt Briscoe stellte Peg Fragen, und sie antwortete mit ihrer einfachen, sonderbar fröhlichen Stimme. Sie erzählte ihre Geschichte: Sie habe gesehen, dass ich kurz nach Einbruch der Dunkelheit eingeschlafen und bis zum Morgen nicht wieder aufgewacht sei. Der Staatsanwalt wies sie darauf hin, dies könne sie gar nicht wissen, da sie ja selbst geschlafen habe. Wie weit war es bis zur Stadt? Konnte man ein Maultier lautlos aus dem Stall führen? Gab es auf Lige Magans Farm Hunde, die hätten bellen können? »Sind Sie nicht eine liebe, enge Freundin der Angeklagten und geradezu verpflichtet, für sie einzutreten?« Ob sie nicht wie ich Indianerin sei, und seien Indianer nicht für ihre Doppelzüngigkeit bekannt? Bezeichne die Unabhängigkeitserklärung ihresgleichen nicht ausdrücklich als *die unbarmherzigen wilden Indianer …, deren bekannter Gebrauch den Krieg zu führen ist, ohne Unterscheid von Alter, Geschlecht und Stand, alles niederzumetzeln*? Peg sagte, das wisse sie nicht, davon habe sie nie gehört. Dennoch wirkten die Geschworenen zutiefst beeindruckt von ihrer Wildheit, und da sie im Henry County keine Indianer kannten, waren sie vermutlich sehr froh, dass die Chickasaw bereits vor Jahren aus ihm entfernt worden waren. Dann wurde auch Peg entfernt, die alle Fragen mit geradezu lieblicher Sittsamkeit beantwortet hatte.

Danach kamen die beiden Jungen, die zu Protokoll gaben, sie hätten »ein Indianermädchen gesehen«, mit ihr gesprochen und ihre Frage beantwortet, wo Mr Hicks sein Geschäft für Trockenwaren betreibe, und als der Staatsanwalt fragte, ob dieses Indianermädchen im Gerichtssaal sei, sagten sie ja und zeigten auf mich.

Anschließend wurde Sheriff Parkman zur Aussage in den Zeugenstand gerufen. Er gab an, gewusst zu haben, dass ich in meinem Stiefel ein Messer bei mir führte, tiefen Groll gegen seinen Freund Jonski hegte, mich weigerte, diesen zu heiraten, und mich bemüht hatte, Mr Jonski durch Lügengeschichten in den Augen der Welt herabzusetzen. Mein Hass sei so groß gewesen, dass ihn die Nachricht, ich hätte Jas Jonski getötet, nicht sonderlich überrascht habe. Der Richter fragte ihn, ob er mich in jener Nacht in der Nähe des Leichnams gesehen habe, und Sheriff Parkman war kein so unverschämter Lügner, als dass er die Frage bejaht hätte. Aber er sagte, er kenne niemanden, der Jas Jonski heftiger den Tod gewünscht hätte als ich, sein ganzer Umgang mit mir habe ihm gezeigt, dass ich hasserfüllt, wild und andersartig sei.

Währenddessen musste ich jeden Blickkontakt mit Thomas, John, Lige und Rosalee meiden, die allesamt, ja vielleicht sogar Rosalee, einen Mordanschlag auf die Anwesenden und einen schnellen Galopp nach Mexiko in Betracht ziehen mochten.

All das nahm das Gericht gerade mal zwei Stunden lang in Anspruch. Der Gerichtsschreiber hatte alle Hände voll zu tun, um die Verhandlung zu protokollieren. Ich dachte an die Dokumente, die abgeschrieben und in den Akten des Anwalts Briscoe aufbewahrt werden würden, bis eine andere Gehilfin sie finden und ihn fragen würde: Wer war Winona Cole, was ist mit ihr passiert? Und der Anwalt Briscoe würde zu seiner Vitrine gehen, um sich einen Whiskey einzuschenken ...

Der Staatsanwalt hielt ein kurzes Plädoyer, in dem er sich von meiner offenkundigen und unwiderlegbaren Schuld überzeugt zeigte. Der Anwalt Briscoe versuchte es mit ein paar lateinischen Zitaten; er sei von meiner Unschuld überzeugt, sei sich vollkommen sicher und wisse, dass auch die Geschworenen es sein würden.

Bei dieser Gelegenheit irrte er. Die Geschworenen wurden zur Beratung aus dem Saal geschickt, kehrten aber schon so bald wieder zurück, dass die Zuschauer, die sich die Beine vertreten hatten, völlig überrumpelt waren.

Aurelius Littlefair blickte auf mich herab, als wollte er sagen: Das wird dir eine Lehre sein – einfach so den Spencer-Karabiner zu stehlen. Das wird dir eine Lehre sein – einfach so Peg zu stehlen. Kurz bevor der Sprecher der Geschworenen das Wort ergriff, hatte ich eine verrückte kleine Hoffnung, er könne etwas Gutes sagen. »Wie lautet Ihr Urteil?«, fagte Aurelius Littlefair. »Schuldig«, sagte der Mann und wirkte erschrocken über seine eigene Wichtigkeit.

Der Richter hörte sich die Entscheidung der Geschworenen ruhig an und verkündete, dass mich der Henker des County umgehend aufhängen werde, und zwar noch in der folgenden Woche.

Ich schauderte nicht, ich schwankte nicht. Ich hörte nichts und hörte alles. Ich fragte mich, wie es wohl sein werde, die Schlinge um meinen Hals zu spüren. Ich dachte, so ein kleines Ding wie mein Genick werde schnell brechen. Ich dachte an die Soldaten, die auf meine Mutter eingehackt hatten. Was sie uns angetan hatten, galt in Amerika als höchst ehrenwert. Wir waren die verlorenen Menschen der Schildkröteninsel. Unsere Tür zum Paradies war zweifellos der Tod. Wenn meine Schwester vor mir hatte gehen müssen, konnte auch ich gehen. Trotzdem musste ich leise weinen. Ich hörte Thomas McNulty schluchzen. Meine Hände ruhten im Schoß des gelben Kleides.

Viele der Anwesenden jubelten, johlten und lachten. Mit einem eindeutigen Blick – *Na bitte, Briscoe* – erhob sich der Richter von seinem Stuhl, und schon war er durch die Wand verschwunden wie der Geist in einer Gespenstergeschichte.

Vierundzwanzigstes Kapitel

Sheriff Parkman war begeistert von dem Urteil, und als er mich in meine Zelle zurückbrachte, holte er wieder den Schemel aus dem Korridor und ließ sich bei mir nieder, als ob wir alte Freunde wären.

Er war wie ein Schauspieler, der eben von der Bühne gekommen ist. Nun, es hatte Applaus gegeben. Er strahlte vor freudiger Erregung. Alles in allem hielt ich das für eine schlimmere Strafe als das Urteil selbst. Ich sah ihn mit anderen Augen an. Ich war jetzt eine andere, eine neue Winona. Eine verurteilte Person, ein Mädchen, ein Junge. Ich spürte die Angst, die in mich eindringen, mich erfassen wollte. Fort mit dir, fort mit dir, rief ich in Gedanken, wie die Stallarbeiterin, die ein Huhn verscheucht, mit Getreidekörnern als ihrem Speer und Schild. Angst, Angst, die versuchte, mit ihren giftigen Fingern nach mir zu greifen, genau wie Jas Jonski. Ich dachte, nichts und niemand wird jemals wieder in mich eindringen, nie wieder. Ich liebe meinen Thomas, meinen John, meinen Lige, meine Rosalee, meinen Tennyson, meine unbefleckte Peg.

»Du weißt nicht mehr, was im Mietstall vorgefallen ist, stimmt's?«, sagte Frank Parkman, vor Begeisterung schäumend. »Ich frage mich, warum«, sagte er, als hätten wir dies nun schon eine Weile erörtert und er setze das Gespräch nur fort. »Ich weiß nicht, ob ich jemals einen so guten Freund wie Jas Jonski hatte. Einen Jungen, der nichts Böses im Schilde führte, der voller Lebensfreude war. Ein verspieltes Geschöpf, ein Mann ganz nach meinem Herzen.«

»Meinen Sie, als ich mit Ihnen sprach und Sie mich für einen Jungen hielten und mich fragten, ob Sie mich küssen dürfen?«, fragte ich.

Mich musste der Teufel geritten haben. Ich wusste, dass Sheriff Parkman nicht jenem Menschenschlag angehörte, der in sich ruht und sein Herz und seinen Verstand kennt. Nein. Nun, was immer mich dazu veranlasst hatte, eine ganze Minute lang hielt er den Kopf gesenkt und starrte zu Boden, nicht die Spur einer Reaktion im Gesicht, so als hätte ich die Freude über das Urteil in ihm zerquetscht. Sein Gesicht war dunkel, weil es in der Zelle dunkel war, aber ich konnte es doch lesen wie eine Kolonne vertrackter Zahlen.

»Du bist ein Schädling, nicht wahr?«, sagte er. »*Unbarmherzige wilde Indianer*, so nennt euch die Unabhängigkeitserklärung. Darum haben wir die Indianerkriege geführt. Damit Schädlinge wie ihr aus der Welt geschafft werden können wie die Ratten und Wölfe, die ihr seid.«

Dann lachte er leise vor sich hin, als würdige er aufrichtig seine eigenen Worte. Als sei er wieder im Gleichgewicht, seine Freude an den Dingen wiederhergestellt. Auf eine kühle, distanzierte Weise empfand ich ein gewisses Verständnis für ihn. Er war nicht viel mehr als ein Junge in der Position eines erwachsenen Mannes. Sheriff. Sheriff Flynns Weggang hatte ihm die Verwirklichung seiner Träume ermöglicht. Die Probleme, die Sheriff Flynn plagten, hatten den Aufstieg eines anderen begünstigt. Es schien mir nach wie vor sonderbar, dass Sheriff Flynn aus meiner Geschichte einfach verschwunden war. Wie der Fluss, der sich über dem Kopf eines Ertrinkenden schließt; befindet er sich erst einmal unter Wasser, ist er für immer dahin. Mir kam die Freundlichkeit des ehemaligen Sheriffs in den Sinn, sein Bedürfnis, für das Gute einzustehen, und wie er uns alle überrascht hatte mit seinen Reden über Recht und Gerechtigkeit. Ein Grüppchen zerlumpter Zuhörer in einer verfallenen Tabakfarm in Tennessee. Wenn man die Indianer schon töten muss, dachte ich, war dies das Beste, was man an unserer Stelle haben konnte. Männer wie er, Amerikaner. Aber nicht dieser Junge. Immerzu lächelnd, in seinem Herzen aber einsam. Dann riss er mit einer männlichen Geste an seiner Schachtel ein Streichholz an, und einen Moment lang hing eine gelbe Kugel aus Feuer und Licht in der feuchten Luft, bevor sie erlosch. Stattdessen ein schwebender Überrest falschen Lichts, dann stiegen Rauchwolken von ihm auf wie von einer Dampfmaschine. Wieder lachte er, obwohl weder er noch ich etwas gesagt hatte.

»Nun«, sagte er schließlich, »*das* wirst du den Leuten nirgendwo auf der Welt sagen, denn du wirst gehängt werden, Missy. Und ich werde zuschauen, wie du gehängt wirst. Die ganze Stadt liebt Hinrichtungen. Richter Aurelius Littlefair war genau der Richtige, um sich um dich zu kümmern. Du hältst dich für was Besseres, weil du für den Anwalt Briscoe Zahlen zusammengerechnet hast. Der ist ein Mann von gestern. Schau dich an, Missy, mit deinem schwarzen Haar und deinem schmutzigen gelben Kleid und deinem schmutzigen alten Mantel. Ich weiß nicht, wofür ich dich gehalten habe, und ich weiß nicht, wie ich drauf gekommen bin, dich küssen zu wollen.«

Jetzt kam auch Wynkle King nach unten, besorgte sich ebenfalls einen Schemel und setzte sich wie ein »richtiger Hilfssheriff« bequem hin, Seite an Seite mit Frank Parkman. Hätte ich mir die Beine abschneiden können, um ihnen nicht so nah sein zu müssen, ich hätte es getan. Ich wünschte, ich hätte meine Hose angehabt und nicht das gelbe Kleid. Meine Beine darunter waren nackt, und ich spürte, wie sich die flaumigen Haare auf ihnen aufstellten. Selbst sie wollten weg von den beiden Jungen. Wenn er schon von Ratten sprach – genau so kamen mir diese beiden vor. Aber es waren Ratten in der Blüte ihrer Macht.

»Das ist das Mädchen, das der arme Jas Jonski zur Frau haben wollte«, sagte er zu Wynkle King. »Kannst du dir das vorstellen? Und das ihn dafür umgebracht hat. Na, hab ich's dir nicht gesagt?«

»Du hattest es erwähnt«, sagte Wynkle King und lachte über seinen eigenen Scharfsinn. Ja, Wynkle King kicherte geradezu, kicherte wie der Anwalt Briscoe, aber mit einer anderen Wirkung.

»Sie kann sich nicht daran erinnern, was in dem alten Mietstall mit ihr passiert ist, nein, kann sie nicht«, sagte Sheriff Parkman.

»Was ist denn passiert?«, fragte Wynkle King mit echtem Interesse.

»Du kannst dich nicht erinnern, oder?«, sagte Sheriff Parkman wieder zu mir. »Den Vorfall, den du erwähnt hast, meine ich nicht, und ich wär dir dankbar, wenn du über *den* nicht sprichst.« Und er lachte. Wynkle King stimmte nicht ein, und ich sagte nichts. Falls Frank Parkman dazu neigte, Männer zu lieben, würde ich ihn nicht verurteilen. Dafür hatte ich Thomas und John Cole als Vorbild.

Dann beugte Frank Parkman sich näher heran und signalisierte Wynkle King, sich ebenfalls vorzubeugen. Als höre die ganze Welt zu und er müsse vertraulich mit mir reden und freundlich sein.

»Erinnerst du dich nicht an das Mal davor, als ich dich an den Schultern festgehalten hab und Jas Jonski, na ja, seinen Spaß mit dir hatte? Und wie wir gelacht haben und uns amüsiert und getrunken, und du hast auch getrunken, o ja, und ob. Und du hast gesagt: Oh, oh, Jas, tu das nicht, aber wir wussten, was du eigentlich meintest.«

Frank Parkman brach in wildes Gelächter aus, so sehr, dass Wynkle King vor lauter Angst auf seinem Schemel zusammenzuckte. Wynkle King lachte nicht. Tatsächlich wurde er plötzlich ganz grün im Gesicht, als müsse er jeden Augenblick seinen Putzpflichten nachkommen.

Hier endlich war die Lösung meines eigenen Rätsels. Aus erster Hand. In diesem Moment empfand ich keine Scham. Ich empfand ein brennendes Gefühl von Richtigkeit, wie bei einer unverhofft gelingenden Gleichung. Ich dachte, beim Himmel!, jetzt sollen sie mich ruhig hängen, aber sie werden keine schuldige Seele hängen. Sie werden eine freie Seele hängen. *Wir halten diese Wahrheiten für ausgemacht, daß alle Menschen gleich erschaffen worden … Leben, Freyheit* … Ich glaubte nicht, dass mir noch viel zu tun blieb, außer gehängt zu werden. Ich glaubte nicht, dass die Berufung, die der Anwalt Briscoe versprochen hatte, Erfolg haben würde, nicht, solange Aurelius Littlefair von seinem Podium auf uns herabblickte. Er hatte das Haus des Anwalts Briscoe niedergebrannt, und er würde nicht zögern, dessen Indianermädchen zu hängen. Wer konnte sagen, dass ich Jas Jonski nicht umgebracht hatte, niemand außer diesem lachenden Jungen Frank Parkman, der dicht neben mir saß. Ich hätte Jas Jonski umbringen können. Hätte Frank Parkman mir diese Rede früher gehalten, hätte ich die Wahrheit über das, was ich erlebt hatte, früher erfahren, ob nun in diesem höhnischen Ton oder nicht, so hätte ich es womöglich recht und billig gefunden, Jas Jonski zu erschießen. Was das anging, stand ich aufseiten der Angelsachsen, siehe den Anwalt Briscoe. Todesstrafe. Aber ich hatte es nicht gewusst und war so lange in dem Nebel umhergetappt, der durch meine Gedanken trieb, der sie dürr und düster machte, dass ich den Nebel schließlich für Sonnenlicht hielt. Jetzt hatte er sich gelichtet und das wahre weite Land dahinter enthüllt, genau wie das liebliche Tennessee, wenn der Frühling sein Haar ausschüttelt und die

Arme dehnt und streckt. Und in Frank Parkmans Worten schwang eine Peitsche des Schreckens, aber vielleicht ließ er die Peitsche ja auch schon wieder ruhen. Ich dachte, wenn ich eine große Löwin wäre, eine Bärin oder gar eine Wölfin – da er mich zu den Wölfen gezählt hatte, so wie auch schon meine Mutter genannt worden war –, könnte ich meine Tatzen oder Pfoten um diese lachenden Jungen legen und ihnen die Köpfe abbeißen. Könnte ich nicht vielleicht selbst jetzt noch meine ganze Kraft zusammennehmen – nicht um zu entkommen, sondern um die beiden aus der Welt zu reißen?

»Ja, du wirst gehängt werden, so viel steht fest«, sagte Frank Parkman und klopfte, nachdem er die ganze Zeit über geraucht hatte, auf dem Boden das letzte Häufchen schwarz verbrannten Tabaks in seinem Pfeifenkopf aus. »In jener Nacht bist du in der Stadt gesehen worden, zwei Jungen haben dich gesehen, Missy, und deshalb wirst du ganz bestimmt hängen – obwohl«, und hier hielt er inne, ganz der ausgezeichnete Tragöde, der er hätte sein können – »wir wissen, dass nicht du es warst, die Jas Jonski umgebracht hat.«

Jetzt starrten ihn gleich zwei Gesichter an. Sowohl ich als auch Wynkle fielen aus allen Wolken.

»Das wissen wir?«, fragte Wynkle King. »Wie meinst du das?«

»Erinnerst du dich«, sagte Sheriff Parkman an mich gewandt, und sein silberner Sheriffstern klapperte blechern, als er sich noch näher zu mir beugte, »an das zweite Mal, an das du mich so gerne erinnern wolltest, als du in den Mietstall gekommen bist, protzig wie ein gottverdammter kleiner Prinz? Erinnerst du dich, dass da ein schwarzes Pferd stand, das Jas Jonskis Mutter gehörte? Und ich sagte zu dir: Ich weiß nicht, warum sie die weite Strecke von Nashville mit dem Pferd gekommen ist statt mit der Eisenbahn oder mit der Postkutsche. Wie sich herausstellte, war der Grund der, dass die arme Frau so durchgedreht war wie 'n neugeborenes Fohlen und in Nashville in diesem großen alten Bau wohnte, im Tennessee Lunatic Asylum. Und wie 'ne gute Mutter hat sie sich immer wieder hinausgestohlen, um ihren Sohn zu besuchen, was jedesmal zu einem Drunter und Drüber führte und zu 'ner Suche mit Fackeln. Aber sie wollte nicht, dass 'n Sohn von ihr 'ne Rothaut heiratet. Tja, Missy, es waren Wilde wie du, die ihre Großmutter getötet haben, das hat Jas mir erzählt, die haben sie mir nichts dir nichts gepackt und ihr die Nase abgeschnitten und sie übel zugerichtet, bis sie tot war. Da draußen im Nebraska-Territorium, wie's früher hieß. Also schreibt Jas Jonski an sie und sagt, er ist gewillt, dich zu heiraten, obwohl du seinen Antrag abgelehnt hast, und er wird dir schreiben. Ich meine, Missy, seine Ma denkt, warum sollte ein zivilisierter Junge das tun? Dir schreiben, wo er dich doch zu jeder Tageszeit und an jedem Tag des Monats nehmen kann, dich einfach nehmen und sich mit dir vergnügen kann und es, bei Gott!, keinen Grund gibt, Abschaum wie dich zu heiraten.«

Ich starrte ihn an. Wynkle King ebenso. Wynkle King hörte das alles zum ersten Mal, das merkte ich. Aber seine Blase musste gezuckt haben, denn plötzlich sprang er auf, vollführte den kleinen Tanz, den Kinder veranstalten, wenn sie pinkeln müssen, und eilte davon. Sheriff Parkman warf ihm nicht einmal einen Blick nach. Aber er rückte noch ein paar Zentimeter näher heran – ich konnte seinen Atem in meinem Gesicht spüren –, vielleicht war er froh, dass wir jetzt unter uns waren.

»Also schleicht sie sich ein weiteres Mal aus der Anstalt«, erzählte Frank Parkman mit einer Art von Vergnügen, »macht sich auf einem Pferd, das sie aufgetrieben hat, auf den Weg, reitet quer durch Tennessee, wobei sie die Meilen zweifellos nach den düsteren Schreien der Eulen bemisst, und kommt ganz erschöpft und ausgetrocknet in Paris an. Das Land hat sich in ihre Knochen, in ihr Gesicht gefressen, und sie ist nur noch ein Gespenst. Dann reitet sie zur Wohnung ihres innig geliebten Sohnes, und in dem festen Glauben, ihm einen Gefallen zu tun, ihn von seinem großen Irrtum zu befreien und ihn in die Gefilde der Freiheit zu heben, sticht sie auf ihn ein, sticht und sticht, jene zwanzig Mal, die man gezählt hat. Beim Himmel!, mit ihrem Messer öffnet sie seine Brust und schneidet sein Herz heraus, das Herz ihres eigenen Sohnes, und kocht es, dort auf dem kleinen Öfchen, auf dem er immer seinen Kaffee gebrüht hat, und isst es auf. Alles nur um seinetwillen, alles nur um seinetwillen – wie sie mir selbst gesagt hat.«

Aus dem Dunkel hörte ich ein leises Schlurfen, behielt aber Parkman im Auge.

»Also – ich komm rein, um nachzusehen, was los ist«, sagte Frank Parkman, »aber sollte ein Mensch Augen haben, um derlei Dinge zu verkraften, bin ich ein Holländer. Noch nie hab ich so was Trauriges oder Seltsames gesehen. Ich schwör's dir, Missy. Noch nie. Und ich hoffe, so was nie wieder zu sehen. Ich führ die arme Frau weg und säubre sie 'n bisschen, und die ganze Zeit muss ich mir ihr Geschwätz anhören: dass Jas jetzt frei ist und niemals in die Hölle kommen wird, nein, nein, er ist ein goldener Engel, der in den Himmel aufgefahren ist, und hat sie ihm nicht einen mütterlichen Dienst erwiesen?, und jetzt kann sie zufrieden sterben, eine Frau, die mit ihrer Barmherzigkeit und ihren Taten im Reinen ist. Dann bring ich sie in den schrecklichen alten Bau der Anstalt, und sie wird in die Zwangsjacke gesteckt, und alles ist in Ordnung, und ich hab das Gefühl, auch Jas gegenüber meine Pflicht getan zu haben, indem ich seine Mutter vor dem Galgen bewahre. Einen jungen Burschen hab ich beauftragt, Colonel Purton eine Nachricht zu überbringen: *Nun, Purton*, oder so ähnlich, *Jas Jonski ist ermordet worden, ich glaube, ich weiß, wer's war, es war Winona Cole, das bösartige Indianermädchen.* Ja, ich hab die arme verrückte Frau nach Nashville zurückgebracht, hat mich 'ne ganze lange Nacht und 'n ganzen Tag gekostet, ihr gut zuzureden und Schritt für Schritt mit ihr zurückzureiten. Hab sie in ihre Unterkunft geschafft. Die waren vielleicht froh, die verlorene Frau wiederzusehen.«

Ich saß da und sagte nichts.

»Wo steckt denn Wynkle?«, fragte Frank Parkman und schaute sich um, und dann sah er Wynkle plötzlich dastehen, ein öliger Fleck in der Dunkelheit. »Biste wieder da, Wynkle?«

Trübsinnig trat Wynkle King aus dem Dunkel und setzte sich auf seinen Schemel, als ob sich nichts geändert hätte – schließlich hatte er die Geschichte meiner Vergewaltigung ganz gut weggesteckt –, aber ich fragte mich, ob sich nicht doch etwas in ihm regte. Sein Gesicht zuckte vor lauter Nachdenken.

»Du sagst, wir werden das Mädchen hängen, aber du weißt, es war 'ne verrückte Alte?«, fragte er plötzlich mit der Gewalt eines Baumstamms, der von einem reißenden Strom fortgeschwemmt wird. »Willst du das damit sagen?«

Ich sah, wie sich Frank Parkmans Gesicht gequält verzog. Es war klar, dass er nicht beabsichtigt hatte, sich belauschen zu lassen. Dann sammelte er sich, riss sich in einer ungeheuren Anstrengung, die Katastrophe abzuwenden, so zusammen, dass er fast sorglos wirkte.

»Glaubst du etwa, wir könnten Jas Jonskis Mutter dafür hängen?«, fragte er, als wäre Wynkle Kings Reaktion eine große

Überraschung für ihn, ja etwas, das, wie jeder Mann zugeben müsse, seinen Gerechtigkeitssinn verletzte. »Eine arme, gramgebeugte Frau und die Mutter meines Freundes? Irgendjemand muss dafür hängen. Warum nicht dieses Mädchen?«

Wieder Schweigen. In der Stille sah ich, wie eine Maus unbekümmert und ohne das geringste Interesse an uns von rechts nach links den Fußboden der Zelle durchquerte.

»Weil's nicht recht ist«, antwortete Wynkle King im unschuldigen Tonfall eines Kindes. Bei einem Vater wie dem seinen wusste er vielleicht, wovon er sprach. Seinem Vater, der ja auch schon Menschenfleisch gegessen hatte.

»Du hattest noch nie 'n guten Gedanken, Wynkle«, meinte Frank Parkman fast humorvoll. »Komm mir jetzt bloß nicht auf 'n guten Gedanken.«

»Ich werd's nicht erlauben – ich werd's nicht zulassen. Da mach ich nicht mit. Hältst du mich für einen solchen Schurken? Du kennst mich nicht, Frank Parkman.«

»Ich kenn dich ziemlich gut, du kleiner kriecherischer hinterwäldlerischer konföderierter Hurensohn.«

»Wer bist denn du, etwa der Kaiser von Nashville?«

Wynkle King war aufgestanden, und der Schemel polterte über den kalten Fußoden. Es war ein einfacher Holzschemel, man konnte die Schnitzspuren sehen. Sheriff Parkman fuhr herum und stand ebenfalls auf, um mit Wynkle King auf Augenhöhe zu sein. Er ließ seine kostbare Pfeife fallen, und jetzt trat er versehentlich drauf und zertrampelte sie zu Staub, was seine aufsteigende Wut nur noch verstärkte. Ich saß vollkommen entgeistert da. Kein Härchen regte sich an mir. Ich wollte die Hände vors Gesicht schlagen, ich wusste nicht, warum, stattdessen klebten sie an meinem Kleid. Ich hatte schreckliche Dinge gehört, aber die waren Teil der Vergangenheit, und jetzt braute sich direkt vor mir, nur Zentimeter von meinen Knien entfernt, etwas ganz Schreckliches zusammen. Wynkle King konnte nicht anders, er hatte die Hand an seinem Revolver, und jetzt zog er ihn langsam, als wäre er zu schwer, aus dem Holster. Es war, als könnte sein Arm den Revolver kaum heben.

»Du wirst auf keinen gottverdammten Sheriff schießen«, sagte der Sheriff ebenso verblüfft wie beleidigt. »Du nicht.«

Und als wollte er diesen Satz schlüssig beweisen, zog auch Frank Parkman, wenn auch einigermaßen unbeholfen, seine polierte Waffe und zielte auf Wynkle Kings Brust.

»Du wirst auf keinen Sheriff schießen«, sagte er noch einmal, und dann ertönte ein heftiger Knall, wie man ihn hört, wenn ein Revolver in einem kleinen Raum abgefeuert wird, ein so lauter Knall, dass einem die Trommelfelle platzen könnten und der Raum von dem ungeheuren Lärm widerhallt. Frank Parkman ließ die Waffe sinken, dann mühte er sich, sie wieder zu heben. Er kämpfte mit der Gewalt der Kugel, die irgendwo in ihn eingedrungen war. Wynkle King hatte auf ihn geschossen, doch noch mit letzter Kraft hatte Frank Parkman abdrücken können, er hatte abgedrückt, und ich spürte, wie die Kugel mich versengte.

Ich wachte im großen Hof des Gefängnisses auf. Ich wusste genau, wo ich mich befand. Ich war noch nie dort gewesen, aber irgendwie wusste ich es. Hinter mir türmte sich die graue Masse eines Gebäudes. Ich war in die Tracht eines Lakota-Kämpfers gekleidet. Wie glücklich ich war, sie auf meiner Brust und meinen Beinen zu sehen! Vor mir eine große Menge meines Volkes. Merkwürdig, dass unter diesen Menschen auch meine Mutter war, aber ich akzeptierte es als möglich. Zu meiner Überraschung stellte ich fest, dass ich tausend Monde lang gelebt haben musste. Sie sah mir so ähnlich, nicht als ein Schatten, sondern als tatsächlich lebende Person. Wie sie mich anlächelte, war wunderbar. Auch Caught-His-Horse-First, der große Häuptling, lächelte, als wären alle seine Bemühungen, mich wiederzufinden, endlich erfolgreich gewesen. Dinge können ein gutes Ende nehmen, gerade dann, wenn man es am wenigsten erwartet. Es waren viele Soldaten da, und man hatte zwei Gatling-Repetiergeschütze aufgestellt, mit Muschkoten, die sich über sie beugten wie Männer an großen Teleskopen.

Aber die Menschen, diese wunderschönen Lakota, sprachen alle durcheinander, einige waren sehr alt, andere sehr jung. Caught-His-Horse-First trug einen langen, breiten Brustschmuck aus Holzperlen, der bis zum Erdboden reichte und über diesen hinwegstrich, wenn er sich bewegte.

»Du lebst noch, Onkel?«, sagte ich zu ihm. »Ich dachte, du wärst getötet worden.«

»Ich bin nicht getötet worden«, sagte er, »aber es könnte noch passieren. Wir wissen es nicht. Wir haben darauf gewartet, dass du heraufkommst.«

»Heraufkommst? Von wo?«

»Von unter der Erde. Du bist unter der Erde gewandelt. Jetzt bist du hier.«

»Meine Mutter«, sagte ich zu meiner Mutter, »ich war so klein, als die Soldaten kamen. Ich möchte dir sagen, wie sehr ich dich bewundere und wie froh ich bin, dass du berühmt bist für deinen Mut. Ohne den könnte ich nicht leben.«

»Du könntest ohne ihn leben«, sagte sie, »aber besser ist es, ihn zu haben.«

Das alles wurde auf Lakota gesagt, mir war schwindlig vor Freude, meine Sprache zu sprechen. Ich dachte: Ich hätte nie gedacht, dass ich sie wiedersehen würde, wie wunderbar es ist, wie wunderbar.

»Hör zu, Ojinjintka«, sagte sie, »die Zeit ist gekommen, du musst dich dort hinstellen, und wenn ich deinen Namen rufe, musst du auf uns zurennen und über die Mauer springen.«

»Aber wie kann ich über eine so hohe Mauer springen?«

»Ich werde da sein, um dir zu helfen, zusammen mit deiner Schwester.«

Das leuchtete mir ein, und ich verstand, was sie wollte. Zwischen mir und der hohen Mauer befanden sich etwa zweihundert Menschen. Die ersten lagen flach auf dem Boden, die nächsten richteten sich etwas höher auf und so weiter und so fort, bis sich von mir bis zur Mauer eine Art Meer aus lauter Rücken erstreckte – schöne Lakota-Rücken und alle lebendig. Und jetzt konnte ich an der Mauer, ja doch, meine Mutter sehen, aber auch meine Schwester, ich war aufgeregt, meine Schwester zu sehen, sie hielten sich an den Händen, die beiden Frauen, die einander gegenüberstanden, als wollten sie mich mit Hilfe der Räuberleiter, die sie mit den Händen bildeten, hinaufheben, wie schön sie war, meine Schwester, und wie lebendig, dann rief meine Mutter meinen Namen, *Ojinjintka, Ojinjintka*, und ich wusste, was ich zu tun hatte, ich wusste es, aber ich wusste nicht, wie, aber dann begann ich zu rennen, und ich sprang auf die ersten Rücken, und natürlich wurde ich, als ich die Rücken entlanglief, immer höher getragen, und dann rannte ich, so schnell ich konnte, mein Herz wie ein Kolibri, der mit den Flügeln schlägt, und griff nach den ausgestreckten Händen meiner Mutter und meiner Schwester.

Als ich erwachte – als ich wieder erwachte –, sah ich Thomas McNulty in der dunklen Kammer in Liges Haus an meinem kleinen Bett sitzen. Zuerst dachte ich, er habe nachdenklich das Gesicht gehoben, aber dann sah ich, dass er schlief. Nicht zum ersten Mal in der Weltgeschichte war eine mütterliche Person am Bett ihres Kindes eingeschlafen.

Am Ende des schmalen Bettes lag Peg, eine kleine zusammengerollte Gestalt, warm wie ein Wolf. Sie trug das gelbe Kleid. Ihre einzige Decke war das Mondlicht.

Dass die Welt seltsam und verloren war, ließ sich nicht bestreiten. Dass es auf Erden keinen Ort gab, der nicht gefährlich war, diese Nachricht brachte jeder Augenblick.

Dass ich Menschen hatte, die mich liebten, Menschen, die über mich wachten, hielt *ich* für eine *ausgemachte Wahrheit.*

Der Autor ist vielen Büchern zu Dank verpflichtet, insbesondere Charles A. Eastman (Ohiyesa): *Indian Boyhood.* With illustrations by E. L. Blumenschein. New York, NY: McClure, Phillips & Co.,1902.

Das Zitat von Oliver Goldsmith (»vergänglich eitle Pracht!«) stammt aus Oliver Goldsmith: Das verlaßne Dorf. In: J. G. von Salis: *Gedichte. Samt den zwey Gedichten das verlassene Dörfchen und der Reisende von S. G. Bürde.* Wien und Prag: Franz Haas, 1804, S. 27.

Die Zitate aus der amerikanischen Unabhängigkeitserklärung finden sich als Faksimile des Einblattdrucks vom Juli 1776 bei https://upload.wikimedia.org/wikipedia/commons/c/cf/US-Unabhängigkeitserklärung-deutsch.jpg: *Im Congreß, den 4ten July, 1776. Eine Erklärung durch die Repräsentanten der Vereinigten Staaten von America, im General-Congreß versammlet.* Übersetzung vermutlich durch Heinrich Miller.

Sebastian Barry wurde 1955 in Dublin geboren. Als Sohn der Schauspielerin Joan O'Hara wuchs er in London und der irischen Hauptstadt auf, besuchte dort die Catholic University School und studierte später am Trinity College Englisch und Latein. Anschließend lebte er mehrere Jahre im europäischen Ausland. Barry gehört zu den »besten britischen und irischen Autoren der Gegenwart« (*Times Literary Supplement*). Er schreibt Theaterstücke, Lyrik und Prosa. Barry wurden zahlreiche Preise verliehen, darunter der Costa Book of the Year Award (2008 und 2016) und der Walter Scott Prize (2012 und 2017). Er ist Laureate for Irish Fiction 2019–2021. Sein Werk wurde in 27 Sprachen übersetzt. Sebastian Barry lebt in Wicklow, Irland.

Bei Steidl erschienen :
Ein verborgenes Leben
Mein fernes, fremdes Land
Ein langer, langer Weg
Gentleman auf Zeit
Tage ohne Ende

Hans-Christian Oeser, 1950 in Wiesbaden geboren, lebt in Dublin und Berlin und arbeitet als Literaturübersetzer, Herausgeber und Autor. Er hat u. a. John McGahern, Mark Twain, Ian McEwan, F. Scott Fitzgerald, Anne Enright, Maeve Brennan und Sebastian Barry übersetzt. Für seine Lebenswerk wurde er 2010 mit dem Heinrich Maria Ledig-Rowohlt-Preis ausgezeichnet. Für seine Übersetzung von Sebastian Barrys Roman *Tage ohne Ende* wurde Hans-Christian Oeser der renommierte Straelener Übersetzerpreis der Kunststiftung NRW verliehen.